【大壯叢書第一輯

旅遊雜記

美夢居隨筆 一

方永施◎著

目錄

故國河山寄萍踪

一、上海

民國三十七年，從南京往上海，搭中興輪赴臺灣，到民國七十四年，離開故國已三十七年了，剛好是一個對倍數。

老早就想回去看看，礙於大陸與臺灣政治形勢的對立，生怕回大陸後，臺灣會拒絕入境，又怕大陸沒有法治觀念，會遭遇不可知的麻煩，所以遲遲其行。最近臺灣方面表示凡有華僑身份，到大陸去，不具政治目的，祇是旅遊或探親，是可以容忍的，不會拒絕入境，而大陸方面也歡迎華僑回國觀光，一切優待，於是決定到大陸一行。

大陸旅館和交通工具非常侷促，個人旅行，無法解決困難問題，祇有參加旅遊團，集體行動，透過中國旅行社，比較方便得多。旅行的時間，選擇在中秋以後重陽以前，那是大陸上天高氣爽的時季，旅遊地點，東到上海、杭州、蘇州、無錫、南京，西到西安，北到北京、長城，南到桂林、廣州、香港，東南西北，國內重點的名勝地，差不多已到達了大半。

旅遊的時間，來回祇二十天，時間相當緊湊，經過各地都是走馬看花而已，在旅遊過的印象中，每一個地點，都有它的特色，北京稱得上宏偉，長城是雄壯，西安是古樸，杭州西湖是美麗，蘇州園林是幽靜，無錫太湖是秀氣，南京是空曠，桂林山水是奇特，廣州是熱鬧，上海是擁擠，香港是繁榮。

在我決定了回故鄉之行時，先詢明了行程的時間和各地落腳旅館的名稱，函告在家鄉無錫的三弟，由他轉知落籍在東北的二弟。他坐了三天三夜的硬座火車，回到家鄉，準備兄弟相聚。又通知了總角之交的老友朱、劉、沈三君，朱是在上海，劉是在無錫，沈是在北京，不久接到朱君來函附「鷓鴣天」詞來催駕，詞云：「去國卅年失鬢青，相思萬里到而今，流光飛鳥同爭疾，心跡澄潭一樣清。人換世，谷為陵，梁鴻溪畔舊鷗盟，雁書不盡相思字，快接清芬訴別情。」

我也邯鄲學步，步韻一首寄去：「南浦依舊柳色青，驚魂傷別古猶今，樽前莫笑黃粱夢，翔翩神州嘯月清。懷宋玉，憶茂陵，小南海畔記前盟，桃花潭水巴山雨，翹首雲天不勝情。」然後開始短時間，長距離的旅程。

正是：

卅七離鄉七四回，朱顏皓首兩低徊，
佇看城郭驚全變，忍撫風霜劫後哀。
剪燭西窗頻話舊，題名雁塔半成灰，
江山萬古浮生短，歌放丁令一笑開。

我們旅遊團在美國出發時，有一位領隊，隨團招呼，一直到回美為止，大陸上中國旅行社也派一位導遊，名為「全陪」，陪同旅遊團遊畢國內全程。另外每到一處，有當地的導遊參加，名為「地陪」，地陪好像接力賽一樣，甲地換乙地，乙地換丙地，丙地換丁地……凡屬當地的名勝古跡風俗人情，都由地陪講解。

上海是入境的第一站，民國七十四年十月十九日下午八點三十分，飛機降落虹橋機場，領隊告訴我們填入境單時，凡是大陸緊縮物品，儘量少填，例如手錶、照相機、家電用品等，如填在單上，出境時必需全部帶出去，否則要罰款，因此我們除了準備帶出境自用的物品外，凡行李箱裡所帶的東西，一概不填，反正準備完稅就是了。我的行李前兩天已託運到上海，存在海關倉庫裡，由領隊陪我去提取，行李上已貼有封條，屬於海關監管行李。出於意外，海關對旅客行李並不檢查，和其他各國在入境時翻箱倒篋的情形完全不同，有一個出口處標明免稅通道，輕輕鬆鬆的就過去了。

到達出口處，二弟、三弟和朱、劉兩位老友及朱太太都在外等待，數十年不見，畢竟老了許多，如事先沒有通訊互寄照片，恐怕一時還認不出來呢。我們原定在上海停留到二十一號，住在上海賓館，所以朱君已預先訂好上海賓館附近的菜館在二十號晚上為我接風。正在歡談間，領隊來催了，據他和大陸全陪及地陪接頭，旅館的地點和停留的時間都改變了，在上海祇停留到明天下午，旅館也改到松江的紅樓賓館，又因松江路遠，催我快快隨隊上車。我向他抗議，何以與預定旅程不同，以致改變我們計劃，措手不及？他聳聳肩頭說，中國大陸的事，不可以常理論，他也無能為力，這完全由中國旅行社決定的，而且絕不能改變。此是我回大陸領教的第一招，以後旅程中類此情形者還有，以致有些人預約了親友晤面的，都狼狽不堪。

我帶的行李中，有準備送人的禮品，原想到上海賓館分開後由兩位弟弟帶回去，現在要住到松江，而且明天下午就要離滬，未免為難。商量結果，地陪說明天中午在杏花樓午餐，我今天到旅館整理好，明天將行李帶到杏花樓，由他們取走，不得已祇好這樣做。他們興沖沖的從遠道各地趕來，原想多敍敍別情，不料此種變化，相處不到二十分鐘就分手了，真是掃興。

旅行團的車子行駛到龍柏飯店吃晚飯，據說這是一流餐館，其實我們已在飛機上吃了晚餐，肚子根本不餓，地陪說早已訂好了菜，不吃也不成，大家祇好隨著去吃一點。菜價是按每一人多少錢計價的，和國外按一席若干元的計算法不同。以後各處吃飯，都是照此算法計算，此次是每人人民幣九元，合美金三元，在國內已是很奢侈了。

在出發時，領隊曾和大家約法三章，其中一條是說大陸衛生條件差，吃飯拈菜，不像美國那樣分食制，為了保持各人的清潔衛生，凡拈菜，請用各人自己筷子另一端，拈到盤子裡，然後以不拈菜的一端送入口內，如此各人的口水不致沾到菜上，既衛生，也可以安心。說來容易，做起來一時不習慣，首次共席時，有些人仍然忘了，經過幾次指正，以後旅途中大家絕對遵守此一規定。紅樓賓館是一座現代化的建築，七十四年十月初才全部完工，我們是最先去的住客的一部份，祇是地點遠一點，從上海到松江，汽車要行駛一個多鐘點，車在黑暗的道路上行駛，也看不到外景，祇覺得路很窄，有些地方在修路和建橋樑，地上滿是砂子石塊，車子經過時顛得很厲害。

二十號一早就出發，去參觀松江方塔園，是松江地區的有名古跡，建築於宋朝，距今約有一千年。此塔完全用木榫相接，沒有一根鐵釘，建築時測驗風向和風力，稍稍偏斜，經過千年以來風力的猛吹，現在接近正直了。在方塔下層，嵌有一塊大石壁，上面陽刻鑿出的獸名叫「貪」，是貪得無厭的異獸，足下踏著金銀珠寶，眼睛看著樹上的猴子，口中噴火，想把猴子吞食，一副貪得無厭的樣子。

塔門關閉，不能登臨，就在四圍看看，有一塊石碑刻著「興聖教寺塔」，塔後牆上有石碑刻著建寺的文獻。

歸途中看到一顆高大的公孫樹，樹齡不低，地陪講此樹生理結構與衆不同，分公樹和母樹，公母樹相距如在一公里以內，母樹就會結果，此樹是公樹，附近沒有母樹，所以也不起作用，祇是成為觀賞的古樹而已。

上海原屬松江府，現在松江縣卻已併入為上海的外圍城市了，現在大上海區有一千五百萬人口，上海市有一千萬人口，其餘外圍城市有五百萬人口。外圍城市大都是農業區，生產的農產品，供應上海市，農民收入較工人為高。我們在途中可以看到，農村處處有新蓋的二層樓農舍，地陪說農民為了送貨方便，而且財力比較厚，差不多都有送貨小型車，成為汽車階級，工人們雖然也是有車階級，卻都是自行車而已。雖然如此，和臺灣的農村還不能相比。

到杏花樓時已十二點半，我家二弟三弟已在門外等候，將行李交其拿走，提到杏花樓三樓，朱、劉兩位老友也在等待。旅行團已開飯，我要另叫菜來請他們吃，菜館裡說不成，他們祇可到二樓去吃，此三樓已全部包給外賓吃飯。吃飯地點還要劃分得如此清楚，真是有些不明白。無可奈何，他們祇能在旁等待，我匆匆吃完飯，和他們在餐桌旁照了相片留念，領隊催我務必在一點半隨團出發，於是第二度在匆促中告別了。

飯後逛上海市區，上海有名的哈同花園，已燬於戰火，戰後聯蘇時期，由蘇聯建築師設計藍圖，完全照蘇俄的克林莫林宮形式建築，現已改為購物中心。另外沙遜大廈改為上海展覽館，內有旅遊紀念品陳列和土產藝術品館等，都出售土產品，我們去參觀了一個大概，便轉到跑馬場。跑馬場現已劃分為三部份，包括人民大會場等。再沿南京路向黃浦江邊緩緩開車過去，地陪建議我們可下車在南京路上步行一段，車子可到前面等待。隔窗一看，人山人海，簡直水泄不通，如我們下車，立即會被人潮淹沒，大家誰亦不願意下去。那些人，好像螞蟻雄兵似的，祇是向前擠，兩手空空的既不是購物，也不像是逛街，如此多人擠來擠去，也失掉了逛街的意義。既然此路不通，祇好改變計劃，到友誼商店去，友誼商店規模很大，有電動扶梯上下，是大陸上貨品最完備的商場，商品的價錢也很公道，例如有名的中藥「片仔廣」，在美國最貴時售到二十五元美金一顆，我離美時詢價，也要十七元一顆，此地每盒十顆，售三百二十元外匯券，每顆祇合十一美元。又如五十五支吉林人參每磅售一百五十六元，合美金祇五十二元，比美國售價便宜得太多了。此外如羊毛衣絲織品等，也都是熱門貨。此時提到外匯券，也許讀者不會明瞭，原來大陸幣制採雙重式，大陸人民使用的是人民幣，外國旅客帶來的美金及旅行支票及其他外幣，都不能在市場流通，必須到外幣兌換處換外匯券才能使用。外匯券和人民幣一樣，也分一元、五元、十元等面額，和人民幣等值，可是有些貨品必須用外匯券才能購貨，所以無形中外匯券的幣值比人民幣為高。有時我們向個體戶的攤販買東西，如以外匯券支付，可以便宜很多。其次國外旅客如以現金或旅行支票兌換時，旅行支票的匯率高，即以此日市價而論，美金一百元祇能換二百九十七元人民幣，美金支票卻可換三百零二元人民幣。

逛過友誼商店，車輛直駛虹橋機場，此次登機處是國內航線，中國民航國內飛機，都是中小型的，我們搭乘的小飛機還是螺旋槳式，比臺灣遠東航空公司飛機還小，看上去已很舊了，登機時靠近機尾，要彎著腰才能進去。此種陳舊老爺機，真是要有膽量的人才敢坐，旅行團的人剛巧坐滿了機尾部份，由於座位窄小，高度也不夠，坐下去後，身子都無法動彈。幸好天幫忙，天氣很好，一路平穩，下午五點半起飛，八點半到達西安，飛行時間剛好三小時。

二、西安

西安古稱長安，是歷代建都最多的一處古城，歷經周、秦、漢、隋、唐等，歷時一千一百多年，也是歷史上龍爭虎鬥的根據地。秦始皇掃滅六國，遷天下豪傑到關中，楚漢相爭，劉邦先入關中演出了鴻門宴，漢武帝的赫赫武功，唐太宗的貞觀之治，以及唐玄宗的綺膩風流，李白的長安市上酒家眠，降及近代的西安事變，都在此古都留下了不可磨滅的痕跡。在經濟上，絲綢之路亦以此為起點，也增加了後代人思古嚮往的情趣，無論中外人士都想來此一遊的旅遊勝地。

我們到達西安時，天已經黑了，地陪說西安已下了一個月的雨，剛放晴兩天，估計因雨而阻隔內外的旅客，內外各有八百人之多，機場又小，大飛機不能降落，大家都等待得很心焦。我們運氣是不錯，一下子就來了，其實後來聽說是我們領隊和全陪玩了一個小小花樣，才將飛機上原定的旅客攔下來，讓我們先來的。我們同行的夏太太，她曾在西安住很久，對西安情形非熟悉，她說大陸各旅遊地，以西安和桂林的天氣最難捉摸，有人稱為晚娘天氣，不僅陰晴不定，而且多霧，會霎時變色。

出了機場，通過環城馬路，進入市區，沿路燈光黯淡，有些地段黑黑的，也不見車輛行人。到和平餐廳吃晚飯，餐廳內已有好幾桌老外在吃飯，不知是剛來的還是候機準備離去的。吃的以蔬菜為主，對老年人來說，倒也合適，口味燒得平常，沒有特色。吃完飯出門時，門口有人兜售中國人物畫，看上去功力還不錯，可惜急於上車，來不及詢價購買。沿路看到有好多小吃攤，大都是麵食和牛羊肉之類。西安市內道路都是直的，或是東西向，或是南北向，而以鐘樓為中心。鐘樓旁有一家鐘樓飯店，看上去規模還不小，我們車子在那裡停了一會兒，原來是要接臨時參加旅遊團的人，等了一會，見不到人，祇好先開車到長安賓館去。長安賓館是古色古香的旅館，在西安算是有名的。居然還印有一套長安賓館的彩色明信片出售。可是不知了為什麼原因，住了一晚，第二天便搬到另外一個旅館去住。

二十一號一早即將行李放在房門口，等待他們來取運，九點十分出發，進南門城，再到鐘樓邊，送夏太太下車，同時接四位團員上車，其中有兩位是美國人。白天可以看到市容，馬路還算寬大，騎腳踏車的人很多，大凡在大馬路邊的小巷子口，兩邊一定有攤販，或賣水果蔬菜，或賣吃食，或賣手工藝品，形狀和色彩都帶有地方性的土氣。西安回教人士多，吃飯攤大都賣牛羊肉，如牛肉泡饃、羊肉水餃等等，也有人推車賣羊血和羊內臟的。到了西四路中國旅行社，我們領隊和全陪、地陪全下去辦理手續，同遊諸人也下車閒逛，和當地老百姓閒聊。和我住在同房間的孫先生買了梨回來，請大家吃，四只梨祇九角人民幣，合三角美金而已，梨既大又甜，水份足，很多人都去買，確實是價廉物美。

這天第一個旅遊地點是大雁塔，位於西安城南的大慈恩寺內，故又稱為慈恩寺塔，興建於唐高宗永徽三年，距今已一千三百多年，是著名的高僧唐三藏(玄奘)譯經書的地方。初建時祇有五層，武則天長安年間重修，加了兩層，現在已有七層了，高有六十四米，呈方角錐形，塔身是用青磚建築的，每層四面都有拱門，遊客可到門邊眺望西安遠景。塔內是木製樓梯，我一口氣爬到頂層，上下共三百級，有些遊客走了一半就下來了。大雁塔底層南門兩側，鑲嵌著唐代著名的書法家褚遂良所寫的兩塊石碑，一塊寫的是大唐聖教序，是唐太宗為玄奘所譯佛經做的總序，另一塊是唐高宗為聖序作的紀事文。碑側陽刻蔓草花紋，圖案優美，碑額和碑座上的蟠螭、天人樂舞等浮雕，造型生動，都是研究唐代書法、繪畫、雕刻藝術等的重要文物參考資料。

在慈恩寺的大殿上塑有佛像，門口有牌子，寫明「禁止照相」。在我看來，照相不會破壞什麼，而佛像也無秘密可言，不知何故有此禁止牌？以後到各名勝地，不論佛殿和宮殿，都有此種「禁止照相」的牌子，大約是統一規定。大殿兩廡廊塑有十八尊羅漢像，焚香膜拜的人很多。

大殿左側建有鼓亭，右側建有鐘亭，都懸掛著大而古舊的鐘和鼓，掛著牌子，教人不要去敲打，為了保存古跡，禁止敲打是必要的。

距離大雁塔不遠，有一處民間藝術館，順便前去參觀，有一只玻璃櫃內裝著西安特產玉石雕刻的多層鼎，標價人民幣六萬元，合美金二萬元，未免太貴了。接待室內播放鄧麗君的錄音帶，我問地陪，大陸不是禁止播放鄧麗君歌唱嗎？他說過去是如此，現在早已開禁了，而且有記者用越洋電話向她訪問，已刊在報上了。

藝術館裡有一位女職員，長得很像鄧麗君，孫先生為她照了相片，抄了地址，答應將來把照片寄給她。出了藝術館，去遊碑林。西安碑林座落在南城門口的陝西省博物館內，創建於宋朝哲宗元祐五年，距今約九百年，原為保存唐朝的「開成石經」而設，後經歷代修葺擴建，成為現代的規模。現在，碑林有六個陳列室和五個遊廊，內藏有漢代以來的各種名貴碑石，大約有一千七百多種，是我國藏碑最多的地方，而且都是經過嚴格甄選的精品，不僅是我國最大的一座石質書庫，而且還是歷代書法名家作品的薈萃寶庫，這裡有王羲之、虞世南、褚遂良、歐陽洵、顏真卿，柳公權、張旭、懷素、蘇東坡等的原刻石碑其珍貴可知。

在進門前一個亭子上所懸掛的「碑林」兩字，是林則徐題的，端正而蒼勁，好像他做人的風格。亭子內豎立唐太宗親自書寫的孝道碑，每個陳列室各有其重點，愛好書法的人進去後可能會著迷，實在太吸引人了。正好看到有人在拓碑，用白紙覆在碑上用刷子輕刷，當然石碑上先已上了墨，很多老外圍著看他工作，很以為奇，也藉此瞭解到我們字帖的由來。

在碑室旁有一座大廳，是石刻藝術陳列館，所陳列的大都是墓道旁石刻的獸類，形體都很大。當然在碑林各處都照了相片，可惜照相上的字太小，沒有辦法顯出書法上的精彩。出了碑林，意外的看到一群青年圍看著幾個年輕人吵架，雙方用陝西土話罵人，我們也聽不懂，祇看他們比手劃腳的互不相讓。大陸遊閒無事的人很多，有熱鬧可觀，更是如蟻附膻，人愈集愈多，他們不好意思，同時也怕警察來干涉，自動的收場散了。碑林出來，轉到城東門外的興慶公園去吃中飯，餐館名叫南薰閣，名字很雅。此公園據考證是唐玄宗時興慶宮的舊址，現在的南薰閣是當年的南薰殿，唐玄宗誅殺了韋后為睿宗奪得政權，曾在此興慶宮大排筵席，大宴功臣。在碑林石刻中，還有興慶宮地形建築圖，想當年一定是風雲之地。南薰閣後面，有不小的湖，小遊艇三三兩兩的在湖中划遊，岸邊垂柳拂水，風景優美。

午飯後繼續遊清真寺，清真寺建於明代，是我國當前伊斯蘭教寺院中規模較大，保存完整的寺院之一，寺院的建築既體現了我國古代建築的風格，又富有伊斯蘭寺院建築的特色。地點是在鼓樓旁一條小巷子化覺巷內，走進去巷子窄小，房屋破舊，居民生活看上去並不寬裕。因此地是當地名勝之一，外來觀光客多半來此一遊，所以居民利用地利之便，在門口擺設小攤子，出售土產品，其中以土布製成小手工藝品為多，還有各式面具和帽子。我看到有老外選購帽子和面具，戴起來供同伴笑樂，以後到長城去，還看到有人戴著此地所購的帽子。最不好的是做的瓜皮帽，帽後裝了假辮子，紅頂子，十足是清代人的裝束，此種供外人取笑的飾物，實在有傷體面。

清真寺面積不小，有石門、木牌坊，鳳凰亭、窯殿、省心樓、禮拜殿、五間樓等建築，門額上掛橫匾，有「敕賜禮拜寺」，「派衍天方」等匾額，木牌樓下橫額是「道法參天地」字樣，照此規模，以前全盛時期，確也是莊嚴肅穆的。可惜現在已破落，錦彩晦暗，油漆剝落，石欄干上長滿了青苔，地上石塊高低不平，使人有走了進破落戶的感覺。現在正在動工修理，塔了鷹架，到處是磚瓦泥沙，有些工人在鋸木料，好大的圓木材，工人們用小鋸子在慢慢的磨，看到我們遊客去了，停下手呆呆的看熱鬧。五間樓中安置些伊斯蘭教的法物，也有些是古董，另有一幅清真大寺全景圖，現在看起來，全不是那麼回事了。

清真寺出來，去遊鐘樓，西安市以鐘樓為中心，分東南西北四條大街，路線都很直，在以前城門是臨時啟閉的，每天早晨鐘聲響，就開城門，晚上鼓聲響，就關閉城門，所謂暮鼓晨鐘，即指此而言。現在城牆都拆除了，可是鐘樓和鼓樓都保存在那裡，作為古跡。西安連日天雨，鐘樓水滑，沒有人去遊覽，現在天晴了，我們汽車過時，看到鐘樓上有人，所以臨時停車，前去參觀。臺階上仍是有點滑滑的感覺，大家把了扶手走上去，正好攝取四面鏡頭，看到下面電車、汽車、自行車，陸續而過。西安的交通，在鐘樓區因為是四面交匯處，特別擁擠，電車和公共汽車都是兩節連起來的，自行車橫衝直撞，行人要自己小心，車輛都不讓人的。我們在馬路邊停車後，走過馬路到鐘樓，足足等了十分鐘，才有空隙，於是一隊人，手拉手的過路，車輛才不致撞上來。

陝西產玉石，所謂「藍田春暖玉生煙」，玉石工廠，是西安著名的手工藝製作廠，我們去參觀，廠中派人引導，從切割玉璞，到磨光出品，手續並不多，用機器轉動，靠水和金剛沙，以砂輪慢慢的刻磨，工人要耐心好、細心、不能出錯，一不小心玉器斷裂，一件藝術品就全功盡棄，所以作品的標價，完全看製作的難易而定，至於玉石本身的價值反而不重要了，在進門處擺有一件樣品，也可說是標誌，是一座玉石鼎塔，分成好多層，内部鏤空，雕琢很細，在四角套有好多挖空的圓環，這樣大件，無論橫放直放，都會影響到安全，不知如何製作得起來，所以標價要人民幣八萬元，比民間藝術館的更大，廠中並以汽水香茗招待，遊客少不得選購若干產品，雙方皆大歡喜。在東亞飯店吃了晚飯開車到驪山賓館，驪山賓館是新蓋的觀光旅館，七十四年七月才完工，不遠處就是周幽王築烽火臺的驪山，地區屬臨潼縣，從西安的旅館搬到臨潼的旅館來，亦猶在上海時住到松江的旅館一樣翻板而已。

驪山賓館雖說是新蓋的房子，設計得很不合用，間隔也非常之差，盥洗室洗臉池沒有放零星東西的地方，就是空空一只洗臉池，無論牙刷、牙膏、刮鬍刀、刷子都無處可放，房間房門開進來就是盥洗室，通道太窄，房門開了妨礙盥洗室的門，盥洗室的門開了！人就走不進來，因為通道擋住了，沒有直式衣櫃，而做了許多層扁扁的放衣服的櫥子，如果是住家房子，此種設計還合用，旅客第一件事就是把外衣脫下來掛，而此地是要摺好了放的，未免不合用了。

二十二日早晨，住在同房間的遊伴孫先生，到賓館外面去散步做晨操，回來時帶回來小型柿子，非常甜，一角人民幣買五個，大概三角錢一斤，合美金一角，美國柿子每磅要買一元六角多，差得太遠了，柿子正是當令的時候，在市上到處可見，而以此種小柿子最為可口，孫先生問小販豬肉價錢，他們說上肉一元一角一斤，還不到美金四角。上午去參觀秦坑兵馬俑，此號稱世界第八奇觀的秦始皇兵馬俑，位於臨潼縣的驪山腳下，從驪山賓館去。距離祗有一公里多一點，很快就到。兵馬俑是秦始皇的從葬品，原意是佈置在地下維持秦始皇陰魂在地下稱雄的，目前已發現有三個，都在秦始皇陵的東側，已開放的是一號坑，有關人馬陶俑六仟餘件，同真人真馬一樣高大，排列成長方形軍陣，前鋒是二百二十個弓箭手組成的三列橫隊，接著是六千鎧甲俑組成的三十八路縱隊，兩翼和後衛排列著一排武俑。俑像的佈陣嚴密，軍容壯盛，想來是照秦國當時軍事陣勢佈列的，也表現了秦始皇橫掃六國，統一天下的壯闊圖景。這些陶俑是一九七四年春發現的，新聞傳播後，立刻轟動世界，國外遊客到西安，此地是第一個目標，部份陶俑曾送到世界各地巡迴展覽，也到了洛杉磯，我曾去參觀過，祗是兩三件象徵性的展覽品，不如親臨其地實地參觀的多彩多姿，陣容壯闊，更能發思古之幽情。

一號坑已蓋了很大一座屋子，所有坑道都在屋子底下，可以保護陶俑不受風雨侵襲，在兵馬俑各排列間，是隔牆，前面大部份是整理好的俑像，中間有土壇，保持原來土地形狀。在土壇的內層，還有陶俑未發掘，最後面已發掘一半；有些陶像祗露出頭部，身體還埋在黃土層內，有些坑裡堆滿了挖掘時弄破了的人俑的手腳、身體等，大約要經過一番整理才能復原。在以前新聞報導中，大都語焉不詳，我在未實地參觀前，總是以為發現的是地下宮殿一般，各兵俑都是完整的，其實不是這樣，這些俑身體四週都已被黃土填滿，發掘後要一個一個的細心地將身上黃土剔掉刷掉，再經修補，才成現在的樣子。

在坑道中，有一處，有個俑站在那裡，腳下繪有一個白線圈，根據管理人員的說明，這是農民在掘地時第一次發現陶俑的地方，因為坑很深，俑站在裡面好像並不大，其實比一般真人還要高大，美國雷根總統來此參觀時，曾下坑和陶俑一起拍照，他比陶俑還矮一點呢。坑屋內禁止照相，祗能循著木板所搭的走道，排隊一路參觀而已，為了存真，土坑和地面的土層都以保持原狀為原則，如考古學家來此，比我們觀看，想來更有價值。一九八〇年，在秦始皇陵西側，出土了大型銅馬車，工藝精細，更是光彩奪目，銅馬車展覽館是另外一個建築，在秦俑坑旁邊，都在秦俑博物館範圍以內，入內參觀要另購門票。銅馬車放在大廳中央的玻璃櫃內，有四匹銅馬拉車，車很矮，御者坐在前座底下，車門兩旁，各有一個小窗戶，車房很低矮，想像中人坐在裡面，一定不舒服，但是很安全；箭射不進、刀戳不入，如以此象徵當時馬車的大小，顯得馬大車小，四匹馬奔行起來很快，在陵墓陪葬，決非普通人所能乘坐的，也許秦始皇就是坐了這樣子的車周遊天下的，這樣的車子，也惟有用大鐵錐才能擊破。所以張良在博浪沙中用大鐵錐行刺。

銅馬車出土時，車的上層有木槨，因年久朽爛，挖時下陷，把馬車壓碎，車輛壓成一千五百十五個碎片，馬腿也打斷了，花了二年半時間，細心的拼湊，才修復完成。

據說秦俑坑還出土實戰兵器萬餘件，近戰有刀(吳鈎)槍、劍、戟等，遠射有弓弩和箭鏃，合金製作的箭鏃。首次發現含毒箭頭，大廳四週懸掛挖掘銅馬車和修復工作等照片，可以就近細看，那些兵器卻沒有看到。

在秦俑博物館外面廣場上，有許多臨時攤販，有賣食品的，有賣小型陶俑的，生意都還不錯，有一個露天照相處，擺了一個真的陶俑，也許是複製品，供人在俑旁照相留念，生意特別好。離開秦俑坑到華清池去，途中經過秦始皇陵，遠望去像一座比較高的土山，週圍四公里都屬陵墓範圍，距墓四公里是外圍，距墓兩公里是內圍，現在中間已開闢公路，我們就是在內圍行駛。

史書記載秦始皇初即位，即穿治驪山作陵墓，及併天下，選送天下徒七十餘萬人去驪山作墓、築阿房宮，阿房宮東西五百步，南北五十丈，上可以坐萬人，下可建五丈旗，可見其規模宏大。又說秦每破諸侯，寫放其宮室作之咸陽北阪上，因此自咸陽經西安到渭南，幾百里地間，宮室相屬，可惜項羽入關，燒秦宮室，火三月不滅，如此竭天下民力所建的大工程，毀於有意的縱火，確實可惜，否則雖然不能保留到幾千年，但遺跡總可以找到，現在卻蕩然無存了。

華清池位於驪山腳下，西周時曾在這裡建驪宮，秦時砌石築室，取名驪山湯。唐代先後修建有湯泉宮、溫泉宮，唐玄宗天寶六年，大興土木，環山築宮，宮外建城，改為華清宮，唐玄宗和楊貴妃常在此居住遊樂，現在的貴妃池和九龍湯，都是往時的遺跡。華清池風景秀麗，池週有垂柳，有一處石舫，是用石刻成船形，船首是龍頭形，建在岸上，伸入池中。上面蓋有亭閣，遊人可進入四面瀏覽，後面山坡上樹木茂盛，鬱鬱蒼蒼，夾雜著秋色黃葉，點綴其間，更增優美情趣。池的面積並不大，可是清麗幽雅，置身其間，心曠神怡。參觀貴妃池，比現代人用的大浴缸大一點而已，楊貴妃是豐滿型的，所謂燕瘦環肥，在池內可能轉側都困難，也許當時池比較大，後人重建時把它改小了。屋小人多，擁擠不堪，根本不允許人停足久留，因為後面人推過來，非向前走不可，側著身子排隊而過，比走馬看花還要匆促。有人忽發奇想，跳到池子裡，要友人為他照相，留做紀念。

有一處是西安事變時，軍政大員居住地，名為五間廳，其中有一間是當時蔣委員長住的，據說還有一付假牙留在那裡。房間陳舊，談不上華麗，祇是土土的一個木造房子而已。有一間是展覽西安事變時的資料，掛滿了當時各種報紙的報導，中外都有，包括新聞報導、圖片統計及各人物的照片，當然是當時的風雲人物。五間廳的窗戶上有碎玻璃窗，上面有彈孔，上貼紙條，寫明此是西安事變時所擊的鎗彈孔，保持原狀，作為歷史上的古跡。

驪山是很有名的地點，西周時周幽王為博妃子褒姒的一笑，舉烽火召集諸侯大軍前來救駕，等到大家知道上了當，心裡當然不高興，心中憤怒的回去了。後來犬戎真的入侵，再舉烽火，沒有兵前來，所以後來有人說周幽王和唐玄宗都是誤在女人身上，其實還是他們自己本身的過錯。

旅客都可花錢洗澡，另外有標明二人池的，是兩個人可同時入浴，我們因為是過路客，時間有限，沒辦法享受溫泉澡了。

回西安途中先經過半坡村遺址，半坡遺址是六千年前新石器時代先民的村落，在西安城東六公里，於一九五三年春天發現，經過大陸上「中國科學院古物研究所」進行了五次大規模的發掘工作，挖掘的面積一萬平方米，現已在該地建了「西安半坡博物館」，除建造文物展覽室外，並在三千平方米的原始村落居住區蓋起遺址大廳，依照遺址發現的遺物以及村落情況，半坡原始人似乎處在母系中心社會，過著集體勞動生活。

大廳內是一片原始坡地，上面有房屋的遺址，另外為了逼真起見，在大廳蓋了一座想像中的當時的圓頂房屋。遺址上每處都豎有說明牌，說此處是房屋基地，原始人如何進入屋內，那些是灶，那些是用具，有幾個完整或破碎的陶器罐也放在原地，想不到史前的人，已知道製造陶器了。有尖底瓶的汲水器，汲水時浸在水裡，水滿了會自動直立，不會傾倒。有些還有彩陶、石紡輪、骨針和飾物，可見那時已很進步了。從遺址的地形看來，好像是幾個部族相連而中間有土坡間隔，在整個半坡地各部落的外圍有深溝，為防禦野獸侵入和其他異族入侵之用。在土坡上面兩旁陳列有當時人的遺骸，有一人葬、二人葬、俯葬、側葬等，有一處是孩子群墓。半坡遺址，從考古的立場看，可說是瑰寶，從一般普通遊覽的旅客來說，祇能感覺到我國歷史悠久，先民智慧已經不錯，其他卻無甚可觀了。

在半坡遺址停留的時間很短，後來又去了西安市的錦江刺繡廠，該廠規模還不小，稱為秦繡，和湘繡不同，工人都是年輕的女工，在底絹上繪有藍色簡單圖形，另外有紙繪的設色圖作為範本，女工用彩色絲線照著紙範本上的顏色，一針一線的繡上去。針繡分兩大部門，一是一般刺繡，一是戲裝刺繡，女工們平均工資，每人每月約六十元。最後去飛機場，此次飛機比來時要大一點，不是螺旋槳機已是噴射機了，但仍然是中小型飛機。此次到西安，可惜的是沒有吃到牛肉泡饃等道地土產。西安距北京一千公里，飛行時間每小時九百公里，大約一小時多一點可到達北京，飛行高度九千公尺，一路很平穩，下午四點五十分起飛，到北京時六點十分。

三、北京

起先我們以為北京氣候冷，所以帶了厚裝，那知事實上並非如此，天氣很溫暖，穿上風衣就夠了。旅行社開車來接我們，北京街道也和西安一樣平平直直，祇是此地的規模和氣派完全不同了，雖然同樣是幾個皇朝首都，畢竟是接近現代的首都，戰亂經過得少，建設便大有不同。

我們住的旅社，名叫「華僑飯店」，在北京的西北角北新橋三條內。到了旅館，首先與老友沈君通電話，因為我們預定住的是燕翔飯店，早已有信告訴他，怕他去燕翔會撲空，所以要告訴他新地址，他是要由地區叫人電話去找的，大陸私人有電話的很少，一般都是地區叫人電話，打電話去時，無人接聽，原來已過了辦公時間，接電話的人回家去了，不得已祇好寫一封信寄給他。

十月二十三日，再試打電話給沈君，居然接通了，他說晚上來旅館看我，我和他是有四同關係，同鄉、同學、同事和高考同年，他說已聯絡了在北京的高考同年，連他共有六人，預定明晚在王同年家裡茶聚，到時他會來接我去的。

北京的地陪宣佈，今天上午去遊天安門廣場和天壇，下午遊故宮。

早晨出發，經過長安街，地陪說這是北京的主要街道，東西向，有四十里長，其間街名雖逐段有變更，而街道卻是直通的。兩旁高樓很多，我問地陪，裡面居住的是那些人，他說一部份是機關辦公室，一部份是服務單位分配給職員居住，每月扣薪水百分之二十作為房租，還有小部份是出錢買了住進去的，自己出錢買，當然不必再繳房租了。

住這些大房子的衹是小部份而已，絕大多數的人，是住在胡同裡，即是南方人所謂的巷子裡。胡同裡的房子比較破舊，有些是百年以上的老屋，很少有新式建築，和外面大街兩旁的高樓大廈相比，居住的水準差別太大了。街道上汽車固然多，腳踏車更多，在熱鬧地區車輛連綿不絕，過馬路不容易，公共汽車站到處都有，幾分錢一張票，可搭車行幾十里，還有地下鐵道，中國大陸有地下鐵道，僅北京一處而已。

天安門廣場南北長八百米，東西寬五百米，面積有四十萬平方米，可容納五十萬人集會，是世界上最大的廣場之一，北面是天安門，廣場在東西長安街的中間，南面是很有名的前門，我小時候就看過以前門為商標的前門牌香煙，圖案的形狀已深入印象中，到此實地看到，完全一樣。從南進入廣場的叫正陽門，門樓上掛著毛澤東的畫像，對面即是毛澤東紀念館，停放有他的遺體。紀念館的後面是人民英雄紀念碑，廣場西面是人民大會堂，東面是中國歷史博物館，此廣場的形狀。在電視及電影裡都已經看到，衹是實際看到時，有真實感。廣場邊人行道旁，擺了許多流動的零食攤子，我買了一串冰糖葫蘆。所謂冰糖葫蘆，是以山楂用竹子串成一串，外面塗上熬過的冰糖，甜甜酸酸的，在小說或散文上時常看到北平人想念冰糖葫蘆，現在總算嚐到了。還有山楂糕，方方的一塊，用紙包起，吃起來軟軟的，有甜酸味，價錢都很便宜，每樣二角人民幣。

幾年以前，驚心動魄的天安門事件，殺人無數，現在看不出一點痕跡，往事祇能供後人憑弔而已，歷史上事件，都可作如是觀。

參觀毛澤東紀念館，是旅遊節目中的一項，參觀的人有國外來的，有大陸各地來的，排成長龍，從正陽門外就排起，穿過廣場，人太多了，有人招呼排成四列縱隊，到進門處，分開左右進入，每邊兩排，紀念館裡正面是毛的石雕塑像，坐在上面，背景是大陸山河的壁畫。兩旁警衛隨時注意遊客，沒有人出聲，紀念館內不能照相，也不准帶照相機進入。大廳後面是停棺處，毛澤東遺體經過化裝，閉上眼，好像一個人熟睡一樣，遊客祇能從兩邊遠處看，無法接近，很快就出門。

遊過天安門廣場，到天壇去，天壇位於北京城南端，永定門內大街路東，佔地約二百七十多萬平方米，始建於明朝永樂十八年，已有五百多年歷史。天壇是明清兩代皇帝「祀天」，「祈谷」的地方，是中國現存最大的一處壇廟建築，主要建築有祈年殿、皇穹宇、圜丘等，皇穹宇原名泰神殿，嘉靖九年建造，到四十年改名為皇穹宇，乾隆十七年又大修一次。祈年殿建築在六米高的白石臺基上，是為「祈谷」而設的三重橢圓形大殿，高三十八米，全部是用木材結構，由二十八根楠木巨柱所支撐，殿內彩飾的底色，和祈年殿匾額的底色都是用天藍色，和天色相配，殿內成圓形，頂上一小塊圓形結頂，繪的是團龍，地上正對著結頂處是一塊石雕的圓形團龍，上下相對稱，正面座位供玉皇大帝，右面有兩座香案，是供皇帝的祖宗神位。臺階共四層，每層兩旁都有銅製的大香爐，像鼎一樣。皇穹宇是一座單檐木結構的圓殿，殿外圍牆是圓形，俗稱回音壁。據說兩人分別站在東西牆根，靠牆向對方說話，雖相距六十多米，仍能聽得到。可是我們去試了，卻沒有聽到，也許是風向不順的關係。這兩座殿壇，在建築上都有高度的藝術價值。

最後進是圜丘，是祀天的祭壇，壇分三層，圍以雕刻的石欄，壇面除中心石為圓形外，外圍多圈石塊，都是扇面形，包括臺階、欄干的數目，都是九或九的倍數，也是很特殊的建築。天壇除此三座主要建築外，還有皇乾殿、神廚、齋宮、長廊等建築物，都是一晃而過。齋宮旁有一顆九龍柏，用鐵絲圍起來，年代已久遠，柏葉還很茂盛。

回旅館時，經過東直門大街，有一處集體售貨攤，停下車去參觀，所售的大都是農產品和水果，此時水果最多的是柿子和梨。攤販領有執照，把執照掛在攤子外面。蔬菜種類也很多，時近中午，已快落市，很多用車子推來擺攤的，已在收攤準備回去了。也有些是賣手工藝品和土產的，價錢都不貴，旅遊團的人乘此機會，買了些自己喜歡的東西，還是以水果買得最多。

在旅館裡吃午飯，仍是五菜一湯(我們旅遊團伙食，除了幾次特別餐外，各地午晚餐都是五菜一湯)，旅館裡出售的風景明信片，六元錢一套，別處同樣的，祇售五元，其他貨品也是如此，擺明了要賺旅客的錢。

下午去故宮，故宮位於北京城的中心，是明清兩代的皇宮，俗稱紫禁城，始建於明代永樂四年，建成於永樂十八年，到一九八五年，已有五百六十五年的歷史。從建成皇宮起到清朝末代皇帝宣統止，除有二十四個皇帝住在這裡，對全國行使皇帝的最高權力外，其間並有李自成陷京師後，一度亦居皇宮稱帝。故宮四周有城牆，牆高十米，東西寬七百六十米，南北長九百六十米，是長方形，四個城角都有精巧玲瓏的所謂九樑十八柱的角樓，宮城面積七十二萬多平方米，現存宮殿面積約十五萬平方米，有宮室九千多間，重要建築有三大殿：太和、中和、保和。太和殿俗稱金鑾殿，是當年皇帝接位舉行大典儀式的地方，有後三宮：乾清、交泰、坤寧宮、清朝建儲，密放名單在正大光明匾額後面的赫赫有名正大光明匾額，就在乾清宮內，此外還有東西宮等，靠北面是御花園。

我們遊覽車在午門外停車，由午門正門進入，午門有三個門。以前專制時代，祇有皇帝才能走正門，右門是宗室皇族出入，左門是當朝大臣出入。進了午門，有五座橋，名為金水橋，橋下還有流水，然後是太和門，過了太和門，才是太和殿，太和殿前有十八座銅鼎，象徵十八省，大概是取禹鑄九鼎，以象九州之意。

所有宮殿左右，必定放有好幾座大的銅缸，銅質，外面鍍金，太和殿前的銅缸表面刮痕無數，據說是八國聯軍時，外國軍隊軍士為了刮取缸外的金，以致弄成現在樣子。銅缸的作用，是貯水備火災時救火用的。

依次看中和殿、保和殿，每殿前面的廣場都很寬闊，祇是地上的磚石，凹凸不平，不知以前那些官吏，五更三點上朝時如何天天走此崎嶇之路而不致跌倒，尤其老年人一定很苦。皇宮大殿的氣象，確實有莊嚴肅穆，使人肅然起敬的作用，在「垂簾聽政」一部影片內，已將皇宮內院全部實景攝入，早已看過此影片，所以我好像重入舊遊之地一樣。

在保和殿右旁九龍壁，塑刻有九條龍，每條龍的形狀，各有不同，據說其中有一處已損壞，用木刻補上去的，我們仔細的查看，看不出來。宮殿既大又多，祇能檢重點參觀，故宮博物院就原有宮殿設有珍寶館、繪畫館、青銅器館、陶瓷、工藝美術館、鐘錶館等等，我們繞過乾清宮到鐘錶館去參觀，鐘錶館裡擺滿了清朝西洋各國進貢的鐘錶，其中以英國製的最多，也有法國、瑞士、意大利諸國製造的。製品時間，以乾隆時進貢來的為最多，奇形怪狀，極盡靈巧之能事。那時我國廣州因與外洋接觸較多，學會了製作技巧，也設置鐘錶廠，鐘錶上面的裝飾圖案等配件，已是中國化了。在所有展覽的鐘錶中，人物鳥類等，大都能自動報時或轉動，如裝有門的，到時會自動啟閉，門內人物出來報時後再退進門內。

到珍寶館時，時間已不早，他們準備關門了，地陪和管門的人商量後讓我們進去，珍寶館裡的珍寶太多了，尤其以純金的金器和玉器為最多，有特製的龍袍和鎧甲，是乾隆時製造的，金器中以佛教的寶塔，和喇嘛教的法物以及西藏式的塔罈佔多數，有一座裝皇太后頭髮的，特別高大，重達數十公斤，是皇帝為紀念母親，將遺髮藏在塔內供奉，現在此遺髮可能還保存在塔罈內。此外如刀、劍之類，也全是純金製造。

珊瑚、珠子、翡翠、琺瑯、古玉等器物和裝飾品，更是名目繁多，珠圓、玉潤、翡翠碧綠，看看也很過癮。

其餘各館沒有去看，留出時間去遊御花園及三宮六院。御花園面積很大，我們僅在其一角穿過，園中樹木都很古，有的柏樹，粗大得要三個人才能合抱。有一座太湖石堆成的假山，每一塊多有七巧玲瓏的孔隙，假山上蓋了宮屋，據說是供應皇帝和后妃等，在每年九月初九重陽節時登高用的。儲秀宮、翊坤宮、咸福宮、長春宮等後宮，都是后妃所居之地，樸實無華，就是呆呆板板的房屋，並沒有像前殿那麼多彩多姿。有一個小庭院中，有一口小井，標明是珍妃落井處，井口用鐵條貫穿井欄，以防人失足跌入井內，井口小得一定要硬塞才能把人塞入井內，慈禧太后幽禁光緒，在八國聯軍入京時，挾光緒倉皇西奔，還不忘叫太監將珍妃推入井內處死，可見她的狠毒。

最後到養心殿，是乾隆皇帝的寢宮，內有乾隆的讀書處、起居室，寢室內還保留有當時的床、帳、被等，華麗而不實用，實在比不上現代人的冷暖氣、席夢思彈簧床的舒服呢。乾隆帝珍藏王羲之、王獻之、王珣三人法帖的房間，名為三希堂，以後刻印三希堂法帖，其意是三件希世古物，那裡也是他讀書的地方。

故宮文物之多，舉世無匹，可惜在明清兩代，都遭過一次大劫難，否則還要多。據明史記載，李自成盤據北京，在一片石，被清軍及吳三桂軍的聯軍擊敗後，退回北京，將所拷索而得之金寶及宮中彞藏器皿，鎔鑄為金餅，每餅千金，約數萬餅，以騾馬載歸西安，此是明代的劫難。清代劫難是八國聯軍入京，日軍先入宮，法兵繼之，法總兵據煤山，英、俄國總兵據其旁二廟，宮中珍玩重器皆盡。

時間已不早，匆匆回程。

晚上，朋友沈君和兒子來旅館看我，他的小兒子也已四十歲了，沈君告訴我他已和太太離婚了十多年，沈君未再娶，和小兒子同住，沈太太亦未再婚，和大兒子同住，我聽了甚為訝異，他們一對夫婦是經過不尋常的奮鬥才結合的，也許是大環境的關係，造成他們悲劇。

在旅館餐廳裡吃飯，不期而遇到美國來的費先生夫婦，前幾天在洛杉磯，我還和他們一起打牌，我問他們有無興趣赴大陸，他們沒有肯定的答覆，那知竟在大陸相遇。他們不是參加旅遊團，而是自己個人旅遊的，他們和大陸中國旅行社裡面有熟人，所以好辦，和中國旅行社約好，每天付美金一百元，由旅行社派一輛車子和一位導遊，供他們旅遊，所以行動很自由，不像團體行動受拘束。

「萬里長城萬里長，長城外面是故鄉」，在抗戰期間，長城謠歌聲到處可聽到，對長城景色嚮往已久。

十月二十四日，計劃去遊長城及明十三陵中的定陵。

由北京出發，到居庸關，一路山勢連綿，以前是要坐火車才能去，現在已在崇山峻嶺間開闢公路，汽車可以直達，比較方便。舉世聞名的萬里長城，東起河北省的山海關，西至甘肅省的嘉峪關，泰半建築在崇山峻嶺間，綿延六千七百公里，沿途有不少險要關口，居庸關是其中之一。居庸關在北京城西北七十多公里，這一段長城，建築在二十多公里的深谷中間，北面哨口，就是著名的八達嶺，海拔一千多米，是北京地段長城的最高峰。顧炎武在他所著的書裡講到，自八達嶺下視居庸關，若建瓴，若闚井，昔人謂居庸之險，不在關城而在八達嶺。

長城始建於公元前七世紀，秦始皇統一六國後，將秦、趙、燕三個原有的長城連接起來，秦始皇燒書詩，下令民間，如三十日不燒，黥為城旦，所謂城旦，就是輪邊築長城，晝日伺寇虜，夜暮築長城，要服苦役四年，所以築長城的苦役中，知識份子一定很多。至於孟姜女哭倒長城，那是神話，憑一哭就能把長城哭倒，事實上決無此理。

歷代對長城時有修築，居庸關和八達嶺一段，是明代修建的，由城牆、城關、城臺、烽火臺等構成一整體，牆身高大堅固，牆體用大石條築成外殼，內部填沙石土塊，依山勢築牆，牆頂砌成梯道，平均高七點八米，牆基平均寬六點五米，可容納五、六匹馬同時行進，或者可以由十人並行。

居庸關有二重城門，城門與城門之間的夾城裡，地位也不寬，不能停汽車，所以我們遊覽車停到關外的停車場，山石凹凸不平，走路要非常小心，否則會跌倒。從下仰望蜿蜒在山嶺間的城牆，氣勢很雄偉。登長城的步道，有左右兩邊，左面的比較低，路程也短，右面的是山峰最高處，登長城以登最高處為過癮，所以遊客到右邊的比較多。在我想像中，城牆應該是平整的，因為內地各縣，城牆都是平坦的，那知長城卻截然不同，因為隨山勢建築，斜坡很多，而且很陡，有些舖了石級，有些就是一片斜坡，上坡時要彎著腰才能爬上去，不能站直。風很大，從雉堞空隙看城外，那是塞外之地了，群山重疊，深秋季節滿山黃葉，也雜有紅葉，看不見道路，祇有幾處烽火臺在群山頂上。斜坡兩旁裝了鐵欄干的扶手，鐵管很粗，都磨得光滑之極，可見上下人手之多，把鐵都磨光了。一路上來來去去的人不斷，往往排成幾隊行進，有些人走了一半爬不動了，照了相片就折回去，多半的人是爬到最高的城臺上的，在附近有一匹駱駝停在那裡，使遊客騎上去照相，在長城頂上騎駱駝照相，也值得留念的。

我也鼓勇登臨最高處，其間經過幾個城臺，祇有一個小通道可以走過去，所以無論上下的人，都排成單行慢慢地通過。爬斜坡確實費力，有病的人絕對無法上去。到了最高城臺，向四周展望，山風獵獵，帽子幾乎吹掉，大有振衣千仞崗的氣勢。照了紀念相後扶著鐵欄干下坡，有些地方，麻石地已磨平，很滑，即使手把扶手，腳底還是向下滑溜。有些年輕人好逞強，不把扶手，在斜坡上飛奔而下，祇要跑得快，也不會滑倒。遊客們幾乎人手一照相機，任何角度，都有人取景。

完成登臨壯舉，回到遊覽車，開到天壽飯店午餐。

午後遊明十三陵，明十三陵位於北京城西北昌平縣天壽山的南麓，距北京中心約五十公里，在這方圓四十平方公里陵區內，分葬了明代十三個皇帝，從公元一四〇九年修建長陵起，到一六四四年清代修建思陵止，經歷了二百三十多年。十三陵中惟一已發掘的是定陵，定陵是明朝萬曆皇帝朱翊鈞和兩個皇后的合葬墓。當時二十一歲年輕皇帝，不惜民力，為自己建造陵墓，歷時六年完成，花費銀八百萬兩，相當於那時全國兩年的田賦收入。地下玄宮是陵墓內主要建築之一，距地面二十七米，由前、中、後、左、右五座地下宮殿組成，面積一千一百九十五平方米，不僅建築規模宏大，而且設計很合科學原理，除停放帝后棺槨，還停放著裝滿葬品的二十六只紅漆木箱，共出土了三千多件文物，其中的金冠、鳳冠、金銀珠寶的首飾、器物、絲織品，都是不可多得的工藝品。

定陵發掘後，已在原址設立了定陵博物館，我們先在博物館內看看出土的文物，明神宗和孝端皇后、孝靖皇后的像，然後進入地下玄宮，循圓轉形木樓梯，一層一層轉下去，深入地下二十七米，才到宮殿內。萬曆皇帝和孝端、孝靖皇后的棺槨外用朱紅漆，還是光亮，裝隨葬品的紅木箱還保留在那裡，衹是裡面的文物已取出了。另有個缸，貯了燃油，原來意思是點的萬年長明燈，其後宮殿內氧氣耗盡，自然熄滅，缸中油還剩下很多。

地下宮殿內遊客太多，旅遊團的人擠散了，好在出口處只有一條通道，於是先上去等待，不久陸陸續續的在上面會合了。

出了定陵，去神路參觀，所謂神路，是陵區內一條主要墓道，直通到長陵，全長十四公里，在其中途約一公里長一段，排列有九組十八對石人石獸，石人是武臣、文臣、勳臣各四尊，兩兩相對，均是立式，石獸是獅子、獬豸、駱駝、象、麒麟、馬各四頭，均為二立二踞式，這些石人石獸的學名是「像生」，或「石像生」，其意思是，這些石雕的人和獸，像活的一樣，而皇帝死後如同生前一樣，仍在駕馭和主宰一切。這些石像生都是有寓意的，如麒麟，是神話中的仁獸，表示吉祥之意，駱駝有沙漠之舟的美譽，象徵著堅韌的精神，文、武、勳臣，都是皇帝的近臣，手執笏板，威武而虔誠，以彰帝威。石雕完成於明宣德十年，是一組刻工精細，造型生動傳神，價值高的藝術珍品。

在中途石像處，我們停下來拍照，神路兩側路邊都種植了柳樹，垂柳與石像相間，在壯觀中不失風景的美麗。

晚上，沈君和王同年的兒子來接我去王家，在北京的同年中，王同年大概是環境比較好的一個，住在大廈的第五層，除臥房等外還有一個小小的客廳。我到時，在北京的幾位高考同年已到了，除了沈君和主人王君外，另外還有四位，王、鄧、周、馬等，大家見面時已不相識了，經過互相介紹後，才從記憶中慢慢地回想起來，當年的輪廓還在。主人準備了蛋糕和白木耳羹，於是互談別後情況，當初我們二百多個同年，現在知道音訊的，包括現存和已故的在內還不到三分之一，其餘已失去聯絡，不知生死存亡。在大陸上驚風駭浪中，每一個人或多或少都受了些衝擊，現在事過境遷，誰也不願意再談過去不愉快的回憶，大家很願意聽聽我報告海外生活情況，此外談談當年年輕時舊事，絕不提政治上有關的問題，互敘舊情而已。他們之間也甚少往來，我問馬同年，他還是第一次到王家呢。在同年中，互有升沉，有的現在地位還不錯，有些早已死於非命了。對於數十年闊別，白首相聚，大家都非常高興，照了些紀念性的照片，仍由同年的兒子送我回旅社。

十月二十五日，遊頤和園及北海。

頤和園位於北京城西北郊，距西直門十二公里半，是萬壽山和昆明湖合起來的總名稱。此地原是金代的行宮，明時改為好山園，清乾隆十五年改建為清矚園，一八六〇年為英法聯軍所燬，光緒十四年，慈禧太后動用海軍軍費五百餘萬兩重修，改名為頤和園。海軍原來準備添購軍備，更新艦艇的計劃，無法進行，甲午戰爭一起，遂敗於日本，慈禧為了一己的享受，置國防於不顧，實可說是國家罪人。到了一九〇〇年，該園又遭到八國聯軍的嚴重破壞，又是慈禧聽信了義和團惹的禍，到一九〇三年再以整修。

頤和園面積約二百九十萬平方米，水面約占四分之三，全園有不同形式的建築三千多間，進入東宮門後，仁壽殿、德和園、樂壽堂、宜碁館，庭院毗連。靠近昆明湖畔的彩色長廊，長達七百餘米，二百七十三間，將前山的排雲殿、寶雲閣、聽鸝館、畫中遊、清晏舫等主要建築聯結在一起，佛香閣是全園的中心建築，踞山面水，宏偉壯麗，湖東知春亭，據島臨湖，垂柳環繞，十七孔橋猶如長虹飛架湖心，從東岸連繫綠蔭掩映的南湖島，橋頭有八角重檐的廓如亭和造型生動的銅牛，湖中縱穿南北的一道長堤，裝點著秀麗多姿的仿西湖六橋，都為湖山增色，諧趣園在園內東北角，是自成一局的園中園。

我們從東宮門進入仁壽殿，正面是一座大的黃緞座椅，座椅前面排列許多銅器，有點燭用的，有焚香用的，都是古香古色的古物。右面一個廂房，是慈禧的理髮處，另外一個起居室，掛一個大壽字，大約是她做壽時的遺物。做壽完了，送來掛在此處。

殿背後有兩具大的落地玻璃鏡，在現代看起來，玻璃鏡太普通了，在她那個時代，有如此大的玻璃鏡，實在是一件名貴東西。還有多寶格，裡面裝了各類小珍寶。

過了仁壽殿，去諧趣園，古柏列道，進門處匾額是「紫氣東來」，諧趣園，前面已講到是園中園，確實自成一個格局，看不見昆明湖，但自己有水池，有假山，池也相當大，與后湖相通，是后湖的一部份，滿池荷葉，在夏天一定很美，當時是秋季，荷葉凋謝，在綠色殘葉中夾雜著枯梗敗枝。環池建了亭臺樓閣，有知春堂、蘭亭等，在蘭亭裡面豎有一塊石碑，是乾隆題的字為「尋詩逕」。

出諧趣園，到繪畫館、宜芸館，通過一段太湖石堆砌的假山，到玉瀾堂，慈禧曾一度幽禁光緒帝於此，過了玉瀾堂，看得見昆明湖了。途經大戲臺，是宮廷裡看戲的場所，慈禧很喜歡看戲，我國的平劇，所以能發展成全國性的娛樂節目，慈禧的提倡，有很大關係。大戲臺門外站有穿著宮裝的宮女和太監，是現代人裝扮，供遊客合照時做配角。

沿湖繞到樂壽堂，是慈禧每年避暑之地，亦有起居室和寢室，室外陳列一塊天然風景的大理石，群山雲彩，比畫還好看。庭園裡有一座大的假石山，據說是從安徽黃山採來的，因為形狀好，有人想運到北京進貢，其後因運費太貴，財力不繼，半途擱下了，後來乾隆遊江南，知道此事，特地去看，很中意，撥了內帑作運費，才運來安置在此地。

慈禧寢室內光線不強，床舖也是陰陰暗暗的，和乾隆的差不多，因為比較近現代，所以看上去似乎要好一點，儘管是錦彩華麗，但並不舒服。出了樂壽堂，進入長廊，東起邀月門的長廊，每一間橫樑，都有彩色畫，很細緻，都是宮殿和其附近的景色，途中有幾處題額如「煙霞天成」、「夕雲凝紫」等，長廊並非是筆直的一條走廊，從東向西，大約三分之一的地方是直線的，然後開始向昆明湖方面凸出，成半弧形到三分之二的地方為止，又直線向西去到終點，在弧形的頂端，湖邊建了一座牌樓，題額為「雲輝玉宇」。牌樓的正對面，是排雲殿，上山坡是佛香閣，佛香閣右面是萬壽山昆明湖碑，左面是寶云閣，再上去是智慧海，都是富麗堂皇的建築，在此處看昆明湖，全景在望，湖中亭閣柳樹，襯著遠山湖水，看去很像氣韻生動的中國山水畫，湖中有划著小遊艇，遠處煙霧靄靄，山上的多寶塔，宛如在虛無標緲之間，十七孔橋，長橋臥虹，更增風光之美。長廊西邊盡頭處是石舫，上面蓋了西式樓房，沒有華清池的石舫漂亮，在全中國式的園囿中夾雜此西式建築，有點不倫不類，格格不入的感覺。

長廊每隔一段路，就有一座亭子，計有留佳亭、寄瀾亭、秋水亭、清遙亭、百丈亭等五處，靠湖邊有對鷗舫和魚藻軒兩處。在船塢附近，陳列有一艘鐵殼輪船，原來是日本進貢的，以後經過八國聯軍之亂，沉入湖底，現在又打撈起來，為了表示中日友好，所以把他們以前進貢的船的也陳列起來了。

出頤和園，過了青龍橋，又進入民間了，與園內簡直是兩個世界，橋邊有騾車在運磚，熙熙攘攘的勞動群衆穿得樸素，民間的房屋也破舊，附近有一個市集，看上去好像很落後而困難的。

到萬年青旅館午餐，飯和菜都是冷的，吃得大家不舒服。

午後遊北海公園，北海公園位於故宮西側，故宮西側有南海、中海、北海，中、南海是不開放的，北海是公園所以開放，與景山公園相鄰，全園面積七十餘萬平方米，其中水面佔三十八、九萬平方米，名稱為海，其實是湖。在十世紀初，遼國在這裡建了瑤嶼行宮，金滅遼後，在此挖湖堆山，建築了廣寒殿、瑤光殿等，元、明、清三代，都是皇帝的御花園。全園以瓊島為中心，島上最高處建有藏式白塔，是在一六五一年建造，距今已有三百多年，高三十九點五米。這裡的亭、臺、樓、閣、殿等，多為別致的建築，瓊島右邊岸上，有畫舫齋、濠濮閣等名勝，渡湖向北，有五龍亭、鐵影壁、九龍壁、小西天的名勝，南端有高五米的團城，上有承光殿，元世祖忽必烈滅金後在承光殿大宴功臣，當時用的玉杯，還陳列作為古跡。

此地有一座艮嶽山石，原來是在北宋開封萬壽艮嶽上的，北宋徽宗登極之初，皇嗣未廣，有方士說京城(即開封)東北隅地協堪輿，遂命培其岡阜，政和間大興工役築山，號萬壽艮嶽。金兵擄徽欽二帝，北宋滅亡，金人將艮嶽山石北運，因為石頭太大，運送時很費事，每五里掘一口井，用井水澆在地上，結成冰後，山石在冰上滑行，用岸船拖著走，才運到此地。

團城對面，過永安橋，是進入瓊島之路，右面有大的荷花塘，比頤和園、諧趣園的大得多，另一條進入瓊島之路是陟山橋。永安橋橋頭有牌，樓題為「積翠」，沿湖邊有一處用幾十只大木桶，養了各色金魚，桶裡面的水已發出深綠色，長了好多青苔，魚卻養得很好。永安橋到瓊島的那一邊也有一牌樓名叫「雲堆」，和積翠遙遙相對。一路向上走，經過永安寺、法輪殿、正覺殿、普安殿，到最高處智珠殿，在弘慈廣濟寺後面，就是白塔，遠眺北海全境，遊艇多艘在湖裡穿梭往來，還有渡輪行駛瓊島與北岸之間，我們在高處瀏覽了一會，下山沿湖邊走回頭。九龍亭、九龍壁、小西天等必需乘渡輪到北岸才看得到，我們因時間關係，來不及前往，就回來了。

晚上吃聞名已久的北京烤鴨，車子停在天安門廣場，走過正陽門，繞過前門，到前門大街的「全聚德」烤鴨店。此店大大有名，始建於一八六四年，到現在已有一百多年歷史，以掛爐烤鴨聞名中外，他們可以用鴨舌、胰、胗、肝、心、膀、掌等部位，做成涼菜三十種，熱菜五十種，從中挑選若干種涼熱菜與烤鴨一起，稱全鴨席。北京烤鴨是用填鴨烤製的，皮脆肉嫩，只是油層太厚。在臺灣和美國都吃過烤鴨，臺灣的烤鴨是先吃皮，後吃肉，鴨架子另外和黃芽菜、豆腐等做湯，名為一鴨三吃，美國則沒有鴨架子湯，變成兩吃。北平烤鴨衹吃皮，鴨肉和內臟等另外做菜吃，味道還不錯。他們用的醬比較考究，鴨皮和大蔥包在芝蔴餅內沾著甜醬吃，很過癮。因為油重，所以吃不多，我們同團的外國人吃得特別起勁，我們一桌吃不完的他們統統拿去吃了，這一餐，每人花十八元，合美金祇六元，太便宜了。

照旅行日程，原來預定明天離北京，不知何故，又要延期一天，約好的親友，又接不上頭了，所以晚上發了一通電報給三弟。

十月二十六日，沈君一早來，約我去遊雍和宮然後逛王府井大街及琉璃廠等地，有黃、童兩位太太和我們一起走，雍和宮就在旅館附近，走十多分鐘路程就到了。

雍和宮是雍正皇帝(胤禎)做親王時的府邸。

到達那裡，先是雍和門，是一座佛殿，上題「瑰妙明心」，進殿中間供彌勒佛，兩旁四大金剛像高大威猛，過了佛殿，是雍和宮正門，門外有銅鑄寶塔式的臺，上面塑造皇宮雕像。宮殿內供如來佛，兩旁是十八尊羅漢，再進去是永佑殿，此殿建於康熙三十三年，胤禎的外書房和寢殿都在此，雍正去世也停靈在此地。乾隆時改為喇嘛廟，其中供奉無量壽佛，西為藥師佛，東為獅吼佛。過永佑殿是法輪殿，原來是胤禎皇妃那拉氏寢宮，乾隆九年全部拆除重建，共有四十五間，殿脊上起了天窗式的暗樓，頂上有鍍金寶塔五座，採用西藏寺廟建築的方式，殿中供奉黃教喇嘛始祖宗喀巴大師的銅質鎏金塑像，高達五米半，慈眉善目，寶相莊嚴。殿背後牆壁上嵌有紫檀木雕的五百尊羅漢。

最後是萬福閣，有三層，在樓兩側各有一飛虹式的懸空走廊，名為飛廊。殿內供奉的彌勒佛，是用西藏運來一整棵白檀香木雕成，地下埋入八米，地面佛像高十八米，直徑有八米，可說是世界上最大的白檀香木樹了。二層樓題名為淨域慧因，三層樓題名為圓觀並應。在左偏殿放置兩只黑熊的塑像，體積龐大而凶猛，上掛記載，一隻是乾隆一九年八月二十日皇帝狩獵時由他自己射殺的，重達一千多斤，另外一隻是同年月二十一日所獵獲，也是乾隆所射殺的，重有九百斤，留此作為皇帝的紀念品。

出門時我們旅行團的車也來了，旅行團遊過此地到景山公園去，那也是北京有名的名勝，所以我們改變原計劃，和沈君作別，隨旅行團去景山。

北京景山公園座落在景山前街，故宮的北面，和北海公園一樣，也是元、明、清三代皇帝的御花園，面積二十二點三萬平方米，苑內，元代時原有小土丘，明代因開挖紫禁城筒子河(就是護城河)，將挖出來的泥土傾卸在小丘上，逐漸形成了現在的五座山峰，稱為萬歲山，也稱煤山。煤山有一個悲慘的故事。

據明史載，崇禎十七年三月十七日，闖王李自成率兵打到北京，「十八日日暝，太監曹化淳啟彰義門，賊衆盡入，帝出宮登煤山，望烽火徹天，嘆息曰：苦我民耳。徘徊久之，歸乾清宮，令送太子及永王、定王於戚臣周奎，田弘遇第，劍擊長公主，趣皇后自盡，十九日天未明，皇城不守，鳴鐘集百官，無至者，乃復登煤山，書衣襟為遺詔，以帛自縊於山亭，帝遂崩，太監王承恩縊於側。」

這是歷史上的悲劇之一，崇禎帝是吊死在一棵古槐樹上，原來那棵樹在文革時被斫掉，後來另外補植一棵新槐，就在原址上，樹下植了一塊木牌，上書「崇禎自縊處」。

清順治十二年，將煤山改名為景山，「景」是高大的意思，景山高四十三米，每峰都建有琉璃瓦亭，登上中峰的萬春亭，可眺望北京全景。萬春亭是內城的中心，也是北京城內的最高點，紫禁城裡的皇宮，像櫛篦一樣，一層一層，無數屋頂，一目了然。

萬春亭是一座三重檐，四角攢尖的建築，與東側的周賞亭、輯芳亭同建於乾隆十五年(一七五〇)，另外還有兩座是觀妙亭和周覽亭，構成了景山五亭。

遊景山公園，主要的是登山望故宮，以及憑弔崇禎自縊處，其他無甚可觀。

四、南京

十月二十七日晨六時，天還沒有亮，就離開旅館出發，到飛機場，辦了手續後登機，飛機在九點起飛，一路平穩，上午十點半降落在南京明故宮機場，舊地重臨，不勝感觸。猶憶抗戰勝利後，自重慶還都，在重慶白市驛搭機飛南京，即是停在明故宮機場，當時意氣風發，以為可過太平日子，那知不到幾年，風雲變色，遂至去國三十七年。

出了機場，二弟、三弟已由家鄉無錫來此相接，我有位堂姪在南京某機關任重要職位，此時正因公赴外省開會，無法趕回來，所以要堂姪媳婦和兒子、女兒、兒媳等代表他和我二弟、三弟等一起來迎接。

大陸上的汽車非常缺少，有錢也很難雇到車，幸而堂姪自己有吉甫車可以支配，所以他們坐了中型吉甫車來的。

我們人已下了飛機，行李不能隨身取到，由中國旅行社統一集中運送到旅社，所以吉甫車祇好隨著旅遊車同到金陵飯店。

旅遊團的日程，原定是在南京停留一天半，到無錫停留一天半，我為了想在故鄉無錫多留一點時間，所以在南京離隊直接去無錫，事先要三弟買車票。南京到無錫車票，軟座當然無法買到，即是硬座的對號票也是託了人才能買到，時間是下午四點開車，所以在南京停留的時間很短暫。

在旅館等待行李的時間，去吃午餐，先到同慶樓菜館，客人已是滿座，問菜館裡的人，有無小房間雅室，他們引導我們去，有幾間都很空。但是在小房間吃有個條件，按人算，每人要十元菜錢，我們八個人，要八十元，如按美金算，原來也並不貴，可是在大陸已可吃一席酒菜了，我們僅是午時便餐，何必花大錢呢，所以改到大三元去吃。他們菜名牌子掛在窗口，標明價錢，先付錢買菜票，再按票載的菜名送菜，人還是很擠，等了一會兒，才輪到座位。無論餐桌、用具、環境都很髒，蒼蠅亂飛，吃了六個菜、一個湯，祇花了二十四元人民幣。吃飯時，有一位白髮老婦人到餐桌討錢，有人給她一角錢，被菜館裡人看到了，馬上趕她出去。

飯堂不知何事，有一位吃客，大發脾氣，比手畫腳的罵人，大家根本不理他，三弟說此種事司空見慣，不足為奇。我想大概是文化大革命那一批闖將，長大了戾氣未消，仍然到處發作。

在剩餘時間裡，很懷念舊住地薩家灣的霞公府，二弟說他早上已去看過，房子仍在，祇是很破舊了。南京的名勝如玄武湖、中山陵、雞鳴寺、棲霞山等地，以往都已去過，就是雨花臺始終沒有去，因此決定去遊雨花臺。

雨花臺在南京中華門外的南郊，據說梁武帝時，有一位高僧在那裡講經，感動天帝，為之雨花，所以因此得名。查南朝的梁史，並無此種記載，祇是有一段或亦與此有關：「梁武帝中大通五年春正月，祀南郊，大赦，賜孝悌力田爵一級，先是一日丙夜，南郊令解滌之等，到郊所履行，忽聞異香三，隨風至，及將行事，奏樂迎神畢，有神光圓滿壇上，朱、紫、黃、白雜色，食頃乃滅」。總之是傳說而已。雨花臺出產五色石子，舉世聞名。我們車到那裡，是一座矮山，正面山勢開曠，有雕刻人像的紀念碑，拾級而上，碑前雜花，碑後山陵。有很多人拿了石子在賣，用塑膠袋裝起，有些袋中盛水，據說石子彩色經水而顯，山上正在翻路，有些遊客在翻泥土，自己撿石子，看上去還頗有收穫。山下有一家出售土產的公營商店，分別陳列了各種石子，價格各有不同，按石子透明與否而標價有高低，我向小販買了一袋，此石最好放在花盆內涵以水，種水仙花最為出色。

離開雨花臺，回到城內，經中山路、新街口、鼓樓等地去參觀長江大橋。新街口、鼓樓等是以往常遊之地，當年交通往來是坐馬車和江南汽車公司的汽車，現在馬車已不見了，公共汽車來往很勤，路邊增加了許多行道樹。

長江大橋距離下關很近，確實是一座近代化的偉大建築，從南京方面長江邊横渡長江到浦口，先是很長的引道，到了江面，看得見兩邊船隻在長江中行駛，橋面上南北兩端都建有紀念性的塑像，象徵著群策群力，建橋的辛苦。橋是用鋼筋水泥建造的，汽車上橋後中途不能回轉，一定要到了對岸才能回頭，司機告訴我全長八千米，他問我和美國的金門大橋相比，是那座橋偉大？我說這根本不能相比，金門大橋是鋼索吊橋，其偉大處在高，此橋是水泥橋，其偉大處在長，一跨江，一跨海灣，都是了不起的大工程，我想在塑像處下車拍照，司機說橋面不能停車，也祇好作罷，如此一來一往，費時也不少，離開搭火車時間已很近了，於是開車到車站。

我以前是京滬路火車的常客，我到臺灣後坐的是窄軌鐵路，往往想起大陸的寬軌鐵路，現在登上火車，覺得比臺灣車廂大不了多少，車廂還是老樣子，很舊，沒有什麼改進，對號車在起站是有座位的，可是走道裡擠滿了站客，路都走不通，如中途有人下車，馬上遞補上去，好比我們坐公共汽車一樣，中途能否佔到座位，要靠運氣。鐵道兩旁依然是江南農村，處處稻田，就是沿鐵道邊都種植了樹，新蓋的房屋沿鐵道絡繹不斷，是以前所沒有的。

在車上喝茶自己帶杯子，三弟已早有準備，拿出瓷杯給我，服務人員祇沖二次開水，在車廂門邊有熱水壺，以後要自己去倒熱水，可是在人堆裡擠過去倒水很不容易，所以一杯水喝完，也就算了。車行途中，對面坐的是二位無錫同鄉，閒談中知道他們也乘出差的機會去遊過北京、長城、西安等地，對國外的情形比較膈膜，有時提出的問題也很幼稚。

大約七點多車到站，車廂門口擠得立腳都困難，我們帶了行李，下車更困難，好在二弟、三弟經驗豐富，很早就把行李從人堆裡擠過去放在車門附近。車門旁，另外有一扇門，服務員打開那門下車，又隨手關上，惹得乘客們咒罵。擠來擠去，總算下車了，已擠得一身是汗。

五、無錫

家鄉無錫，是一座具有悠久歷史的古城，從商朝泰伯、仲雍在無錫梅里平墟建立「勾吳」國算起，已有三千多年歷史，春秋末年，吳王闔閭將都城從梅里搬到蘇州，歷史上把蘇州、梅里平墟統稱為吳墟。

現在的無錫城，開始於秦、漢置縣。由於錫山產錫，名為有錫，其後錫礦採完改名無錫，自漢光武迄今都稱無錫，又因東漢名士梁鴻和妻孟光隱居無錫，後人把他隱居地的河稱為梁溪河，所以梁溪又是無錫的別名。

無錫是平原地區，河道密布，土地肥沃，盛產絲、米及水產魚類，所以一向稱為魚米之鄉。又因瀕臨太湖，風景秀麗，既有杭州西湖的明媚風光，又有三萬六千頃煙波浩渺的氣概，而氣候又是四季分明，實是江南最值得使人留戀的名勝地。

當地最有名的遊覽處是九龍山（即惠山）、梅園、黿頭渚和蠡園等，其他名勝還多，祇是不及上幾處出名。

十月二十七日下午七點多，火車到達無錫，出了站，三弟的兒子、女婿都在外等待，他們說家裡親戚一屋子，都在等待我回去。本擬叫計程車，他們回說要先登記，然後再等分配，而且車費要二十元。在車站有公共汽車，可以直達家門口，車票祇有幾分錢，平常很擠，到了晚上，下班的人都回去了，比較空，我們商量結果，不如搭公共汽車，如一班不空再等下一班。不久車來了，很空，行李也可搬上去。車行途中，二弟告訴我一路經過的舊有地名，地形完全改變了，每處和以前都不一樣，簡直已成為陌生地方。

無錫城牆已拆除，改為環城馬路，城中河道，無論弓河、弦河、箭河，全部填成路基，橋樑也已拆掉。有些古跡牌樓，如鳳光橋的四牌樓，學前街的稽閣老牌樓，學宮前的「六科三解元」、「一榜九進士」表彰無錫文風的牌樓等，也全都不見了。

街道兩旁種植的行道樹，經過幾十年生長，已幹粗枝茂，從街道兩邊，向中間生長；兩邊樹枝交叉銜接，成為樹蔭的棚。

我家老屋，原來是三進三開間門面，門外是廣場，上面還種有杏樹，放有大黃石，拆街後，不僅廣場不見了，連大門的圍牆也拆掉，變成路基。拆路後，所有沿街房子都一樣，修建成矮矮的平整的白粉牆，牆上中間開一個門進出，想當年每家有一個不同式樣的門面景象，是看不到了。白粉牆舊了，變成斑斑駁駁的污穢顏色，非常難看。

我們初到洛杉磯時，看到房屋漆成五顏六色，好像玩具屋一樣，很是好奇，日久看慣了，覺得比較活潑，現在再看那一成不變，整排整排毫無變化的平板污色粉牆，很不習慣，印象中好像很醜陋。

到家時，家中人都圍在一起，有堂兄、堂弟、三弟的三個兒子，三房媳婦及孫子、女婿、女兒、外孫，二弟的太太等，眼花撩亂，一時也記不清楚。

家中已分了家，三弟住的房子很小很小，除了大門還保留舊大門，門上獸環已銹得快要斷了，還有一張舊木梯還在使用，此外都已變了。三弟是分得三開間的中間一層，原來進大門是天井，然後客堂，後面是反軒。現在儘量利用，天井加了竹棚，作為廚房和雜用間。進門口是一只煤球爐，所有燒飯燒菜、煮開水都靠它。有自來水，裝了水泥槽，另外一只小水缸儲水。垃圾放在畚箕裡，每天倒到公共廁所去，公共廁所小便處是一排磁磚起的溝，大便處也是溝，比較深一點，用磁磚短牆，分隔左右，都是蹲坑，老年人或生病人要上這種蹲坑實在很困難。公廁裡最不習慣的是沒有洗手處，原來建設時是有一只面盆，上有水龍頭，不知何故拆除了。以後到各處去，公共廁所樣式幾乎一致，沒有洗手處，可能是統一下令拆除的。我們旅遊團出發時，領隊告訴我們要自帶衛生紙，在公廁裡是沒有紙張的。

家中第二進客堂已改為臥室，擺了一張長沙發，對面是床，現在二弟夫婦暫住在這裡，上面加了一個閣樓，是三弟自己加蓋的，他夫婦每天爬梯子上閣樓睡覺，我也上去看過，放一張床，外加天窗，倒也光亮，自成一局。

後進是三弟大兒子夫婦住，放了一張吃飯桌子，後門出去原來是河，填塞成小街道，不通行大車輛，大家利用來做活動場所，夏天天熱時，差不多都露天睡在此街道上。

三弟夫婦會佈置，屋雖小還佈置得井井有條，隔壁堂兄家去看過，比較亂。堂兄已七十八歲，身體還好，祇是眼睛已不行了。

堂弟身體也好，已七十歲，還是滿頭黑髮，說話常帶笑容，很樂觀。他剛從四川女兒那裡遊覽峨嵋山回來。他原來分得的房子，以前因經濟困難，賣給別人了，那家開了一間小店。現在大陸上商店有三種型式：一是國營商店，二是合營商店，三是個體戶商店。所謂國營商店，未必全是大型，有些比以前小雜貨店還小，祇是資本是公家的，職員是公務員而已。大型的集中營業的商店，首推友誼商店，專門供應國外來的旅客，貨品最全。其次有東方紅商場、七個百貨商店、三個副食品商店等，為數並不太多。

家中雖說是三進，其實面積很窄，也不進深，共有十多公尺而已，真是螺絲殼裡做道場，一般家庭都是這樣，房屋太小，人多分配不過來，那也無可奈何。

三弟們準備了豐盛的晚餐，包括：醉蝦、太湖白魚、炒鱔絲、紅燒素麵筋、鯽魚、炒茭白、生麩麵筋包肉煮湯等，菜是豐盛，祇是味道好像比以前差得多，不知是否心理作用，大約是大陸現在不用味精的關係。

飯後話話家常，在文革期間和三年自然災害期間，大家都吃了些苦，現在誰也不願意多提舊事。

在我回家以前，曾寄信給三弟，要他代訂旅館，這也是困難的事。他先向我家附近旅館接洽，據答覆不能住華僑。原來所有旅館都分類的，那些可住國外旅客，那些可住政府高級官員，那些可住出差公務員，那些可住一般老百姓，不能混同。在火車上就可根據身份及工作性質，分配到合適的住房，如火車上沒有辦好，在站上也有旅館服務處代為辦理。

三弟其後透過僑辦，訂到了一家旅館的房間，離家也不太遠。

飯後不久，因旅途勞頓，二弟、三弟陪我去旅社，旅社冷冷清清的，進門要出示證件，查出昨天僑辦已代訂的房間讓我去住，二弟陪我住旅社。房間裡二張床，也有衛生間，祇是床上祇有一床被，太厚熱得不能入睡。我所經過的旅社，都是一床厚被，被面都是差不多的，是否統一規格，不得而知，此種不分天氣冷暖一床被方式，太缺乏彈性，對旅客實在不方便。

十月二十八日一早三弟即來旅社，接我回家，一路上看看舊鄰居，僅祇有幾家的後代住在那裡；百分九十的老鄰居有的因拆屋，有的因其他各種原因而遷離，所以沒有遇到一個熟人。老同學劉君去上海未回來，所以也沒看到。

三弟妹準備早餐，以為我在國外吃不到油條和豆腐等，特地去買回來，其實這些食品洛杉磯都有的，此地的油條因為用的不是白麵粉，所以炸起來不鬆脆，又乾又硬，比美國的差遠了，當然和臺灣的更不能相比。記得幾十年以前吃的豆腐，又白又嫩有香味，現在的豆腐也變質了，最多和美國盒裝豆腐差不多。祇是蟹粉包子，當時正是螃蟹季節，雖然皮子差一點，味道還不錯。

三弟已設法借到一部麵包車，可以坐十多人，決定由堂兄父女兩人，堂弟一人，我家二弟夫婦、三弟、三弟的二媳婦及他兒子，小兒子和小媳婦，連我共十一人，準備開車到名勝地遊覽一天。

車從中山路出發，中山路就是以前的二下塘，從北門到大市橋一段，已闢為六線道，從大市橋到南門還是二線道。車到大市橋向東轉，經過崇安寺，過東門到亭子橋，在東門等待紅燈時，看到公路上面的高架鐵道。十字路口有退休的老年人在指揮交通，三弟說此老年人多半是退休了的軍人，是否是義務職，不得而知。

由東門向北經北大街、小三里橋，而到三里橋街，我因為想看看三里橋街的米行情形，在我幼小時，常到父親的「德大源」米行去玩，那裡有一座蓉湖樓，登樓看得見黃埠墩。蓉湖樓是米市中心，每天米行經紀人都到那裡集會做買賣。無論米或雜糧，都有樣包，每包大約一升的樣子，雙方看樣講價，一經合意即成交。蓉湖樓的鱔絲麵很好吃，米行也常招待客戶吃麵吃點心，不必花錢。現在蓉湖樓已拆了祇剩平房，原有整條街的米行，全部取消了，運河裡以往泊滿了的米船也沒有了，沿河邊建築了些簡陋的棚屋，擺了許多小攤子，賣日用品。吳橋原來是鐵條橋，現在也改為水泥橋。黃埠墩，康熙皇帝南巡時，曾駐蹕於此，此運河中的小孤島曾風光了幾百年，現在拆去一部份，孤零零的很小很舊。運河裡的船隻，破舊的多，很少有像樣的新船。

從錫惠公路去惠山，原來兩旁是農田，現在已蓋了許多工廠和工人宿舍，路已加寬，路邊種了垂楊柳，很夠氣魄。

到了惠山山麓，先遊寄暢園，寄暢園又名「秦園」，是明代建築的園林，元朝時原為二僧房，到明正德年間，兵部尚書秦金開闢為私人園囿，題名為「鳳谷行窩」，後其族裔秦耀，官至中丞，中年罷官還鄉，著意經營園林，更名為「寄暢園」。在康熙初年，秦金的曾孫秦德藻，請了著名的假山工匠張南垣及其從子張斌，在園內疊石，又引二泉之水，曲注其中，使園更趨完美。在園內可看到錫山的龍光塔，園內有美人石、知魚檻、錦匯漪、鶴步灘、七星橋、八音澗、九獅臺等景。康熙和乾隆南巡，此園是必到之地，尤其乾隆幾乎每次必到，乾隆十六年遊寄暢園，秦氏子迎駕者二十餘人皆高齡，乾隆曾題詩美其事，其中有句云：「近族九人年六百，耆英高會勝香山」。頤和園內諧趣園就是仿照此園建造的。

我們循著曲徑，欣賞每一個景致，堂兄眼力差，由他女兒扶著走過石板橋，在嘉樹堂前照了一張合照。此園原可通二泉亭的，大約為了多收門票，將通路堵塞，仍要退出園外後，轉道到二泉亭去。惠山原來的五里街和龍頭下沒有去，據說現在已變了很多。

直接從惠山寺進入遊覽區，惠山又名九龍山，共有九座山峰，以三茅峰為最高，登山之人大都從惠山寺，二泉亭旁上山，由三茅峰下山，山路盤旋，稱為七十二個搖車灣，經石門而下山，我年幼時遠足常去，現在因為沒有時間不能上山了。

惠山寺建於南北朝，距今已有一千五百餘年，它是南朝宋劉裕屬下司徒右長史湛挺的歷山草堂，以後到唐朝以品茶著名的陸羽寫慧山寺記，才稱為慧山寺，乾隆幾次蒞臨慧山，題署為「惠山寺」，所以惠山才定名。清朝李鴻章平定太平天國，在惠山山麓建昭忠祠，現已改為大同殿。

惠山與天下第二泉是不可分的，泉以山而名，山以泉而益彰，在惠山寺看過古華山門、唐宋經幢、御碑亭等轉到二泉亭去，山壁上刻有元趙孟頫所書的天下第二泉大字，第二泉是唐陸羽品天下水味而評定的，泉有上中下三池，都在漪瀾堂前，歷代題詠很多，宋蘇東坡曾有詩云：「踏遍江南南岸山，逢山未免更留連，獨攜天上小團月，來試人間第二泉，石路縈迴九龍脊，水光翻動五湖天，孫登無語空歸去，半嶺松風萬壑傳」。下池養了許多金魚，遊人有投以餌，魚都浮水爭食，池前有太湖石數塊，疊成觀音菩薩立鰲魚像，世稱觀音石，右為龍女石，左為善財童子石，都是象形而已。

惠山名勝處大都沒有變，從三十八年以後，增加了兩項建設，一是在惠山植樹二百多萬棵，二是開闢映山湖，映山湖靠近秀嶂門入園處，水面有一點二公頃，原為山間墓地，無錫城中填河時，泥土不夠，到惠山來挖，挖成一個小湖，承受黃公澗的水，遂創成了反映湖光山色的佳境，湖東置一石牌坊題名映山湖倒也名副其實。正面九龍山倒影，映在湖中，側面對著錫山，此湖要在梅雨季節，黃公潤的飛瀑入湖，水濺珠飛，才是最壯觀的時候，現在秋季水枯，祇能看看湖面遊艇，我們到那裡時正下小雨，不久雨停了，太陽出來，曬得很熱，而地上濕氣上蒸，很難受，好像是臺灣夏天，又濕又熱，好在我們不久離去。

離開惠山到梅園，梅園是名實業家榮宗敬、榮德生兩昆仲的私人產業，在抗戰以前，我在梅園公益學校做了一年多校長，正是舊地重遊。那裡原名滸山，梅園是就清末進士徐殿一的小桃園舊址擴建而成的，原占地八十一畝(聽說現已擴展到五百多畝)，全部植以梅花，說萬枝梅花，似乎有點誇張，幾千枝梅花是有的，春初梅花盛開時，香聞數里，園中一片雪白，榮德先生生一百一十週年誕辰時，老友朱君曾繪梅一幅紀念題云：「大地陽和轉，獨先天下春，睹此冰雪姿，不負種梅人」，道出植梅心意。梅園景物，大體是沒有變，祇是原有的學校房屋不見了，當初我在學校池邊曾植樹留念，現在當然也已無處可尋。進門處那塊梅石，依然矗立，循徑而上天心臺，其取意是從「數點梅花天地心」的句子而來。臺由黃石砌成，有臺階可登，上有小橋名野橋，天心臺前植立有太湖石，其中有一塊，高一丈多，名為石峰，是清代大學士于敏中園內的故物，上有九九八十一個孔，大可容拳，小可納指，瘦、漏、皺、透，靈石的要點都俱備，是石中上品。遊人大都以此石為背景照紀念相。過天心臺到香雪海，原來香雪海有塊題匾，還有小故事，那匾上題款是康有為題，有一次康有為來作客看到了，說是假的，所以重題了一塊，那是真跡，並題詩云：「梅園不愧稱香海，劣字如何冒老夫，為謝主人濡大筆，且留佳語證真吾。」可是現在那塊匾不見了。

香雪海對面是誦豳堂，又稱楠木廳，用楠木作建材，廳前有篆書楹聯：「四面有山皆入畫，一年無日不看花」，確是梅園勝景的寫實。

梅園有梅無鶴，在楠木廳上去，建了一座招鶴亭，其取意是仿西湖孤山，林和靖梅妻鶴子的雅事，建亭以為點綴。再上去經過小羅浮巨石而到念劬塔，是榮氏兄弟為紀念母親，在其八十歲冥壽時所建的，是八角形的三層磚塔，高十八米，紅牆綠頂，拔地凌空，頗有氣魄，梅園遊覽，任何角度，登此塔都能看到。最後到豁然洞讀書處，豁然洞是一個人工砌成的山洞，當初建造梅園時，在此地開山取石，形成深坑，其後因地制宜，建成山洞，洞中有開曠處，名為大廳，大廳向外，有三條明暗曲折的通道，穿過山洞，有豁然開朗的感覺，也是取桃花源記裡面豁然開朗句而命名。過了山洞有五間廳屋，名「讀書處」，在抗戰前，榮氏聘請無錫名學者朱夢華先生，和另一位許先生，在此教授他子弟和無錫世家子弟的地方，現在已空起來。記得以前還有太湖飯店，現在已遷移到別處去了。

十二點多，在梅園飯店吃飯，飯菜是老早大盤大盤燒好的，像自助餐一樣，客人點菜，在盤子裡裝一盆就送來了，我們臨時點了幾個現炒的熱菜，連司機共十二人，祇花了二十多元，合美金每人七角錢而已。

梅園對面，有條路可通小箕山，黿頭渚，現在不開放，所以祇好走遠路，繞道去黿頭渚。

從梅園到黿頭渚的公路是錫梅路，比錫惠路還要整齊，大陸上為了發展觀光事業，吸收外匯，對於名勝區及觀光旅館等，真是不惜工本，力求完美，和一般民間生活水準，顯然差了一大截。

黿頭渚是充山山脈伸入太湖中的一個小型半島，從錫梅路去，中間隔了五里湖，建有寶界橋相通，在往昔，到黿頭渚去要擺渡，經過五里湖，風波險惡，深感不便。在一九三四年，由榮德生的「百橋公司」，捐建大橋，橋址在寶界山山麓，全長三百七十五米，有六十個橋孔，猶如在明淨的湖面上，繫上一條白練，把梅園、黿頭渚、蠡園等名勝地串聯在一起。

汽車在寶界橋上經過，勾引起五十年前的往事，在民國二十六年，抗日戰爭時，日軍從京滬路進迫，到那年年底，戰事已接近無錫，我家本著小亂避城，大亂避鄉的原則，避難到寶界橋附近的石塘，那時我二十六歲，辭別了父母到大後方去，歲暮天寒，雨雪霏霏，從寶界橋上過，天上日機在打轉，地上公路上塞滿了軍用車輛和部隊，日機在不遠處投彈，前途茫茫，正不知身歸何處，而今歷劫歸來，回想前情，白雲親舍，父母屍骨已寒，不勝感慨。

黿頭渚依山面湖，分四個遊覽區，以下列地點為中心，太湖佳絕處、黿渚春濤、廣福寺、七十二峰山館。

太湖佳絕處，在抗戰期間，無錫人楊翰西曾題額為「橫雲公園」，其後郭沫若遊黿頭渚，在此處題句：「太湖佳絕處，畢竟在黿頭」。所以以此得名。牌坊側有「問津、利涉」拱形門，這裡原來是萬傾堂擺渡過來的碼頭，相傳明朝時有一漁人在此舍舟登岸，發現茂林修竹，落英繽紛，疑為世外桃源，不忍離去，「問津」，乃是桃源問津之意，在此觀賞湖光山色，確有世外桃源的意境。

在黿頭渚的黿頭部位建有燈塔，燈塔的下面是一個大水灣，林立著奇峰怪石，絕壁懸崖上刻有「包孕吳越」和「橫雲」六個大字，是清末無錫知縣廖綸的手筆，字勢蒼勁有力。太湖在春秋戰國時期，正是吳越爭霸的時期，卧薪嘗膽，和十年生聚，十年教訓，龍爭虎鬥，用包孕吳越來比喻太湖雄偉氣魄，用橫雲來形容黿渚石壁如橫在湖畔的一抹彩雲，深化了風景的意境。距此不遠，綠樹叢中，矗立一巨石，正面題「黿頭渚」，反面題「黿渚春濤」，到此欣賞萬頃煙波，頓覺豁然開朗，遠望太湖三山，風帆點點，俯視奇石卧水，白浪滾滾，浪擊時，風濤聲聲，遊人頗多涉足湖邊斜坡形巨石上，取景攝影，以燈塔為背景，襯著雪浪帆影，真得自然美趣。

「廣福寺」和「小南海」兩座寺廟聯在一起，我故居原在城中「小南海」附近，因闢路將小南海拆除，到此地又重睹舊匾，有親切之感。三弟說原來城中小南海的主持已到廣福寺掛單，而廣福寺的主持「法度」，是我家的熟人，現在已近九十歲，除有貴賓蒞臨外，已不見外客。我們去時和知客僧說明後，法度破例接見，殷勤招待到他禪房，合照了幾張照片。據他說文化大革命期間，他費心思，保留古跡，裡面所有陳設古物被掠一空，近幾年來才漸漸歸還復舊，現在靠門票、出售素食及遊客香金維持，所有收入全部繳政府，每月開銷，由政府負責。兩相抵銷，也相差不多。「法度」禪師是個傳奇人物，我幼年時他在我姨父店裡做夥計，有一年死去七天，因心口尚溫，未曾入殮，其後醒來，云已遊歷陰間，從此看破世情，到上海玉佛寺出家，修持「靜度宗」，現已八十八歲，還是步履輕健，我和他六十多年未見，相見時面目依稀，輪廓尚在，他說也還記得我，談談幼年往事，甚多感觸。在廟內遂喜後步入歸途，中間經過一勺泉等地，沿湖邊回到大門口，再開車到蠡園去。

蠡園位於蠡湖之濱，蠡湖又名五里湖，相傳范蠡與西施泛舟五湖即是此地。蠡湖湖面狹長，面積九點五平方公里，相當於杭州西湖的一點七倍，寶界橋把湖分隔成東西兩部份，蠡園在東面，好像西湖的裡湖，一九二七年無錫實業家王禹卿在此建蠡園，不久其妻舅陳梅芳在園旁建造漁莊，存心和蠡園比個高下，所以也叫「賽蠡園」，現在已將此兩個名建築合併在一起了。

進蠡園大門右轉彎，穿越假山的石洞門，有廳堂一處名「百花山房」，廳前植有各色花卉，在花樹叢中置石臺、石凳，供遊客品茗賞花。再過去是四季亭，有四座亭子，分布在方池柳堤的四角，春亭種植梅花，夏亭種夾竹桃，秋亭種桂花，冬亭種臘梅花，四季鮮花，馨香不絕。四季亭的南北方分建了六角亭和八角亭，都在湖邊，可以遠眺湖景，所以又叫望湖亭。循柳堤前行有人造假山當路，也有通道引人入假山峰，假山堆砌得非常精巧，盤旋曲折，如入迷陣。假山都以雲字題名，進山處是雲窩，峰頂是歸雲，峰高十二米，是全園最高處。在假山群中穿行，聲息相通，但互不相見，兒童最喜在此處捉迷藏。假山群前有池塘、曲橋、碧溪、小亭、蓮舫、清泉等，夾雜青松、翠竹和花木點綴其間，立有石碑，上刻王羲之的佳句：「此地有崇山峻嶺，茂林修竹，又有清流激湍，映帶左右」。實景完全配合此名句而佈置，匠心巧思，確是不凡。以上是原來漁莊範圍，出了假山群，步入「千步長廊」，是漁莊和蠡園銜接處。長廊邊就是湖，所以在長廊內可飽覽湖光山色，步移景異，山光照水繞廊，又是一種意境。長廊上有八十九個花窗，每個花窗的圖案，各不相同，廊壁嵌有宋朝米南宮、蘇東坡及明朝王陽明的法帖石刻。在長廊中途，有遊艇碼頭，遊客可雇用繞湖邊一週，遊艇是小汽艇，速度很快，開行時在湖面激起一道白色浪痕。長廊的東面，有湖心亭，用五十米長的平橋相連結，橋下有許多通過水流的涵洞，亭內有「晴紅煙綠」的題額，和隔水相望的玲瓏小塔相互襯托，組成蠡園最美的景區之一。

美景處處，到最後靠近水秀飯店，那裡有一幢淺紅色二層樓小洋房，據說彭德懷在廬山上了萬言書，就是強迫他在此地休養的地方。水秀飯店是取山明水秀的意思而題名的，是第一流觀光飯店，我們旅遊團就住在那裡，原本是蠡園的一部份，現在已分隔開，我為了與旅遊團聯絡，出了蠡園到水秀飯店去。在垂柳、虹橋、藍天、白雲襯托下，旅館與春秋閣相傍，確也不負水秀美名。

旅館服務小姐說，旅遊團已來了，因出遊未歸，所以不得要領，在回家路上，看到大量淡水養殖的魚塭，無錫水產很有名，大陸各地的專業人員多來見習。

回家後三弟妹已在家準備了祭菜和冥紙，祭奠父母親，我原想去掃墓，三弟說墓地早已剷平，全部成為一片菜園，就是到了那裡，也毫無蹤跡可尋，所以祇有在家祭奠了。我指定要有二個主菜，一是土雞煨湯，二是燒臘店買熟肉。家母臨終時，我離家外出，生死不知，三弟陪侍在側，二弟那時下放到黑龍江已在農村落戶，生活非常清苦，他為了讓老母寬心，每次來信，都故意說農村生活如何安定寧靜，家裡養了雞鴨豬等，菜和蛋都吃不完，老母親信以為真，總是以為老二會帶著雞回來看她。事實上，因種種原因，二弟無法回來，她抱憾而終，所以我一定要準備雞，明知祭而豐不如養之薄，聊盡心意而已。又家父在世時，每天晚上都喜歡小酌，而以向燒臘店購買熟肉下酒，所以也準備他喜愛的菜。無錫熟肉，幾十年以前是很出名的，以大市橋和黃泥橋兩處熟肉店最出名，他們掛的招牌是燻臘野味，保留有幾十年以上的肉滷，就是每次煮肉的滷，留到下次羼和了用，繼續不斷的保留下來。現在那兩處熟肉店都沒有了，祇三鳳橋有一家熟肉店，名稱為三鳳橋熟肉店，其實三鳳橋早已拆掉了，仍沿用老招牌而已，燒的味道，全然已走樣，堂弟吃了說，不及我們自己家裡燒的紅燒肉，還比這好吃呢，真是有名無實。冥紙和錫箔早已買不到了，不知三弟妹到那裡去商量讓購的，祭過祖，又去友誼商店付費打電話到水秀飯店找領隊，他說我歸隊不能遲過明天中午，吃過午飯，他們離開旅館，就找不到了。

晚飯後堂兄拿出手訂的家譜，和他所珍藏我年輕時在家所繪祖父的肖像，也虧得他保留了幾十年。二弟三弟當晚都陪我睡在旅館，談談家庭幾十年的苦樂，到半夜才睡。

十月二十九日，一早即向旅館結帳，優待華僑，照五五折收費。

到家中後去南門一帶看看，所有小南海、便民橋、新橋、南城門等等，全都不見了，祇是希夷道院，和南禪寺寶塔還保留，沿著環城馬路，穿過花壇，走到南門吊橋，吊橋下的古運河還留著，從吊橋再向前走是分叉路了，一面到金鈎橋，夾城裡，一面到塔橋下，以前塔橋下都是菜農。記得民國十三年齊盧戰爭時，無錫閉城八天，我們在城牆上叫喊菜農，用繩子吊菜上來的情形，記憶沒有消失，現在城郭人事都已全非了。二下塘鄰居繆斌家的住宅，現已充公，改為中國旅行社，後門靠三下塘一面已擴建為公共汽車站的廣場，我從車站那裡想進門去參觀，門口管事的工人，不讓我進去，其後堂弟有一位熟人剛巧來上班，和他商量了進去瀏覽一下，房子依舊，徒供憑弔，他們不允許照相，所以祇能看看而已。上午時間緊湊，我原已約定請三弟妹買大批螃蟹請親戚們中午聚餐，因為要趕到水秀飯店去，祇能提前吃，有的親戚找不到，有的不在家，人不多，很快的吃完了，又預定要去看幾十年老同事安君，家中臨時來了一位陳先生和鄧先生，稍微耽誤了一些時間，趕緊坐三輪車到東大街安君處。在記憶中，東西兩大街似乎很寬敞的，可是現在看起來，狹窄得很，三輪車過去，兩旁行人還要避讓呢。無錫衛生條件差，東大街早上家家戶戶把馬桶放在門邊，清洗後吹乾，也看到一位中年婦女，推了糞車，上面擺了好幾個馬桶，大約到公廁裡去傾倒的。我們外婆家，原來也在東大街，三弟指給我看，我印象中已完全記不起來了，不知現在住些什麼人。

安君比我大四歲，現在是七十八歲，彎腰曲背，出於我意料之外，回想當年是英俊瀟灑的美少年，歲月不饒人，真是不勝感慨。他看見我去，非常高興，可惜我不能久坐，匆匆又告別了。回家後，又有一位老同事王君來訪，他同樣七十八歲，可是步履輕健，講話時，中氣很足，他說他因每天運動爬山，從不間斷，所以身體硬朗。

三弟的小兒子，設法叫到一輛計程車，在當地環境，真是不容易的事情。於是二、三弟及姪子共同送我到水秀飯店去，下了計程車請他等十分鐘，他都等不及開走了，他們祇能搭公共汽車回去。

旅行團午後出發到惠山泥人工廠參觀，工作人員有些用手揑泥胚，有些上彩，有些修飾，分門別類，無錫泥人所以有名是特產的泥，有粘性，乾了不裂，又不沾手，所以祇要做好泥胚，不用上窯燒製，等陰乾就成了。用手揑製肖像，祇要一個小時就可以揑好，有幾個外國人在那裡請他們做，確實做得很像，加上油彩，比石膏雕塑或銅像要逼真，費用是每個五十元，確實好，可惜我們限於時間，無法停留一小時，失之交臂，甚為可惜。

四點進城遊崇安寺，寺中空廣場已沒有了，中間蓋了高樓，改為售貨店，外面四圍是各種攤販市場，有海鮮區、鮮魚蝦區、牛豬羊肉區、雞鴨區、蔬菜區、水果區等，另外還有手提肩挑的流動攤販，路窄人多，擁擠得不得了，貨品倒是很充足，路過一處大約是幼稚園之類，保母帶著孩子，看到我們團裡有外國人，叫孩子擺成一個圓圈，拍手歡迎客人，此是經過訓練給外國人看的。

我抽出身，到城中公園去打了一轉，有多幢房子未變，如同庚廳、多壽樓、九老閣等都在，好像增疊了土山，上面建造了寶塔，在一段過道中，好多老人席地而坐，在閒扯淡，也有對對愛人，相依相偎，並不避人。

晚餐到梁溪旅館吃飯，同人中有人向其預約吃大閘蟹，旅館裡回說買不到，其實他們不肯多麻煩，因為我們剛才在崇安寺攤販上看到很多，天已下雨，該旅館距離我家不遠，因時間匆促不能再回去。

晚上七點多搭京滬路火車，就是我從南京回無錫的同班車，祇是此次是坐的軟座，和硬座對號車相比，簡直不能比，和普通硬座，當然更不能比了。軟座不僅是座位舒適，裡面裝潢也不破舊，每人一個座位，過道沒有站客，車行半小時多一點，到了蘇州，旅行社派車來接運到十全街的姑蘇飯店，三天來故鄉的親情重溫，恍如一夢而已。

六、蘇州

姑蘇飯店也叫蘇州飯店，規模不小，在整個旅程中，設備和服務，是比較好的一處。舉例言之，大陸旅館很不注重衛生，在用餐前，每人一份餐巾紙，用以擦碗筷，在美國是視為當然的事，可是他們卻是不一樣，很少將衛生餐巾紙預先放在旅客碗筷旁，一定要向服務員要，才勉勉強強的拿出幾張，點了人數，每人一張，多了就不給，有時雖然向他要了，直到差不多飯吃完時，才拿來，而姑蘇飯店卻不樣，將整匣紙放在餐桌上，由旅客自取。又如晚上睡覺蓋的棉被，別處旅館都是一床厚厚的被，有時天熱，向他們要一床毛毯，回答是沒有準備，拜託他們換一床薄被，結果拿來的還是一樣的厚被，而此地卻準備厚被及毛毯，旅客方便得多。

早餐在旅館吃，中西餐隨旅客挑選，我選了中餐，有麵、餛飩、粥、米糕、生煎包子等，稀飯菜也很好，其中有一碟蘇州玫瑰豆腐乳，很好吃。

十月三十日八點半，出發到虎邱。蘇州的名勝，可分兩大類，其一是吳王和西施等遺留的古跡，其二是前人歷代興建的園林。虎邱屬於前一類的名勝，原名海涌山，春秋時吳王夫差的父親闔閭，和越王句踐作戰，受傷不治而亡，死後葬於此山，葬後三日，有虎蹲踞墓上，故稱為虎邱，後來夫差以此為行宮，距今已有二千四百多年歷史。虎邱四面環水，花木繁茂，風景優美，古跡很多，進了頭山門，是一道河，上面有海涌橋，過了橋是二山門。二山門的建築非常奇特，是元代所建，名叫斷樑殿，一般房屋建造時，正樑必定是一根主要支持的巨木，而此殿正樑卻是用兩段接合在一起，雙樑接合處，結構特殊，此種少有的建築物，構成了後人觀賞的名勝。

循山道上行，一路是擁翠山莊、憨憨泉、試劍石。試劍石相傳是吳王闔閭使鑄劍大家干將在莫干山鑄劍，鐵汁不下，其妻問鐵汁不下，有何方法。干將說，先師歐冶鑄劍不銷，以女人聘爐神，當得之。莫邪聽了，跳入爐中，鐵汁遂出來。鑄成兩劍，雄劍號干將，雌劍名莫邪，鋒利無比，削鐵如泥，以此獻吳王，吳王就在虎邱試劍，現在石上刻有試劍石三字。再上去是石枕頭、真娘墓。「雲溪友議」記載：真娘者，吳之佳人也，死葬吳宮之側，行客感其華麗，競為詩，題於墓樹，有譚銖者，書一絕云：「何事世人偏重色，真娘墓上獨題詩」。以前人對絕色美女，特別喜歡捧場，如錢塘蘇小小墓亦是類此。真娘墓石旁有磴道上山，建有孫武子之亭，是名兵學家孫武子受吳王之聘用宮女練兵的地方，亭中立有石碑，上題：「孫子兵法，克敵致勝，嬌娘習武，佳話流傳」。山坡下正在建造大型的古裝女石像。在山壁下開曠之處，古跡更多，有生公說法頑石點頭的生公講座、千人石、二仙亭、劍池等。劍池的來源，據說是秦始皇統一天下後，東巡至虎邱，求吳王的寶劍，有虎當道，始皇拔劍斫之，不中，誤中於石，遂陷成池，而劍終不可得，現題名為「虎邱劍池」。劍池左旁是別有洞天，過了此門，又是一番景致，循山壁路上去有雙吊桶，以前人以此來汲山泉之用。山頂有虎邱塔，原名雲岩寺塔，在雲岩寺院後面，始建於五代末年，塔身全為磚砌，不用寸木，塔形高聳，很遠的地方都能看得到。

我們到了雲岩寺就折回，上面還有十八折和小武當等處沒有前往。

遊過虎邱，前往蘇繡研究所，蘇繡和秦繡、湘繡、顧繡等風格，各不相同，以細膩見長，內容也以花鳥為主。據引導人講，他們有四十二種針繡法，最新的一種是亂針繡，近看針線橫七豎八，亂成一堆，遠看卻很傳神，好像油畫一樣，宜於遠看。研究所內，分兩大部門，是織和繡，織是緙絲織品，用梭子上的絲作緯穿經線織成，繡是用針，最貴的繡是雙面繡，無論正面反面，看上去都是一幅完整的刺繡，此是要有高超技藝的人才能繡出，此種人才不多。工人的工資平均大約一百元人民幣一個月，有高有低。以金魚圖及小貓圖為代表作，有些繡名畫，我看到有人繡顏文樑的水彩畫，顏文樑是五六十年前的名畫家，和劉海粟齊名，一針一線要繡出畫中渲染的濃淡顏色，實在很不容易，可是從已刺繡的部份看來，與原畫毫無不同，真不簡單。

陳列櫃內陳列的雙面繡，價格都很高，最高的一幅梅花，要賣三千二百五十元，合美金一千多元。

午後遊拙政園，據地陪說前人評定全國有四大名園，是頤和園、熱河避暑山莊、拙政園、留園，其中蘇州佔了兩個名園。

拙政園始建於明朝正德年間，是江南園林代表作，全園分東、中、西三部分，東園平崗草地，山池相間，點綴秋香館、蘭雪堂等建築，給人以新鮮明暢的感覺。尤其放眼亭，放眼四望，在水池假山石中間，更是空曠清靈。中園是全園精華，主體建築遠香堂，玲瓏秀麗，面臨荷花池，可覽周圍景色。北面平臺寬敞，池水清澈，假山屏立，過南軒，經小堤到池中的荷風四面亭，向西繞過別有洞天到西園，西園主廳是卅六鴛鴦館和十八曼陀羅花館，結構精致，園內亭臺、館閣分峙，迴廊起伏，水波倒影，別具意境。全園面積七十九畝，當然和皇家的頤和園等不能相比，在私人園林中，有此規模，確實不容易。

園中正在籌備花燈展覽，到處紮電動花燈，在草地上、亭臺中，或館內大廳，就地形及意境，配置各類故事花燈，有紅樓夢人物、西遊記人物、濟公活佛、古代官吏、金龍、翠龍等，荷花池中心紮的是美女划船，假山上直立孔雀開屏花燈。卅六鴛鴦館兩壁嵌有沈周和文徵明的石刻像及其書跡，前面池中養了幾對鴛鴦，用鐵絲網圍起，以配合館名，但是看上去不足三十六對，意思而已。

在拙政園另有一角，裡面放置了無數盆景，平常用鐵柵圍起，不讓遊人進入，地陪和管理員講好，開了柵門，讓我們進去觀賞，盆景大都是松樹，有一只石盆，面積相當大，中間栽了一棵大樹，上面也結了果實，標明是木瓜樹，和我們在臺灣看到的木瓜樹完全不同，不知何所據而定名。還有一只玉石花瓶，上面浮刻龍形，有一個人的高度，也很突出。

離拙政園不遠，有一處檀香扇製造廠，我們順便去參觀，進門處是一個洞門，上面浮雕了一把檀香扇。檀香扇的製作很簡單，大都用機器，衹是扇骨上鏤空圖案是人工用小鋸鋸空的。將十幾片合在一起鋸，反正花樣是一樣的。此廠不僅製檀香扇，也製絹扇和絹屏，絹扇和絹屏上面加畫，分別精製和粗製，價錢相差很多，精製的畫富有藝術意境，粗製的是依樣繪葫蘆，工人的收入也各不相同。

出了檀香扇廠，時間還早，去友誼商店買絲綢織品，此地絲綢品便宜，有一種浴袍，軟緞的料子，背上繡了金龍，質地厚一點的合二十五元美金一件，薄一點的衹十五美金，實在便宜得不可思議，一位老美一口氣買了好多件，他說回美後送朋友，是最好的禮物。此外有絲襯衫，也有人買了多件。

蘇州有名的玄妙觀，因為在修路，汽車開不進去，未能前往，也是憾事。

團員中很多人想吃大閘蟹，在無錫沒有吃到，到了此地，很早就和旅社講明，請其代購，晚餐時拿來了，小小的每只外匯券十元，合美金三元三角，比美國超級市場出售的大閘蟹還貴，這大約是旅館吃定外國旅客的價錢。

十月三十一日，上午先參觀絲綢廠，是一個絲織品的成衣加工廠，工作無非是剪裁和縫紉，用縫衣機縫製，實在無甚可觀，導遊的目的，是想引導此批國外旅客多花一點錢而已，可是價錢並不比友誼商店便宜，所以沒有人購買，白費心思，浪費時間。

遊留園，由中國旅行社蘇州分社副總經理陪我們前往。

蘇州共有一百七十多個花園式的園林，每一處都是花木茂盛，庭院深深，就如一盆盆巨大的精美盆景，給人以不出城郭而獲山水之怡，身居鬧市而有林泉之致的感受，其中範圍各有大小，佈局亦各有優點，數量雖多，真正美麗而引人入勝者，卻並不多。除拙政園外，留園也是其中佼佼者。留園原名涵碧山莊，始建於明代，一八七六年改名為留園，全園分四個景區，中部以水見長，池水澄明清幽，假山峰巒四抱，主廳涵碧山房傍臨荷花水池，登上聞木樨香軒高處俯視，樓閣高低錯落，廊屋花牆透迤相接。池中心小蓬萊環顧，四週景色若隱若現。東部以建築為主，重檐疊樓，曲院迴廊，五峰仙館，精美華麗，是江南廳堂的典型代表。向北面過去，有假山石的三峰峙立，其中冠雲峰，是江南園林中最大的太湖石，比無錫梅園天心臺的石峰還要高，相傳是宋朝「花石綱」的遺物（按宋徽宗好珍玩，頗垂意花石，蔡京密取浙中珍異以進，徽宗很喜愛，以後歲歲增加，命朱勔領其事，舳艫千里，從淮河到汴京，名為花石綱，凡民間有一石一木稍具玩賞價值者，當事者直入其家，以黃封表識，拆屋以出，所有從事的吏皂甚至篙工舵師，也仗勢貪橫，以致民不堪命，水滸傳中也有提及。）西部黃石假山，林木繁茂，亭閣點綴，小溪曲流，呈山林景色。北部花果清秀，盆景妖嬈多姿，一派田園風光。

留園進門處額匾題為「長留天地間」，所以稱為留園。所有曲折迴廊，都嵌有歷代名家書法，和無錫蠡園長廊嵌碑其用意相仿，祇是此地碑更多，僅次於西安的碑林，可見其蒐羅之廣，積力之久。所有庭院，無處無假山石，全是玲瓏剔透的太湖石，每石構成的形狀既不同，安置的方式也各有技巧，極具匠心。

明瑟樓是兩層樓，屋內沒有樓梯，到二層樓去是從屋旁假山石所構築的通道上去，以假山作扶梯也是別出心裁的一種，題額名為「飽雲」。

古木交柯，面對著三棵公孫樹，也就是銀杏樹，就其粗與高的樹型來看，都是四百年以上的老樹。

在小蓬萊看池中游魚，都是金色鯉魚，大小成群，遊客投以食餌，都浮起來爭食。

總而言之，此園景域的建築大都以曲廊聯繫，依勢轉折，蜿蜒相續，使園景堂奧縱深，變幻無窮。

蘇州城已拆除，還留有一部份作為古跡，我們去虎邱和留園，都是經過金門，一部份城牆及城門尚在。

午飯後到車站，搭十二點四十一分鐘的火車赴杭州，留蘇州時間短促，很多名勝未能去玩，如獅子林、滄浪亭、網師園、怡園、西園、寒山寺、靈岩山、天平山等地，年輕時有些地方曾去玩過，有些沒有去過祇有留到以後有機會再去了。

七、杭州

從蘇州到杭州的火車，仍是坐軟座，除了在上海車站停留半小時外，直駛杭州，正是午後好天氣，田間一片青綠，在稻田中已有金黃色的稻穀，結實纍纍，農民們在田野中忙忙碌碌的工作，有時經過河道，看到漁民撒網捕魚，完全一幅江南悠閒生活景象，農村房屋新舊相間，有一處村落，古式的老屋，兩邊屋脊處建有長圓形的山牆，此種傳統式的古舊建築，別處已很少見到了。

五點半，抵達杭州，地陪來相迎，出站的人多而擠，我意想不到，在杭州親戚表姪和姪媳，在人叢中找到了我，表姪曾到美國進修一年，因在東部，沒有到洛杉磯來，在美沒有見面，祇看到照片，姪媳也未見過面，他倆也是憑我的照片找到的。

在無錫時，二弟三弟曾說要到杭州陪我遊覽，現在表姪說，他們有長途電話來，買不到車票祇好不來，要他轉言告訴我。表姪邀我明天到他家吃晚飯，他爸媽都已在家等待，我問地陪，他說明天晚上有節目去參觀杭州雜技團表演，所以明晚不能去，答應他二日中午要他到花港飯店來接我。

杭州是中國歷史上著名的六大古都之一（按其他是長安、北京、南京、開封、洛陽。此次遊歷了四個古都），春秋時吳越在此爭霸。唐朝大曆年間，李泌任杭州刺史，開六井，引西湖水入城，那時居民已有十餘萬。長慶二年白居易任杭州刺史時，築堤疏井，即是有名的白堤。宋室南渡，在杭州建都，歷經一百五十餘年。元祐四年，蘇東坡做杭州太守，疏濬西湖，將湖中水草和挖出來的湖泥築堤，稱為蘇堤，蘇堤上有六座橋：跨虹、東浦、壓堤、望山、鎖瀾、映波；和飛來峰南的下天竺、中天竺、上天竺，合稱六橋三竺，是杭州美景的代表名稱。

西湖的美，不僅在湖，也在於四週的山，像衆星捧月似的捧出了西湖這顆明珠，南宋有名畫家馬遠等倡立西湖十景，八百多年來，膾炙人口，那十景是：蘇堤春曉，雙峰插雲，柳浪聞鶯，花港觀魚，曲院風荷，平湖秋月，南屏晚鐘，三潭映月，雷峰夕照，斷橋殘雪。

我們住的旅館是花港飯店，地點就在花港觀魚的名勝區內。宮殿式飛簷屋頂的三層樓西式建築，有新舊兩幢，看上去是連在一起，而中間不能相通，住的是一幢，餐廳等又在另一幢，穿來過去，好多次走錯路，上了三樓又下來，服務小姐看了我們老走錯也笑了，因為每次請他指點通路，彼此面熟了。

十一月一日，上午去遊靈隱寺，靈隱寺創建在東晉時代，到現在已有一千六百多年歷史，當時是印度高僧慧理來杭，看到這種山靈峰秀，就募化建寺，認為祇有仙靈才配居住此地，所以取名靈隱。靈隱寺全盛時期是在五代時，吳越王錢俶崇信佛教，大建寺宇，當時建有九樓十八閣，七十二殿堂，房屋一千三百多間，僧徒達三千人；到了宋朝，相傳濟公活佛在此寺出家，濟公活佛又叫濟顛和尚，飲酒吃狗肉，從來不守和尚戒律，遊戲風塵，實在是得道的高僧，具有神通。靈隱寺因此更出名。

到達該寺，進山門前，有一座照壁，上題「咫尺西天」四個橫寫的大字，上坡進門左側是飛來峰。飛來峰的由來，也是慧理看到這裡峰巒突兀，怪石嶙峋，樹從石縫中生長，而樹種也是天竺所生產的品種，驚奇地說：此乃天竺國靈鷲山之小山嶺，不知何以飛來。當時別人不信，他說此峰有黑白兩猿在洞中修行，必然仍在此山洞中，於是他在洞口長嘯，果然有黑白兩猿出來，從此大家就稱之為飛來峰。當然這是牽強附會的神話，但慧理確有其人，就在山峰旁，建有一座理公之塔，是後人為了紀念他而建的。

據傳飛來峰有七十二個山洞，現在因為年久，湮沒了很多，有幾個大洞還找得到，大都集中在飛來峰的東南一側。最南端的一個大洞名叫青林洞，也是我們上山時首先看到的，洞口形如虎嘴，俗稱為老虎洞，有一塊石上鐫有金光兩字，所以又稱為金光洞，洞很寬大，洞中道路曲折，行人穿窟而過，有些低矮處，必須低首彎腰才能通過。

洞中有一座石床，名為濟公床，傳說以前濟顛和尚吃得酩酊大醉，不敢回寺，就睡在此石床上。床差不多有一人高，連在山岩上，床頂上的石壁，刻有幾個佛像。民間流傳，濟顛僧很喜歡成人之美，在生時有求必應，現在此床也具有此種靈異，凡用手摸床，閉目誠心祈求，即可達到願望，所以旅客爭去摸床。

青林洞旁有一個玉乳洞，由於洞頂上下垂鐘乳石而得名，洞前有一塊平平的石板臺，稱為翻經臺，南北朝時代的詩人謝靈運，曾在此石板臺上翻閱經書。飛來峰四週及各山洞內都刻有石佛，是五代和宋代的遺物，頗具藝術和歷史文化的價值。

山峰上有澗水下注，匯成水池，在水池上依山勢建立了：壑雷、春淙、翠微、冷泉等亭，冷泉亭以前建立在水中央冷泉之上，蘇東坡任杭州太守時，常到亭上飲宴賦詩，在明代移建到靈隱寺天王殿的對面，翠微亭是韓世忠為了悼念岳飛而建的。

在亭對岸的山坡上，有一塊石壁刻有「聽水」兩字，在石壁上端，有飛來峰最大的石像彌勒佛，袒腹而坐，笑容可掬，遊人最愛攀登其旁照紀念相片。

靈隱寺最前面是天王殿，上懸匾額兩方，一是「雲林禪寺」，是清朝康熙的手筆，另一方是「靈鷲飛來」，天王殿裡塑造彌勒佛像，殿兩旁是四大天王，後壁的佛龕裡站著手執降魔杵的韋馱菩薩立像，是用獨塊香樟木雕刻的宋代古物。佛前焚香膜拜的善男信女很多，在無神論的社會主義國土上，有此現象，足見固有文化深入人心不易消滅。殿後有一座香燭架子，香客都燃了香燭插上去，和尚則隨時吹熄後取下，但人數衆多，源源不斷而來，香燭架上永遠是滿的。

過了天王殿是大雄寶殿，是一座單層重簷的建築，高達三十三・六米，殿中釋迦牟尼佛也是用香樟木雕成，高達九・一米，大雄寶殿後壁有佛山一座，共塑了大小一百五十個佛像，有觀音大士、善財、龍女、十八羅漢、地藏王菩薩等。

靈隱寺內古跡，還有經幢和石塔，經幢建於宋太祖開寶年間，石塔建於北宋建隆年間。

玉泉、虎跑、龍井，合稱西湖三大名泉，玉泉是一個長約四丈，闊約三丈，深約一丈的方形泉池，明淨的泉水，自池底湧出，晶瑩如玉，所以稱為玉泉。房屋建築不多，進門走道照壁上，刻了毛澤東所作沁園春詞，也是他的手筆，作為古跡，供人憑弔。

玉泉往昔就飼養金魚，明朝書法家董其昌寫的「魚樂園」匾額，仍保留在那裡，池中養有金魚。另外在庭院的敞廳裡，陳列著數十缸形狀優美，色彩燦爛的金魚。正中供桌上用假山石做成盆景，其形狀像桂林陽朔的山勢，雖具體而微，卻很逼真。聽說內園還有珍珠泉和晴空細雨池，我們都沒有去，衹到旅客休息處吃純正的西湖藕粉和桂花蓮子湯，前者每碗三角，後者每碗四角；桂花蓮子湯也平平，藕粉比較粘，很好吃。

出了玉泉門，外面有售杭州土產的，買了一套張小泉的剪刀。

午後坐船遊西湖，開船的時間預定三點鐘，因時間還早，先去「綴景園」，綴景園是杭州花圃的精華部份。途中經過浙江賓館，地陪報導，此地原來是林彪得勢時他所居住的行宮，開山建築，還有地下防空室，坐電梯下降，可避原子彈。那時警衛森嚴，老百姓不能接近，現在已開放成為賓館，我們車子駛過時，看到前去參觀的人絡繹不絕。

到了綴景園，進門處有一座千年古木化石的盆景，比美國黃石公園千年古木化石，木紋還要清晰，旁邊配了青松盆景很雅。

這裡迴廊曲折，擺設古樸，陳列著有幾千盆盆景，都很精致。在草圃中間直立著一塊假山石，題名「縐雲」，據前人筆記記載，是鐵丐吳六奇送給恩人查伊璜的禮物，與蘇州號稱花石綱的端雲峰齊名，穿過月季花廊是蘭花區和菊花區，有一處畫廊完全陳列著版畫，新的、舊的、寫實的、印象派的都有，琳瑯滿目，是不是美不勝收，那看參觀者各人的觀點了。

遊湖的遊艇碼頭，在花港觀魚區的蘇堤旁，所以先到花港公園去。花港觀魚的起源是在宋朝有一個內侍官名叫盧允升的，在花家山下建造了一座別墅，原名叫「盧園」，園內栽花養魚，風景優美，宋朝宮庭畫師馬遠等，創立西湖十景，即以此園題「花港觀魚」。以後清朝康熙皇帝在此題碑，現在此「花港觀魚碑」還矗立在碑亭中，此公園以牡丹園、魚樂園和花港三部份組成，魚樂園是觀魚的主要地點，在魚池邊有石雕小孩持竿釣魚，脚下橫著一尾大鯉魚，此石像立在水中，池中蓄有無數的金鱗紅鯉。若以此與玉泉的魚相比，真是大巫比小巫，玉泉裡的魚微不足道了。有些老年魚，其大無比，還與小魚爭食遊客的投餌。

牡丹園分劃成十多個小區，每區栽種不同品種的牡丹和芍藥，高處建立一座亭子，名為牡丹亭，在港內有曲折石橋和垂柳，有一座竹屋，包括走廊和兩邊房屋都是用竹子搭蓋而成，兩面臨水，也很別致。

然後走到遊艇碼頭的蘇堤邊，西湖湖水太濁，和太湖清澈的湖水不能相比，遊艇是機器動力的小船，每船可坐五十人，船艙兩邊玻璃窗，可看外景，有人坐到船頭上去拍照，風很大，看那風吹得人身上衣服飄起來。船過三潭印月的三個小石塔，到小瀛州登陸，小瀛州和湖心亭、阮公墩合稱西湖三島，而以小瀛州面積最大。三潭印月那三個小葫蘆石塔，是蘇東坡築堤時在湖水最深處建立作為標誌，凡在三座石塔範圍以內的水域，不准種菱植藕，以保持湖水的清淨，以後就留為古跡。小瀛州大部份是用疏濬湖泥堆積而成的，佈局很得天趣，四面臨湖，島上也有小湖，從南到北，建立了一座九轉三回，三十個彎的九曲橋，自東至西修建了一條綠蔭夾道的堤，在適當的地點建立了亭閣樓臺，於是構成了湖中有島，島中有湖，內外環顧，花明水秀的園林佈局，看上去四面開曠，心爽神怡，秋水盈盈，遠山靄靄，自然生出開朗的感覺，與蘇州庭院建築在封閉式的圍牆內大不相同。無論如何，人工究竟不及天工，有天然環境再加人工點綴，才能產生真正的美景。在島上逐步觀賞，穿過全島到另一面，遊艇已停在那邊，上船後橫渡西湖到東北角，沿湖邊行駛，經過白堤，看到堤上的斷橋，就是民間故事白蛇傳中，白娘娘和許仙相會的地方。再過錦帶橋，到了孤山半島，看得到平湖秋月的牌子，一路有浙江博物館、中山公園、浙江圖書館、樓外樓、西冷橋，都是在船上遠望而已。到了西冷橋登岸，搭遊覽車回去，回途中，經曲院風荷、岳王廟等名勝，都未下車。回旅館吃過晚飯，去參觀杭州青少年雜技團表演，表演者都是十多歲的女孩子，每人都練成一身本領，每一節目都精彩，膽大心細，對於平衡功夫，已到了體能的極限，眼明手快，再加上軟骨功，簡直奇妙到匪夷所思的地步。參觀者多半是外賓，據我的看法，如到美國賭城拉斯維加斯去表演，決不會輸於外國表演者，準可獲得無限彩聲。老外比較熱情，每場都掌聲不絕，表演半小時結束。

十一月二日上午去遊六和塔，我表弟家就住在六和塔附近，所以先打電話到姪媳的辦公室，由她轉告她翁姑。我們車到時，表弟和表姪都已在等我了，他父子兩人陪我上塔。六和塔建於北宋開寶三年，是那時吳越國王錢俶為了鎮壓江潮而建築的，其後屢經燬後重建，現在的規模已不如初建時高大，但外型還保持。塔高約六十米，外觀有十三層，而內部卻祇有七層，在內部每一層的中心是一間小室，層與層之間圍繞在中心小室的螺旋梯階，每級的級距很高，要跨大步才上得去，所以很吃力，遊客到五層為止，上面兩層目前封閉，我們在五層塔門向四圍照相，有一面正對錢塘江，看到錢塘江大橋橫跨江面，幾十年前錢塘江大橋建成時，曾轟動一時，現在長江大橋興建後，錢塘江大橋的工程自然已退居其後了。

六和塔的管理人員曾和我們談掌故，他說水滸傳裡的行者武松隨宋江征方臘受傷，死於此地，豹子頭林冲也老死在六和塔附近，花和尚魯智深在塔內圓寂。據傳說魯智深在出家時，他師父就告訴他在他某某歲，八月十八浙江潮漲到六和塔邊，他就要西歸，他在那天想起了師父的預告，沐浴後在塔內端坐而化。此種掌故他是姑妄言之，我們也是姑妄聽之而已。

回途經南屏山的淨慈寺，正在修建，沒有下車。南屏山有兩個美景，一是南屏晚鐘，一是雷峰夕照。南屏晚鐘是指淨慈寺裡有一口大鐘，每到傍晚，鐘聲在暮靄中迴蕩，其聲清悠。雷峰塔建在淨慈寺中北面的雷峰上，民間故事，是法海禪師鎮壓白蛇娘娘在塔底。民國十三年間雷峰塔傾圮，從建塔到傾倒，有九百五十年歷史，從此雷峰夕照的美景也消失了。

淨慈寺有一口中心井，也是很有名的古跡，在宋朝淨慈寺大殿焚燬，要重新修建，缺少木材，那時濟顛和尚運用神通將木材運到井內，工人搭鷹架抽木材，一根一根不斷的抽出，到後來有人說夠了，最後一根就抽不出來，永遠留在井內，從井口下望，可看到一段木頭浮在水面。

遊覽車開到吳山，吳山又名城隍山，沿山腳下有一條街道名叫河坊街，據說從宋代起，一直保留原有形式未變。在此街道上，可以看到宋代民間街坊的情形，這是很不容易看到的古跡，隨著糧道山公路上山，春秋時此地是吳國的南界，所以稱做吳山。山上城隍廟的廟牆，是用糯米和泥搗製成磚而建造的，現在牆壁上看上去還有糯米痕跡，廟裡神像已沒有了，改建了一座茗香茶樓，週圍有很多古老樟樹，樹齡一般都在四、五百年以上。茶樓面對西湖，題有一方橫匾：「極目西子景」，在此地看西湖，確是全部入目，可惜煙霧多，祇能領會朦朧之美。在館內吃有名的蔥油酥餅。

吳山有一個有名的故事，在北宋時代，名詞人柳永，填了一首望海潮詞，盛讚杭州之美，其中有句云：「錢塘自古繁華，煙柳畫橋，風簾翠幕，參差十萬人家……重湖疊巘清佳，有三秋桂子，十里荷香……」。

到南宋建都臨安，自然更是繁華，金主完顏亮看到此詞，極為心動，乘使臣報聘之便，暗地派畫工到臨安，畫了當地勝景，放在金宮內。完顏亮並在所畫的吳山上，加了自己騎馬駐山之像，題為「立馬吳竹第一峰」，積極圖宋，以後有詩人作懷古詩云：「誰把杭州曲子謳，荷花十里桂三秋，那知草木無情物，牽動長江萬里愁。」

下山後去柳浪聞鶯，記得以前看過一部電影，以柳浪聞鶯為外景，有一首主題曲「湖畔四拍」，現在在老歌唱片裡可以找到，有時在歌廳裡還有人點唱，該處秀美的風景，早已嚮往很久。

從南山路進大門，門上題匾是行書體的「柳浪聞鶯」四個大字，沒有題匾人的名字，可能是集古人名書法家的字製成的。園內花木扶疏，亭廊相接，在秀木繁蔭中有聞鶯館，行道中的樹木，並非全是柳樹，夾雜有雪松、櫻花、碧桃等，轉彎曲折到了湖邊，有一座碑亭，裡面立了一塊石碑，也是題柳浪聞鶯四字，是正楷，其筆力遠不如大門上的有藝術氣息。

湖邊柳樹，迎風搖曳，一望無際，微風吹處，宛若翠浪翻空。有樹必有鳥，柳蔭深處，黃鶯啼聲婉轉，面對粼粼碧水，白雲藍天，翠柳，黃鳥，極視聽之娛，其得名絕非偶然。我們在湖畔漫步，湖邊椅子上，有少年男女在情話綿綿，對遊客在身邊走過，毫不分神。現在是秋季，聽不到黃鶯鳴啼，大家正感到美中不足，忽然聽到樹叢中鳥鳴婉囀，清脆可愛，佇足諦聽中，樹邊轉出人來，嘴裡含著哨子，走來兜售哨子，原來鳥聲是用他特製的哨子吹出來的。哨子的做法很簡單，是用一個小竹管，口上裝了發音的裝置，其奧妙處，乃是在竹管另一端用鐵絲繫了一團棉花，棉花飽含了水，吹哨時將鐵絲棉花在管內上下抽動，於是會發出高低長短不同的顫音，活像鳥啼，哨子價錢又不貴，大家都買幾個帶回去給小孩玩。我們旅遊團裡幾個外國人，特別感到新奇，每人買了好多個，有一位年輕的老美一面吹，一面還做鬼臉，引得大家哈哈笑。

最後去聚景園，是培植盆景的園囿，其中有滌塵亭和閒逸亭，兩亭相對，中通小石橋，有很多月洞門，上面都有很雅的題名，如待月、聽松、花徑、流香、通幽等，其實景致卻平常，在那裡買了些小紀念品回旅館，上午遊程完畢。

十一月二日午後表姪來接我去他家吃飯，表弟是藝術家，能畫，能雕刻，家裡石雕、竹雕、木雕都有，自繪的畫也懸掛四壁。據他說：他一生製作的精品，在文化大革命時，為了安全，全部自己打毀了，也由於此，能躲過這個大災難，現在想起來，也不甚可惜。表姪自己下廚燒菜，都是當地名菜，飯後照了些紀念照片，他們父子倆陪我遊西湖。

第一站是岳王墳，岳王廟進門大殿上橫匾是「心昭天日」，殿中塑岳飛坐像，高大得好像佛殿裡的如來佛，後進有一座穿鎧甲的立像比較小，走廊裡刻有岳飛的字跡，如前後出師表、滿江紅等。廟中陳列當時使用的武器，如刀、槍、斧、矛等，都是鐵柄，雖然說明上講是當時的武器，而在我看來，還是後人仿造的，因為我曾在架子上用力將武器提一下，根本提不動，就常識判斷，光是拿都拿不動的全鐵鑄武器，還要舞動交戰，根本是不可能的。有一部份是文物陳列室，其中有岳氏宗譜、岳飛繪像等。牆壁上有九幅大的壁畫，都是與岳飛有關的故事。

在殿後與墳之間，左右各有一個鐵柵，一面是秦檜和王氏的跪鐵像，一面是張俊和万俟卨的跪鐵像，為了保持衛生，牆上釘了牌子，禁止吐痰。

正面岳王墳和岳雲墳相並，另有張憲、王貴墓在後山上。岳墳前墓道有六個石俑、二只石馬、二只石虎、二只石羊，構成莊嚴肅穆的氣氛。墓闕和望柱上，刻有兩副對聯，很可以供後人深思，其一是：「正邪自古同冰炭，毀譽于今判偽真」。另一聯是：「青山有幸埋忠骨，白鐵無辜鑄佞臣。」

出了岳廟，步行過西泠橋到孤山半島，西泠橋在南齊時地名西陵，那時名妓蘇小小曾有詩在古樂府裡流傳下來，「妾乘油壁車，郎騎青驄馬，何處結同心，西陵松柏下」，蘇小小死後，就葬在西泠橋畔。

孤山因北宋詩人林和靖的梅妻鶴子而出名，山北有一座放鶴亭，是為了紀念林和靖而建立的。

我們沿山步行，中途看到秋瑾石像，下面是秋瑾墓，國父孫中山先生手書「巾幗英雄」的題字，刻碑在墓前。再上山到西泠印社，西泠印社是清末名金石家吳昌碩和金石同好所建立的，其宗旨是以保存金石，研究印學為目的。一般對於金石的觀念，總是認為刻圖章，其實其中大有學問。宋朝詞人李清照的丈夫趙明誠著金石錄，曾講到金石的作用，其大意是說：歷史上文字記載，大都是後代修前代史，無論在有意或無意間，往往有些失實之處，祇有金屬品的銘文和碑碣的刻文，是在當時製作，其記載最為可靠，所以在考據上可以糾正文字記載的錯誤。

印社進門後，經過小龍流洞，有吳昌碩所繪的觀音像，刻在石上，另有蘇東坡立像及吳昌碩坐像，環繞左右，有規印岩和閑泉，登高處有華嚴經塔，塔高十一層，上面刻有金剛經和華嚴經，底座刻有十八羅漢像，經遊人亂劃，已模糊不成形狀。西泠印社的亭榭建築中，以竹閣、柏堂、四照閣等最有名，竹閣最早，建於唐代，係白居易所築，在其守杭期間，每出遊湖山，總是愛在竹閣休憩。

到放鶴亭看古跡，僅是一座孤亭，亭內刻的舞鶴賦，是南北朝時代，鮑明遠所作的文章，由清代康熙皇帝書寫。放鶴亭左右，全是梅樹，可惜是秋天，未能看到梅花。

轉到白堤邊，白堤分隔西湖為裡湖和外湖，裡湖面積比外湖小，湖裡所栽荷花，一望無際，難怪楊萬里題詩稱「接天蓮葉無窮碧」，想像中夏日荷花盛開時，必然是「映日荷花別樣紅」了。

過平湖秋月到中山公園口，購遊湖船票，在購票處對面是浙江博物館，裡面有文瀾閣，貯藏有我國最完備的綜合性叢書的「四庫全書」，共有三萬六千多冊，因時間關係，未能前往。

此次搭的遊船比較小，沒有玻璃艙房，雖然湖風吹得冷一點，但在視野上對全湖景色，卻可一覽無遺。船到三潭印月，穿過小瀛州，再到花港觀魚。那時已近傍晚，一抹斜陽，照射到南屏山，記得元朝詞人張翥，做了一首詞名叫多麗，描寫西湖景色，其中有句云：「煙凝紫翠，斜陽畫出南屏」，當初讀此詞句時，並無何特殊感覺，現在實景當前，才深知其寫景之妙。

晚上在風味餐廳吃風味餐，大陸上為了吸引國外觀光客，在各名勝地都有風味餐。所謂風味餐，乃是各該當地著名的菜餚，讓外來客嚐嚐當地的風味。杭州的風味餐，旅行社的人老早就宣傳，以前美國和大陸進行復交時，尼克遜總統到大陸去遊覽西湖，就在風味餐廳吃風味餐，認為非常好，加以稱讚。我們這次吃的菜單和尼克遜吃的相同，因此我們抱了很大的希望，去嚐西湖名菜，總共是一拼盆，八味小碟，七道大菜，一道湯，三道點心，其中名菜是杭州煨雞(俗名叫化雞，上菜時，廚司親自來桌上，剝開泥巴分菜，大家鼓掌表示讚許)、西湖醋魚、龍井蝦仁、東坡肉、西湖純菜湯等，在我們吃過香港、臺灣和美國各大名菜館的人來品評，此菜館做的菜實在比不上國外菜館，虛有其名而已。至於尼克遜讚賞，不是禮貌關係，就是平常少吃中菜的關係而已。

八、桂林

十一月三日早晨離開杭州，旅社和飛機場距離很遠，所以一早八點多就出發，九點半到機場，九點五十分起飛，一路平穩，飛機外型好像很大，而機艙卻並不寬，一排坐六個人，大約二十多排，祇坐一百多人而已。十一點五十分到桂林，共飛行二小時。

接機的地陪說桂林有二十三萬人口，是廣西省的重要都市，機場到我們預定的旅館，路比較遠，車程約三十多分鐘，我們出飛機場，就看到四圍的山勢和別處不同，秀麗而奇特。

我們住在旅館名叫「甲山飯店」，是取桂林山水甲天下的意思而題名的，房屋建築在四面環山中的一塊平地上，任何一面都能看到不同形狀的山峰，正面門口廣場外是一泓水池，中有小山峰，峰頂建築亭子，油漆得金碧輝煌，通過石橋登臨山峰遠望，心曠神怡，很多旅客在亭子那裡照相，在水池四週散步，空氣清新，青嶂入目，也是一種享受。

午後二點半出發到光明山蘆笛岩上的蘆笛洞去參觀。蘆笛洞是一個鐘乳石洞，我們在途中已看到無數的奇峰，都是水成岩，據地質學者考證，遠古時桂林地區是一片汪洋大海，由於地殼變動，原來在海底由介殼族及珊瑚水族等沉積而成的石灰岩上升為陸地，再經過風化、腐蝕和雨水溶化，形成了峰林、峰叢、地下河，和鐘乳石的溶洞，這奇特的地貌，構成了舉世無雙的桂林水山。水成岩有一個特質，就是石質細膩，石色帶青，好像是一層一層堆疊而成，那些山峰，一般都沒有山路上去，岩石中間則生長了許多小灌木，很像我國的山水畫，也像盆景。

蘆笛岩的得名，據說在山岩附近，生長有一種蘆荻草，可以用來製成蘆笛，發聲清脆，蘆荻與蘆笛，音同字不同，傳來傳去，就成為蘆笛岩了。岩洞很大，近代才發現，加以整修，就鐘乳石的形狀，裝置五色燈光，照射時增強其效果，如花岩，就以紅色燈光射在花形的石山上，綠色燈光射在葉形石上，帳幕形的石岩，就用燈光向上射照，看上去逼真。洞裡象形的東西很多，從人類使用的房屋傢俱，動物中的飛禽走獸，蟲魚鱗介，植物中的喬木花草，幾乎包羅萬象，祇要你想得出的東西，都有相似的岩石進入你的幻象中。最奇特的，有一處名叫水晶宮，地上平平整整，阡陌縱橫，隔成許多田，田中還有水，另有一座雪僧岩，一尊天然石像，肩背上閃亮著石英晶片，好像是下雪時雪花堆滿僧背一樣。洞的高度有的很高，也有很矮，地形有平有陡，山路曲折盤旋，在幽暗的燈光下摸索，地陪走在前面，用手電筒照射到岩石，隨時報出岩石的名稱，確實也有幾分相像。岩洞的面積很大，參觀的時間也很久，洞裡通風設備不夠，又濕又熱，幾乎使人受不了，出洞時呼吸新鮮空氣，精神為之一爽。

這一次遊蘆笛洞，領隊執行了約法三章的第二條，就是團員必須遵守時間，旅遊車過時不候。有兩個團員黃太太和童太太，因為旅社地形不熟，走錯了方向，旅行車等待了五分鐘看她們沒有來就開走了，此二位太太非常能幹，問清楚了旅遊地點，在人生路不熟的環境中，又無計程車可叫，她倆居然搭了公共汽車，到蘆笛岩來會合，我們出洞時看到她倆已在洞外等待了。

看過蘆笛洞到伏波山去，伏波山是在市區內的一座小山峰，東臨灕江邊。既稱伏波山，與伏波將軍當然有關係，大約後人為了紀念伏波將軍而留名的。歷史上伏波將軍有兩位，一位是路博德，一位是馬援，按漢書載：「漢武帝五年，南越王、相、呂嘉反，遣伏波將軍路博德出桂陽下湟水……咸會番禺」。又後漢書馬援傳：「交阯女子徵則及弟徵貳反，攻沒其郡，九真、日南、合浦諸蠻皆應之……拜援伏波將軍…而擊交阯」，他們兩人可能都兵經桂林，祇是不曉得那一位在此山留下古跡。

此山雖小而陡，拔地而起，四圍壁立，有山路盤旋而上，還圍以鐵欄扶手，有些人上去，有些人祇在山下看看而已。有一塊匾，題為「伏波晚棹」，是指伏波山東邊灕江景色。伏波山麓左面有一座鐘亭，懸掛一只大鐘，想來也是古跡。右面是還珠洞，不知是否與古詩所謂的「還君明珠雙淚垂，恨不相逢未嫁時」的古典有關，此洞向地下深入，摩崖造像及石刻現存有三十六龕，共造像二百三十多尊，大的高達一．四米，小的僅數厘米，造像的面容豐腴，寬肩、索腰，神情瀟灑，多是同一時代的作品，有石刻，記有唐大中六年的造像記，距今已有一千多年了。石刻則分佈於南北山腰及還珠洞內，由宋至清約百餘件，其中以宋刻為多，刻石的內容，包括：詩文、題記、榜書及繪畫等，如宋范成大記的鹿鳴讌詩，米芾的自繪像等都很有文學價值。在洞後懸崖底座，有很多空隙，人們在石隙間轉來轉去照相，外面即是灕江，也有人在江邊釣魚。洞底懸崖，有一處很出奇，整塊岩石下垂到地面，在離地一線間卻懸空，與地面相隔，好像人提起了腿，鞋底雖靠近地面，而沒有踏到地上一樣。前人見此現象，造了一個故事，說是古人在此試劍，從地上削過，所以把岩石削出了一線縫。

伏波山外面街上，有很多賣水果的流動攤販，荸薺最便宜，一元人民幣買一大袋，又大又甜，水分又多，大橘子五角一只，沙田柚每只一元五角，大家都買了一些水果回旅館慢慢享受。

十一月四日遊灕江，從桂林出發順水到陽朔，再由陽朔坐汽車回桂林。

陽朔是一個具有一千四百多年歷史的古老城鎮，周圍有十多座山峰，像綻開的蓮花瓣，環繞拱圍成一朵美麗的蓮花，而陽朔山水又甲桂林，可說是全國大自然風景最美的地方，其實真正的美，卻是在桂林到陽朔之間的一段灕江水程。

灕江像一條青綠色的彩帶，蜿蜒飄浮在萬山叢中，北起興安，南至梧州，全程四百三十七公里，從桂林到陽朔有八十三公里水程，沿江兩岸，挺拔的山峰，凌空而起，晶瑩的流水碧波回環，群山倒映在江中，蒼翠的樹枝破石而出，江岸風竹搖曳，竹籬茅舍掩映在幽花怪石之間，處處都在詩情畫意之中，它不僅有山青、水秀、洞奇、石美之四絕，而且還有深潭、險灘、流泉、飛瀑等佳景。

我們在上午八點半出發，車行一小時二十分，到楊堤碼頭，下車後是一大片河灘地，到停船處大約有半里路，小路旁擺滿了流動小攤子，都是些售賣水果、土產、小工藝品、古玩、衣服等等，我們出發時領隊已向大家宣佈，灕江行程可觀的風景太多，不要在途中費去不必要的時間，最好不要買東西，因為買東西所花的時間，就是減少旅遊的時間，大家有此默契，一路並不停留。躉船碼頭停了二三十艘平底機器動力船，船分兩層，下層是房艙可坐五六十人，上層是平整的船頂，四圍加了鐵欄干，中間擺了許多椅子，供應旅客在開曠處可以飽覽美景。船與船之間有小販乘了竹筏來兜售物品，竹筏是用四到六根大毛竹，平放的綑在一起，浮在水中，每筏也祇能支持兩個人的重量，此種竹筏做起來既容易，花費又不大，利用它做成水上的交通工具，最方便了，我們在途中看到有些魚塘裡有人捕魚、採菱，都是用此種竹筏。

十點十分開船，灘水非常清澈，江底的石子、水藻看得清清楚楚，就是沒有看到魚。記得抗戰時在重慶到北碚去，坐船在嘉陵江往來，嘉陵江水出名的清綠，與此相較不分高下。山影倒映在水中，分外清晰，清朝袁子才曾題詩云：「分明看見青山頂，船在青山頂上行。」寫景很貼切。

船行不久，即看到灘江山峰奇景，旅客大為讚賞，紛紛拍照，一路上不斷有奇景出現。這些奇峰高岩，都就其形狀題有名稱，過了二郎峽，在群山並立的一段江面，有八座山峰前後重疊在一起，稱為八仙過海。又有一處岩石，黃色底子，上面有縱橫黑色岩石，加上草木的青色，間或有白色石塊，青綠黃白黑相間，宛如一幅巨大的壁畫，其形狀，像各種馬匹在奔騰，稱為九馬畫山。以後還有碧蓮峰、書童山等，以前看到米南宮的潑墨山水，認為畫家筆下虛構的山形，到了此處，才知道他的畫是從此地山崖脫胎而來的，所以看灘江山水，等於看中國潑墨山水的名畫，其美與奇可知。

在船行途中，經過四處淺灘，每艘船前面臨時架起一支粗而長的木槳，由二人操縱，深入水內，探測其深淺，此槳亦可作為舵的作用，將船左右扳動，使其進入較深水道而不致擱淺，在淺灘處，群船自動排列，停止進行，後船等前船通過後再跟進。

淺灘旁，有長長的一道沙石堆露出水面，小孩涉水過來，站在沙石堆上向船上遊客招手，也有的孩子就站在淺水中，向船上呼叫，目的希望船上旅客能發慈悲，給他們一點施捨，可是風大，距離又遠，很難達到目的。有一位旅客用紙包了硬幣，投擲過去，小孩接到了，如若投鈔票，被風吹到江中，反而增加危險。一路上類此情形有好幾處。

中午在船上吃飯，菜很普通，其中有魚，我們想水上人家的魚必定新鮮可口，那知並不盡然，反而不如岸上菜館裡的魚新鮮。

灕江兩岸的山多而奇，因為都是平地矗立的獨立山，即使不是獨立山，其高聳的山峰也特別多，山峰有圓、尖、曲、彎等等千奇百怪的形狀，山上不生高大的樹木，僅有灌木樹和草本植物，因為有綠色的植物，看上去也不像是禿山了。

沿江岸邊，很多處種植松樹、柳樹和其他常綠樹，其中尤以竹林為最多，有些竹臨水而生，竹根伸入水中，看得清清楚楚。水邊看到有人在洗黃麻，黃麻是平地農產品，我們來時坐汽車，在路旁早已看到黃麻田，黃麻開著黃色的花，花多，一片金黃，也很美麗。

灕江中有一段沒有奇峰而是平緩的山脈，和江南各地的山勢一樣，那裡是第二個淺灘所在，我特地走到船頭，看他們如何越過這個淺灘，除了前述兩人操縱船頭木槳外，兩舷各有船夫，用粗竹篙向後撐，每竹篙的末梢，加上一個承肩，船夫湊著承肩，用肩頭的力量頂著出力，整個人幾乎伏到船面，就在船邊他可以用手接觸得到的地方裝了矮矮的鐵欄，船夫一面用肩頂，一面用手在鐵欄上拉，手肩並用，駕駛者在艙裡面發號施令，吩咐他們要如何用力，如此群策群力，船才逐步逐步的向前移動，真是很辛苦。

有時陽朔那面有船過來，兩船相會時互鳴氣笛，並由船夫執著旗子站在船邊招呼，從右面駛過的船，兩船都用綠旗，在左舷駛過的船，兩船都用紅旗，大約是他們行程中議定的規矩。有些地方水勢洶湧，雖然是平底船，船頭也向上翹起，仍有水浪衝到甲板上來。

全部水程中，除了第二淺灘處是平緩山勢外，直到靠近陽朔才看到第二處平緩的山勢，那裡江面是圍在四週山坡中，因地形的關係，風很大。據船夫說：那年七月裡，在此地段曾給風吹翻了遊艇，到靠近那地區，船夫關照我們進艙以策安全。二點四十分到陽朔，船行四個半小時。

陽朔市面並不甚熱鬧，有一座城門樓，題名為迎薰。碼頭邊的小攤販比楊堤的多很多，而且土產品中還有許多名貴的藥材，如靈芝、杜仲等，古錢幣，包括新莽時代的錢刀都有，有外國人買了寺院法物和念珠等掛在頸上。我們信步瀏覽，買了些水果吃，也買了畫片和文房四寶。市區實在並無可玩之處，三點半上車回程，此車就是我們的原車，我們從江上來，車卻由楊堤繞公路行駛而來的，來時坐船看風景，回時坐車減少旅客勞累，乃是很合理的。

桂林的桂花特別多，不知是否因此花之多而名桂林，此時桂花已近尾聲，但仍是嗅得到甜甜的桂花香，市面上有商店貼出收購桂花的招貼，大約用來做香料及食品之用，是外銷各地的特產品。

民國七十四年(一九八五)十一月五日早晨八點半，離開甲山飯店，天正下雨，雖不算大雨，卻也增加麻煩。途經七星公園，裡面有七星岩洞，和蘆笛岩洞齊名，領隊徵求大家意見，是否停車去玩，帶雨具的都贊成去玩，沒有帶雨具的祇好留在車上。下車的人進了七星公園大門，車子就開走了，到碑林去，那裡不受下雨影響，稍停一下，再開到七星公園後門，從公園前門到後門，大約有一公里半的路程。那時雨已停了，我在後門進去稍稍走了一段路，前門來的遊客已走來了，於是一同回來上車，因雨未能遊七星岩，也是很遺憾的。十一點到機場，吃過午飯，待機飛廣州。

九、廣州

桂林的飛機十二點四十五分起飛，一點半到廣州，陽光普照，氣溫在攝氏二十七度之間，比較熱一點。在途中，我坐在飛機邊，大地情景，全部入目，公路、山脈、河川、房屋，歷歷在望，祇是太小了一點，在西江上空，江流蜿蜒，在群山、城市間，湊著窗口，居高臨下的照了些相片，當然不可能太清晰，留做紀念而已。

飛臨廣州，看下去，真是大都市，和別處不同，高樓櫛比，無邊無際。飛機在白雲機場降落，由地陪接到花園酒店，這旅館方於一九八五年十月開幕，是世界級一流水準的旅館，高有二十八層，一千二百間客房。

在廣州預定祇有半天時間，第二天早晨即去香港，所以沒有時間去瀏覽各名勝地，地陪建議去遊陳家書院，也名叫陳氏宗祠，內部以雕刻著名。

大門是一排六間，屋脊及門楣上都塑有五彩色的人像，和宮殿景物，內容取材大都是歷史故事，每一段自成一個格局，塑像者名為文如璧，在塑像之間，嵌有他的名牌。

第一進院內，是各種泥塑及磁像，包括歷史名人、故事中人物、佛像、宗教人物，以及民間各行各業的人像，造型固然精美，尤其難得是傳神，使人一看，就會被吸引住，細細的欣賞。

第二進院內以各種雕刻為主，其主要材料有漆雕、木雕、竹雕、玉雕、象牙雕、果核雕、牛角雕、椰雕、貝殼雕等，真是美不勝收，尤其微雕，用放大鏡供人觀察，一粒米大的素材，上面刻了不少字，而且筆劃分明，就放大鏡中看來，其筆劃頗有功力，很像名家書法，有類鬼斧神工，確屬不可思議。

大廳是陳家主廳，掛有豎聯，其上下聯是：

衍緒朔胡公，歷周、秦、漢、晉以迄於今，代有偉人，門閭大啟。

敬宗詳記載，統遠、近、親、疏而繫之姓，誼關一本，畛域何分。

右側院置各種盆景，包括樹木景及疊石景，以及混合景，無論塑像雕刻盆景，有些有複製品出售，可惜都不是精品。

晚餐在長堤的大三元菜館吃風味餐，在大陸二十多天中所能品嚐到的菜餚，以此地為最好，無論色香味，均可列入上乘，如以杭州的風味餐和北京的烤鴨餐來比較，遠不如廣州的好吃，真是吃在廣州，並非虛譽。

廣州現有三百萬人口，街上汽車不絕，在我們所歷各都市中，以廣州汽車最多，例如計程車，別處很少見到，即使有少量計程車，也要先登記，輪班出發，這裡卻路上到處都有，招手即來。又在別處很少看到商店，即使有也集中在一小段，此地卻與幾十年前如上海等地商業繁華的情形相彷彿，我們車子在街上經過時，兩旁店舖幾里路不斷，大約與香港接近，和內地都市就不一樣了。

大三元吃完飯，沿珠江邊行駛，看到珠江大橋，沒有停下來，經過而已。珠江水面船上的燈光閃爍，很美麗，地陪說在沙面對面江邊，原來有許多船戶，名為蜑戶，在明朝時，編戶立里長，設河泊司治理之，不准上岸，視為賤民，現在已在岸上建了房子，供其居住，雖然仍以漁業為生，但已和一般老百姓完全一樣，蜑戶已經是歷史上的名詞了。

晚上沒有地方去玩，就在旅館裡到處走動，這個旅館設計得花樣繁多，大堂正廳窗外是蓮花池，進門照壁是一座漢白玉石壁，上面精工雕刻各種民間故事中的人物和佈景。有名士閣，佈置成宮廷氣派，具有歐洲情調；有桃園館，將劉關張桃園結義，以及三國誌裡的故事，用五色磁磚嵌在牆壁上；有綠茵閣，在房屋內佈置成天然草木水流景色；有觀瀑廊，古老的百葉窗，和高懸在天花板上的柚木吊扇，構成古典的情調，坐在觀瀑廊可以欣賞走廊外人工瀑布，最高層是凌璇閣，居高臨下，緩緩地向四週旋轉，酒店前門，面臨大馬路，祇看得出高大的門面，在後面卻佈置有假山瀑布、石雕藝術人像等，襯以彩色燈光，非常動人。

十一月六日，早晨七點多就離開旅館，到廣州車站搭廣九鐵路的直達車去九龍，直達車不是普通人隨便可搭乘的，有三種人可以搭乘，一是持有大陸政府護照並有香港入境簽證，二是持有其他外國護照或華僑持有大陸旅行證件，並有香港入境簽證，三是香港居民持有回港證的。我們是屬於第二類。

運送行李，按件收費，我們旅行團祇負責每人一件行李，多出來的行李，團員自己繳費，每件十元人民幣。

在廣州車站，先查看大陸旅行證件，然後將入境時所填的出境表交查驗的人，照規定凡入境時表上所填物品，出境時一一要查明帶出去，其目的在防止帶入境的物品，在國內走私掉或轉贈親友漏稅，事實上我們交表時，他們看都不看，一收了之。這是出境檢查。

另一個櫃臺是入境檢查，查閱香港入境簽證，以及護照，我們華僑是以大陸旅遊證件代替護照。過了查證關口是銀行，旅客可將用剩的人民幣，按照當天的匯率，兌換回港幣或美元。

然後進入候車室，大陸中國旅行社的全陪和當地地陪以任務告終，與旅客告別，全陪和旅客相處二十多天，人挺和氣，大家不無惜別之情。

不久行李運到，自己提取自己的行李，通過X光檢查站，再交給運輸公司的人接過去，託運到九龍。

車於八點四十分開行，坐的是軟座車廂，前後座很寬敞，比京滬路的火車舒服得多，座位還可以左右轉動，變更方向，以利旅客觀看外景。正對客座的門額上，擱一座電視機，介紹車上服務情形，廣州到九龍車票是三十八元人民幣。一路上因為是大玻璃窗，視野很寬，農村也有種植稻穀的，為數不多，不能和江南的水渠稻田相比，沿途山多人少，有些荒凉的感覺。到深圳站附近，房屋建築得很多，有些很高大，新建工程處處多是，這是深圳經濟特區。到了羅湖車站，是廣州和九龍交界地方，山地裡圍了多重鐵絲網，深圳和羅湖是兩個出名的鬼門關，從外地到大陸的有多少人在此被捕喪生，從大陸到香港的，多少人想盡方法逃亡而遭難，我們這樣輕輕易易的通過，真是少數中之少數。據香港的朋友告訴我，沒有資格坐直達車的，在深圳和羅湖要過兩關，他有位朋友從大陸去香港，他先接到電話說已到了深圳，他想深圳到九龍路程很短，不久即可到達的，他在九龍車站等了一天不見影跡，晚上接到朋友電話告訴他，那朋友一早就在深圳關口排隊，人太多了，一直到下午五點還未輪到，而關口辦公時間已完畢，所有未輪到檢查過關的人祇好明日請早，所以有些人半夜就去排隊，第二天那朋友學乖了，早早去排隊通過，上午到羅湖，又去電話到香港，我那朋友想此次應該很快的會到了吧，又去九龍車站等，直到傍晚才接到，問他為什麼原因，那朋友說他在入境關口繳了證件，檢查的人把證件壓起來既不看又不問，他真是進退兩難，直到要下班時，才准他通過，究竟為什麼，他也不知道。他發誓以後不再去香港了。

過了羅湖車站不遠，遠處小山坡旁有些房子，有一家屋頂高掛青天白日旗，在風中飄揚。在到達九龍車站前，共過了三道隧道，其中第二座名為筆架山隧道，好長，車行約七八分鐘才通過。

到了九龍站下車，站房並不太大，上下車的旅客以及接送客人的朋友，擁擠在一起。香港方面的導遊，在人堆裡找我們，因為大家不熟悉，要看旅遊團的標誌，所以找了很久才找到。又因為取行李等辦手續，大約等待了一個鐘頭才出站，搭旅行社的車子到百樂旅館(park hotel)，在九龍尖沙咀，是熱鬧地區，規模還不算小，可是在港九地區，已不是第一流的旅館了。

十、香港

旅遊團規定，到了香港各人自由活動，不再安排節目。征塵甫卸，人很累，無心飲食，和孫先生及黃、童兩太太去金都飯店吃客飯，每客港幣十三元多一點，合美金不到二元，換美金的匯率是一塊美金換七・六元港幣。

飯後與香港朋友劉君通了電話，他說大約晚上六點多來看我。在此期間，就在附近街道蹓達，旅館所在地的金馬倫道和主要街道彌登道相隔不遠，下半天的時間，都在彌登道上消磨掉了。

劉君和其夫人六點多來旅館，到大上海菜館吃晚飯，香港菜館的菜確實做得不錯，比廣州大三元還好。三人吃飯，菜仍然點了很多，其中有幾樣菜很特別，一是蔬菜炒冬筍，冬筍不是罐頭筍，正正式式是地上挖出來的鮮筍，現在時令還未到，不知他們從何處覓來的。一是脆鱔，我在家鄉無錫時曾要吃脆鱔，沒有地方可買，很以為憾，不意在此地卻吃到，而其口味與抗戰前家鄉口味差不多。一是紅燒蟹粉，劉君說此時正是大閘蟹當時，衹是他最怕剝蟹骨很麻煩，所以不如直接叫了蟹粉，同樣是吃大閘蟹，不必自己麻煩。這樣一餐飯吃下來花了五十多元美金，在美國吃飯三人花那麼多錢，不稀奇，在香港，未免太豐盛了，他的盛意，非常可感。

晚上他夫婦倆陪我遊覽夜市，我因想去大陸商店買些藥材，走了幾家，都已收市，衹好作罷，分手時已十點多鐘，他們搭地下鐵回香港，約好明天上午來接我去遊香港。

十一月七日，早晨到旅館十一樓吃早點，也是西式自助餐，衹要簽名並註明住房號數，不必付現款，旅行團會和他們結算的。

九龍市面開市甚遲，大約到十點以後才開門營業，早晨上街時冷清清的，但小吃店和菜市還很熱鬧。此地的炸油條看上去不錯，可惜我已吃飽了，食品店到處出售大閘蟹，大的每斤一百十二元，一斤約二隻，每隻合美金七元多，比在美國買還貴，大約可以還價的。信步走到金多利街是老式街面，水果攤和菜攤很多。街上行人，大都是上班的，衣著很保守，沒有奇裝異服，我帶來的彩花香港衫，似乎不好意思穿出去，和美國滿地花襯衫完全不同。

同住房的孫先生，是寧波人，他堂弟在香港做生意，也到旅館裡來接他哥哥去玩。

劉君和他兒子在十點左右到來，他公司裡備有汽車歸他使用，所以我們坐了他汽車去香港。

九龍和香港隔著一個海灣，汽車從海底隧道通過，車行約五分鐘，出了海底隧道，又過了一個山洞隧道，車行約三分鐘，隧道都很長，出了山洞，到達香港市區。

我們預定遊三個地點是海洋公園、淺水灣和山頂。

海洋公園分三部份：海濤館、海洋劇場、海洋館及其他兒童遊樂場所，包括雲霄飛車等。

海洋公園在山上，此園由香港政府建築，為了維護和發展，每年要貼補二千萬元經費，由跑馬稅收入支付，也是政府為市民娛樂休閒而投資，並不以賺錢為目的，門票每人七十元，進門後各娛樂場所，不再收費。

上山是搭纜車，此纜車與其他各地的吊車不同，而是圓筒形的車廂，像一個一個的圓球，每一筒可坐五個遊客。無論上或下，在到站時門會自動開啟，遊客進筒後緩緩移動，到離站後一定距離，又自動將門閉合，完全不由人操縱，無論開門或關門，都是在最安全的地點，設計得非常好，高索上吊了許多圓筒，排隊上或下，很是壯觀。在圓筒內，開啟玻璃窗，山風習慣，很涼爽，從玻璃窗外望，可看到整個香港地面、海灣及海面景物。

纜車經過兩個山頭，就到了地段，如果有人不願搭纜車，也有盤旋的登山道，喜歡健行的旅客，可以循山道上山，但是此種人畢竟不多。

在海洋公園內先去海濤館，看金魚大觀，陳列有全國的金魚品種，每一種金魚，都放在嵌在壁上的玻璃方匣式水箱內，遊客看得很清楚，每一箱都標明名稱及生產地，如虎頭、鶴頂紅、紅珍珠、龍種等等。水箱並裝有假山石和水草，以增加魚游的情趣。有一間屋子，金魚裝在圓形玻璃製的凸鏡內，富有立體感，而屋子外面的風景美極了，有花、有水、有大片草坡，坡度上種植彩葉植物，以紅色的最悅目。

金魚大觀，除了蒐羅無數種名貴金魚外，還匠心獨運，庭園裡疊石成山，佈置成一個水濂洞，水從疊岩頂上垂直地流下來，成為小瀑布，寬寬的面積，形成水簾，下面水池中養了許多烏龜，爬在假山石山洞之間，另外做了許多齊天大聖孫悟空的瓷像，也分佈在假山的各個角落裡。

海濤館本身是飼養海豚的大水池，海豚在內生息，有櫃臺出售小魚，遊客買了飼食海豚。海豚是智慧很高的動物，看到遊客手提小魚，伸手到鐵柵外的池面，牠會跳起來取食，有時遊客故意逗牠，在牠跳起時將手縮回，牠會直起尾巴好像站在水中一樣張開口，等遊客再度投食給牠。

路盤旋向下，水池很深，房子裡用大玻璃隔開水池，很清楚的看到海豚在池內的生活情形。出了海濤館，到海洋劇場看海豚及鯨魚表演，另加高空跳水。

海豚表演有空中翻身、跳高觸球、跳竹竿、跳圓環等。有一種遊戲是海豚套環，由馴獸師執圓環，隨意投入海池內，海豚仰起頭看環落下的趨勢迅速的游到適當地點，將頸伸直，圓環落下，剛巧套在鼻子上，無論投擲水池內何處，都可迅速游去接到，共套了十多圈，馴獸師又將此圈分送觀衆，由觀衆隨意向池內投擲，都能正確的接到，觀衆鼓掌時，海豚兩隻前肢也擺動作鼓掌狀，贏得更多掌聲。

此時有人來兜售鑰匙圈，上面嵌有我們的照片，原來此人站在觀衆席旁邊，暗中照了我們的相片，嵌入鑰匙圈的透明塑膠層內，再來兜售，每個二十五元，一般觀衆為了留紀念，都會解囊購買的。

高空跳水是美國人表演，先從高空跳板跳，然後爬到一百呎的高塔上跳，其間穿插各種多人的花式跳水。

最後鯨魚表演頂球、跳竹竿，以及在水中露出半截尾巴到水面左右搖擺，有一次鯨魚面部加上一付大眼鏡，有人站在鯨魚背上環水池游一週。最精采的是鯨魚跳起身和池邊觀衆接吻，很長一段時間沒有下沉。

一般說來，海洋動物表演還不錯，可是和美國聖地牙哥海洋世界相比，無論場地及氣派，還是比較差一點。

最後去海洋館，是一個海洋生物教育館，兩壁懸有圖表及解釋，對於各種海洋生物，都有詳盡的說明，每隔一段有電腦控制的詢問和答覆，以考驗遊客對此一段圖解瞭解的程度，先要由遊客自己答覆，最後當然有正確的答案，供遊客糾正自己的錯誤。

在懸掛圖表牆壁的對面，就是一座貯養海生動物的大水池，用大而厚的透明塑膠板隔起來，遊客可以清楚的看到海生物的活動，水池也可說是水井，從上到下分隔了好多壓力不同的水層，用電力控制，外面是看不出來的。凡生活在某一層水壓中的海生物，決不會浮游到上層或沉潛到下層去的，圖說配合實物，更能使人瞭解。有一些名貴的魚類，用方型的小水箱裝置起來，附以幻燈片，介紹此魚的名稱及出產地等。

三館參觀完畢，搭登山電車下山，此電車是電動扶梯，從上到下，分成若干段，每一段約有五層樓高，出門時已一點半了。

中餐是到珍寶海鮮畫舫吃的，海鮮畫舫也是香港特有的一景，停在海面上，往來要坐交通船，主船裝飾得畫棟雕樑，金壁輝煌，所有彩飾，以金龍為主。一排三座畫舫，以中間一座最大，根本看不出是船，裡面容積又大又深，橫寬可排五桌酒席，前後有好幾進，高有幾層，甚至還有電梯，每層都有龍座，一座稱太和殿，一座稱金鑾殿，遊客可坐在龍座上拍紀念照。

第二個遊覽地點是淺水灣，有題牌名為「天下第一灣」，未免有些誇張，海灘都是白沙，和臺灣西海岸白沙灣相似。海邊建了許多佛像，最大的是觀世音菩薩和玉皇大帝，此外還有月下老人、彌勒佛、閻羅王等。有一座長壽橋，是岸橋，漆成紅色配以彩飾，遊人為了討口彩，都到橋上去照相。每一個佛像和建築，都是善男信女所捐獻的，上面都刻有捐獻者的名字，清淨的海灣，建造了沒有藝術意境的粗俗塑像，雖然是五顏六色，眩人眼目，畢竟嫌太俗氣。

回市區時，經過香港最高的建築，是一座六十六層的圓形建築物，作為辦公大樓使用，到中環和皇后大道一帶全是金融區。

我有一位在臺灣時老同事嵇君，和我朋友劉君相熟，劉告訴他我在香港，晚上三個相聚小酌，地點在上海總會，同樣吃了脆鱔，比九龍吃的差遠了。

到了晚上，去山頂看香港夜景，山頂是香港最高處，白天無甚可觀，要到晚上，看全香港的燈光燦爛，確是壯觀。上山是坐纜車，此纜車與海洋公園的不同，像公共汽車一樣，每車可坐幾十人，由鐵纜沿著軌道拉上山，每人票價四元，中間停留幾站。在山上住的人，開汽車不方便，大都搭纜車上下。山上房價，在香港而言，是最貴的一區。此車已有一百多年歷史，到山頂出了車站，四圍展視，山風很大，已有寒意。不久搭計程車下山，盤旋曲折，有些轉折處，與來車必須擦肩而過，坐車的固然捏了一把汗，開車的更是全神貫注，真佩服他們駕駛技術。

經過海底隧道回到九龍旅社，花了車費五十元。

旅行團同遊的孫先生，和我去逛夜市，買了些小東西，結束了香港之行。

十一月八日，上午十點離開旅社赴飛機場，此次從美國出發旅遊，共有二十五人，其間全部照旅程安排而行的並不多，有些中途離隊還鄉，有些還鄉後再歸隊，有些分別留在各地，有些到了香港再回頭去大陸等等，所以回美的祇有九個人而已。

我們離港時先繳港幣一百二十元作為離港規費，由旅行團領隊去辦離境手續，要具備各種證件，包括：機票、香港簽證、護照、回美證件等。有一位童太太，沒有將綠卡帶出來，她以為護照上既有綠卡號碼，不必再原件，所以將綠卡鎖在洛杉磯銀行的保險箱裡，那知到了此地，沒有綠卡，就是不能出境。交涉了許久，沒有結果，祇好一個人留下來，幸而孫君的堂弟來送行，他自告奮勇接童太太到他家寄住，然後慢慢想法，由美國寄綠卡到香港去。以後在美國通訊，才知道在香港滯留了一個星期，辦理居留延期簽證，再經美駐港領事館根據護照紀錄，出予證明，才能成行。

我們搭的中華航空公司〇〇六班機，機身很大，我想坐在窗口，劃票的先生告訴我，祇在吸煙區，才有窗口位置，不料為此大吃其苦，終日煙霧繚繞，呼吸不爽快，咎由自取，也不能怪人。

飛機每小時六百英哩，在香港下午四點半起飛，飛行時間十一時又五十分鐘，到洛杉磯的時間是下午十二點二十分。

這次旅遊，大陸上山川壯麗，是沒有話說的，文化悠久，古跡處處，也足以使人留念。祇是衛生條件太差，不知是否巧合，我們旅行團入境後不久，全體染上了感冒，幸而還不嚴重，後來出境到了香港，都霍然而癒，大家覺得很奇怪。

參加旅遊團，有利有弊，好處是不必費心，在大陸上旅館和交通工具如此緊張，都能安置得妥貼，確實是不容易。尤其旅行時所攜帶的行李，如無人照顧，要自己提來提去，不僅體力不夠，也有顧此失彼之虞。而進出關卡、參觀地點的交涉等等，都由他們去代辦，不要看這些瑣事，都是最足以煩人之處，至於不方便地方，是他們安排好計劃，遊客完全不能自主，而且每天都在趕，不能鬆一口氣，幸好沒有生大病，如在旅途中生病，進退兩難，全團人決不會為一兩人而停留，那時就尷尬了。

至於一般社會情況，我們以旅遊為目的，不想加以評述。

故國萍踪續遊錄

一、重履上海

我於一九八五年參加旅行團在大陸旅遊了上海、西安、北京、南京、無錫、蘇州、杭州、桂林、廣州、香港等地。在故鄉無錫祇有停留了二天，闊別多年的家人，不及詳叙離情，就分別了。到如今已隔三年，決定再返國一行。此次是個別行動，以探親為主。

在行前看到新聞報導，以及返國後別人所寫的報導，感覺與三年前不同，首先是交通問題，無論飛機、火車、汽車購票不易。其次是旅館問題、社會治安問題、流行疾病、物價等等，都值得考慮。與胞弟往復來函商討，他要我自己決定。他說有些是真，有些言過其實，他們住在大陸的人，並不憂慮，也無何特殊變化，因此決定成行。

首先到洛杉磯泛美旅行社訂購來往機票，中國民航的班機，每逢星期五，美國與上海直飛一次。我決定回去三個星期，去期是十月二十一日星期五，回程是十一月十一日也是星期五。另外請他們代訂上海旅館三天。（十月二十一及二十二兩晚，以及十一月十日一晚。）飛機票價是八百另五元，旅館費是每天五十元。又為了保險起見，請旅館代購上海到無錫的火車票三張，準備我和二位胞弟一同搭車回錫，免得臨時買不到火車票。

出發的那一天，正與泛美的「富豪假期」旅遊團同時出發，由他們開車來將行李接去，併入旅遊團內，一併到機場辦手續，少了一些麻煩。

到了機場候機室，先說是在二十二號登機門上機，我與旅遊團的人坐在一起。規定起飛時間是一點二十分鐘，差不多到了二點左右，尚無消息，我去如廁，回來時，旅遊團的人全部不見了，而二十二號登機門外並無人排隊，心裡有點慌，洛杉磯候機室又特別大，到處去找不見熟人，其後看電視通告牌，才知道已改到另一個登機門去上機了，於是才前往會合。

飛機是二點二十分才起飛。這一誤點，起先心裡很不舒服，那知以後卻幫了我們一個大忙。

中國民航，我是第一次搭乘，車上服務人員都很樸素，服務態度還可以，祇是沒有華航空中小姐靈活。我問他們照規定國外旅客可帶多少支香煙入境，他們弄不清楚，互相詢問後，答復我大約可帶貳條煙，照中國民航北京管理局所發的手冊，外國旅客入境是可帶六百支香煙的，因為大陸規定時常變動，不想惹麻煩，所以祇購買兩條三五牌香煙。價錢倒是很便宜，每條八元五角美金，我在洛杉磯超級市場所看到的價錢是十二元五角，每條煙相差四元，後來到了上海，有人告訴我每條煙可買到一百元人民幣，如按官價計算，可買得二十六元八角，相差實在太遠了。

民航機到舊金山停留一個小時，旅客都下機，每人發了一張轉機證，下機後即在舊金山候機室內停留，我與金齡會同去的朋友們聊聊，一忽兒也就過去了。

機上送來飲食次數太多。計共五次

主要的晚餐，一大盤，包括中西餐合璧，中餐是一盒炒麵或附菜的飯(牛肉或雞肉)西餐部份包括麵包、生菜、沙律、巧克力糖、甜餅、咖啡精及其他如牛油等調味品。內容豐富，沒有人能吃得完。

我們坐在位置上，不大活動，衹是吃，我戲稱為填鴨生活，可是回程時衹有一餐，卻使人餓得不得了，實在安排得不合理。

六點十分到上海，當地時間是二十二日晚上九點半。飛行時間，除了舊金山停留不計外，實際飛行時間是十五個小時多一點。

下機後，在行李帶上提取行李，填表包括行李申報單，及入、出境登記卡，（在機上原已發過表格因填錯了，沒有多餘表格，所以在海關另填。）直到十點多才提出行李，旅遊團先將行李集中，而後由各旅客自行推行李車出海關檢查。依照海關規定，凡進口耐用消費品單價超過人民幣五十元和饋贈禮品總價超過五十元者，均列出品名及數量，填入行李申報單的紅色框內，進入海關時，則行紅色通道以便徵稅，其餘走綠色通道。我因為未在美國買入境提貨的單據，所以未在紅框內填貨品。我在美時曾詢問到過上海的程先生夫婦，問他上海海關檢查行李情形，據說很嚴格，心理上已先有此準備，不料由於班機遲到，海關人員大都下班，衹留少數人員來處理我們這批遲到的旅客，我們拜於誤時之賜，草草了事，即行入境。

我預定的旅館是金沙江大酒店，是一座新蓋的觀光旅社，我拜託旅遊團領隊楊先生與中國旅行社派來接旅遊團的上海地陪商量，請他代叫計程車赴旅館，計程車申明要用外匯券付車資，而且不按里程計算，票價二十多元，我因人生地不熟，衹好由他擺佈了。

我在上海有總角之交的朱、劉兩位朋友，以及兩個胞弟從無錫到上海來接我，原可要他們到機場來接機，因顧慮交通問題，請他們都到金沙江大酒店等我。

計程車到金沙江大酒店時已近十一點了，他們都在等待，相見時當然歡樂無比，此時他們要和金沙江大酒店管住房的職員理論，原來他們早已到酒店，問職員我所訂的房間，他說泛美旅遊並未預定旅社，他們告訴他我的名字，要他查一查，他置之不理，到十點半時，他還下逐客令，說今晚不會有人再前來。幸而大家不信他，終於等到我了，我拿出預定旅館的單據給職員看，查出來果然已預定好了，等待我的人氣不過找他理論，雙方發生口角，我加入勸和，說人已到了，不必再計較了，旅館代我們買到無錫的火車票是硬席，原來是用人民幣購買的，他們堅持要付外匯券給他，依照上海黑市，人民幣與外匯券是二比一，他們可賺了一半。

當晚我和兩位胞弟住在金沙江，原想再加一間房住兩位朋友，因朱君說明午要為我接風，他必須回家打點，所以和劉君一併回去了。

第二天一早，兩位胞弟去上海北站火車站，想憑台胞旅行證去換火車軟席，同時問託運行李手續，因我所帶行李太重，硬席火車上，無法擠上去。

我就乘此時間到外面街上看看，早晨上班的人，乘腳踏車陸續不斷，走過馬路都很困難，馬路旁有些商店尚未開門營業，玻璃窗內所列貨品，似很齊全，後來聽人說大都是樣品，擺著做樣子的，若真要去買，是買不到的。參觀了附近的公營菜場，裡面有魚蝦攤、肉攤、雞鴨攤、蔬菜攤等，買菜的人並不擠，門外有小販出買蔥蒜和雞蛋等，菜場裡人也不干涉。後來知道買菜的人，有個體戶自由市場可買，貨品齊全，不需要到公營菜場去買，所以人不多。

金沙江大酒店有三處菜館，中西餐都有，我去西餐廳吃了自助餐，每家十五元外匯券，合官價四元美金，比美國還是便宜，但在當地卻是非常奢侈了。

我原先函約在上海六位高考同年到金沙江來相叙，時間是在上午九點鐘，那時兩弟已自火車站回來了，於是和他們六位一起到附近的長風公園遊覽，上海市區缺少湖泊可以蕩舟，而長風公園卻有一個很大的湖泊，風景亦優美，湖中蕩舟的小艇很多，那天是星期日，遊園的人特別多，在遊艇處購票等待遊湖的人，排長龍。

在到長風公園去的途中，經過一處個體戶自由市場，真是百物俱備，人頭擠擠，從吃的、穿的、用的樣樣都有，我問價錢，都不算太貴，尤其水菓更多，包括橘子、梨、葡萄、栗子、蘋果、香蕉、石榴、甘蔗等等，而且都是從各產地運來，如梨則是天津雅梨和碭山梨、橘子是黃岩密柑、栗子是良鄉栗子、葡萄是新疆葡萄、香蕉是廣東香焦等等，祗要有錢可賺，個體戶都不怕路遠麻煩，自會去運來出售。

關於六位同年的遭遇，各有不同，但都吃了些苦，其中有一位和在杭州的一位，身受最慘，坐了幾十年牢，直到共產黨特赦國民黨人時才出獄。另有一位在新舊朝代中都任中級職務，生活也過得去，文化大革命時，審查他個人資料，說他憑誰的背境在新舊朝代任高職，而從他紀錄中看，從未說過一句共產黨的壞話，這是反常，一定有作用，他們很懷疑，最後抄家，財產沒收。其後經過平反，要求發還家產，不得要領，去信後得到答復是說在那個時期，彭德懷將軍對國家有很大貢獻，尚且不能保全生命，像他這樣職位的人，能活著過來，真是幸運，希望他看開一點，至於沒收的財產，由於國家目前財政困難，希望他不要追得太緊云云，真是啼笑皆非。

在長風公園內照了團體照，一路看風景，一路話舊，大家很開心，因為朱君約我中午去他家午餐為我接風，所以不能流覽太久，繞湖一半，過了橋抄小路回頭，那知在一處兩水相隔，中間僅有幾個小石塊露出水面，二弟年紀輕不怕，很快就走了過去，我生性向來不怕艱險，目前雖然腳步不及從前穩定，慢慢地，站穩了，一塊一塊也能過去，回頭一看，其餘的人都在搖頭嘆氣，望水興嘆，就此，大家散了。

回到金沙江，已近十一點，旅館原停留許多汽車，都已為旅客雇走，衹有一輛小包車停在那裡，司機也不在，外面路上雇車，不太可能，所以還是拜託旅館服務人員設法，他們說司機已吃飯去了，不肯去叫，我們再三拜託，他問我們到那裡，我們告訴他到愚園路，不算太遠，他就去找司機先送我們再回來吃飯。另外也有一位旅客在要求叫車，因為去的路比較遠，衹好等有車回來時再走了。依上海交通情形看，如人們有急事，真是一點辦法都沒有。

在朱家和朱、劉兩君聊了一個多鐘點，朱君是書香門第，書、詩、畫三絕，與齊白石公子齊良遲齊名，稱為南朱北齊，亦為紹興蘭亭書會名譽顧問，與名畫家劉海票、陶壽伯等亦有交往，最近並與其弟，接受廣東蛇口文化公司的邀請，在深圳舉行書畫聯展，當地的報社及電視每天均有報導，轟動一時。劉君則為詞學名家，有著作正在出版中，兩人文化水準均高。談及幼年往事，很多感慨。朱君之婿已在美獲得博士學位並獲定居，其女乃化學專才，亦獲准以專門人才赴美定居，不日成行，故向我詳詢美國生活情形，其媳年歲尚輕，已任某廠廠長，目前正休假來滬看視翁姑，正好接待到我這位遠客，我在朱家照了許多他所作名畫的照片，留做紀念。

朱家午宴，是在某一處機關的招待室裡，找有名廚師所作，菜甚可口，席終時，廚師尚出來謝席，我當然稱譽一番。

飯後，朱、劉兩兄陪我們兄弟到附近流覽，走到少年遊樂宮，朱君云此係敵偽時期，汪精衛尚未組府時在滬暫駐之總統府，府產係王伯群所有，氣魄甚為堂皇，現雖改為遊樂宮，仍常有日本旅客前來參觀，亦許懷念往時風光，亦許別有衷懷。遊樂宮有很大一個園子，園中紅白芙蓉花正盛開，十月芙蓉是應時的名花，我也照了些相片。

別朱君後，和劉君到他家去，一路步行，一路閒聊，到延安中路上海展覽中心對面的「外匯免稅商場」門口，有人前來兜問有無美金要換，問其價格每一美元可換八元人民幣，我們為免麻煩，沒有與其交換，據說上海對美元有三種幣值，一是銀行官價一百美元換 361.93，一是半公開市場，一百美元換六五〇・〇〇人民幣，是為了便利國外留學或商務上必需應用外匯所特設的交換市場，一般人民不能兌換。一是黑市每百元可換七百到八百元，看雇客講價的情形而定，是非法的，如為警察抓到，可能坐牢。

我們和劉君在上海展覽館門口等候計程車，大約半個小時，每輛車都坐有人，其後好不容易攔到一輛，討價要二十五元，劉君還價十五元，計程車馬上發動要開走，我看情形不對，作主以二十元敲定，到家後劉君尚不以為然，他說按路程祇須十元就可以了，我說我們時間寶貴，不必斤斤計較了。劉君準備些點心，他姊姊也是我們小時遊伴，現已八十二歲，身體壯健，耳聰目明，剛從北京來滬，也乘此機會與我聊幼年舊事。

劉家附近有計程車站，頗多司機和他們相熟，由他女兒代叫了一輛。先到瑞金一路看朋友周先生，他於前年來美國，為大學講學，是國際公法專家，那時已通音問，因路程不經洛杉磯，故未相晤，此次去看他，不巧他又到寧波去沒有回來，撲一個空。回到旅館，有一位同年從杭州趕來看我，等不及已回杭去了，他留了字條向我致意，盛意殊屬可感。

晚上二弟和我商量將我帶回去的衣服禮品等分成八份，準備分送給兩位弟妹，大弟的二個媳婦，和他自己的三個媳婦一位女兒，分好了，各人憑運氣隨便拿一份，因為衣服有好壞，禮品有厚薄，如不事先分好，一口氣拿出來，得到的人，嫌好嫌壞，反而會增加各人的不痛快。這是他思慮週密之處，我說各人身材不一，分到的衣物可能不合身，他說由他們自己將所得的一份互相交換好了。如有人探親回家，帶了禮物，也可以照此辦法，保證皆大歡喜。

民航飛機，有一個特殊規定，即是如購往返機票，在其返回前三日，必須至上機地點，通知航空公司辦事處，證實必需如期搭機回去，否則座位不予保留，機票取消。這一規定，對於我們出門旅遊，或赴異地探親的人，非常不便，試想我們行程緊湊，每天都有預定行程計劃，如何能於返回三天前到該處航空公司去證實？因此想了一個變通辦法，由朱君陪同我到上海民航公司先去聲明。我們到了中國民航，他們有忙人，也有空閒的人，在有關櫃台等待，看到那位櫃台小姐無事忙地到處與同人搭訕，我們耐了性等她興盡回座，告訴她因為要出外地去旅遊的關係，不能在返期前三天趕回上海，要先為申明，他猶豫了一陣子，在機票上蓋了章，卻多說了一句話，他說飛機在十二點三十五分起飛。我怕他聽錯了我的話，而是講今天上機時間，所以再重複的向他申明一句，說我講的不是今天飛機而是十一月十一日的飛機。那知她答話毫不客氣說真是囉哩囉嗦，說罷又離座去閒聊了。我為了仔細起見又抄了飛機票號碼，以及乘客的名字，搭機的日期等等，拜託朱君在十一月八號，再給中國民航一個電話，事後朱君告訴我，那裡職員服務態度實在太差，他先掛電話，話機通了，他照通常說一聲「喂」那邊回答說什麼喂不喂的，我們很忙，你有話直說，朱君將此情形講了，他要朱報乘客名字，朱君講了，他說英文名字記不清楚要將英文字母一個一個慢慢講，於是照他意思講了，又問機票號碼，告訴了他，他說這些號碼都不管用，要登載在機票某一部份的號碼才成，朱說機票不在我身邊，反正乘客名字已經告訴你了，你看著辦好了，於是把話機掛掉了。這和國外航空公司對待客人的態度，正是極端相反，這也是中國民航對職員必需訓練和改正的地方。

出了中國民航，在其停車場雇計程車，當然仍是要外匯券，送朱君回家後到旅館取行李，再開車到火車北站，路上車擠，計程車幾次改道，開行了二個鐘頭才到，照平常一個鐘頭的時間就夠了。到北站已近十二點，趕緊去託運行李，從計程車下車處到火車站內，有一段路程，有老人推了手推車代裝行李，推送進站，收費人民幣一元，那倒是方便不少。

北站是新蓋的大樓，氣魄堂皇，內部設想很週到，此種硬體設備，已達世界第一流水準，可惜內部服務人員服務態度太差，與硬體不能配合。就以託運行李來講，先要填單子，有一張桌子辦此事，原本很簡單，有顧客來，給他一份表格及標籤等由他自已填寫好了，辦事人卻多事，問三問四，一會兒要看車票，一會兒要說明行李內容等等，其慢無比，二弟等不及了，拿了我的台胞旅行證去，請他們先發表格，等表格填好，標籤貼好，有人來檢查行李，態度傲慢之至，用目光斜睨著行李箱，用嘴一呶，意思是要我們開箱，也不說話，用手在箱子裡亂翻一陣，再呶向二件行李，如此害得我們又得重新整理箱子。然後推到秤行李重量之處，那裡共有三個大鐵捲門，祇打開一個，內有地磅二台，行李已排了不少，門外標明上班時間是十二點，我們把行李排在一邊，耐心的等他們上班，到十二點半，才有一位女職員坐上一邊地磅處，要顧客再填表，再對車票，工作了不到二十多分鐘，我們行李還沒有輪到，她又停手不幹了，不知去辦何事，人影不見，到一點多，另一邊的職員珊珊地來了，我們趕忙將行李改送到那邊去，行李很重，要提過二道鐵欄桿，非常吃力，如此一來，行李又排在那邊的後排了，那職員工作了一會，又走開了，真是等待得急人，那時兩邊都無人辦事，行李愈來愈多，後來那位小姐又來了，我們再搬回去，如此來回了二三趟，等到辦理完畢已超過二點半，從十二點起為了託運三件行李，辦了兩個半鐘頭，真是說來使人難以相信，其慢功，可說世無其匹。

對著新式的車站，我們祇有苦笑。

辦完事，到車站對面「大江南酒店」吃午飯，飯店裡人說吃飯時間已過，不買飯了，樓上樓下，都是一樣不買。原來大陸習慣，中午十二點到下午二點是飯時，錯過此時間即使有錢也買不到吃的，此酒店外表很大很堂皇，但裡面之髒，難以形容，桌子上舖了玻璃板，每片玻璃板下的桌布，滿是油污，看上去大約一個多星期沒有洗了，玻璃上油膩他們用油布一抹，滑滑膩膩的發亮，蒼蠅之多，揮之不去。不得已祇好買麵包吃了。另外再買飲料，可口可樂一瓶，售價六元，當地產的橘子汁飲後退瓶，祇售五角，味道也相差無幾，喝可樂的人還很多，大概是崇洋心理罷，我們祇買橘子汁喝了。

北站蓋得面積大，空氣很沉悶，每張車票加收空調費二角，而站內似乎並未開空調。候車室分門別類，標明是上海到某地的候車室，如此旅客好找目標，秩序好，不會亂，而候車室內的容量是夠容納那一班車的人，室內容量大，來了一個後遺症，很多旅客躺臥在座位上，雖然有牌子寫明旅客應遵守秩序，不可在座椅上躺卧，但旅客視若無睹，也沒有人出來糾正。

我們坐的是對號區間車，上海起站，無錫是終點站。雖然是硬席，大體都有座位，(亦有沒有座位而加售的票，其旅客則到處亂坐)到蘇州，停一站　有上有下，因為是短程，不顯得擁擠，大陸人好吸煙，尤其年輕人年紀輕輕，很多人嘴上叼了一枝煙，在火車上，開了窗，風太大，大都關閉窗門，車箱內煙霧騰騰飽吸二手煙了。開車的時間是下午三點半，到無錫差不多近六點，車行二個多小時。

二、從無錫到常熟

下車後首先去提行李，據說沒有趕上這班車，要明天才能到，看到託運行李房那種辦事效率，趕不上這班車，那是意料中事。

我家老房子因拓寬街道，拆掉了，無錫對這一件事辦得很漂亮，他先計劃要拆若干住房，在郊區蓋了許多新公寓，然後按拆除房子的人口、面積等分配新屋居住，建屋的費用，一部份由住戶所服務的單位出錢，一部份由市政府補貼，住屋的人花不多錢，祇出少量的月租費，而被拆除的房屋，還可拿補償費，雖然為數不多，意思上總算是便民了。

我家二弟住在東北，不需要房至。三弟因與兒子同住在舊屋內，所以分配到二戶，其中一戶是一個房，大兒子去住。另外一戶是二個房由他夫婦和小兒子住，他住的地方是在南郊清揚路旁，清揚路開闢了不久，道旁都種了垂揚柳，一眼望去，綠色柔條，在風中飄拂，道路又寬闊，真是美極了。他住的是公寓房子，在第七樓頂層，大陸用電梯的還不多，七層樓沒有電梯，上下祇好爬樓梯，好在他們還年輕，上上下下不在乎。廚房裡沒有煤氣管，仍然是燒煤球爐，每一層住戶門口放一個煤球爐，現在的煤球和以前不同，是扁扁的一個煤餅，一只爐內放二個煤餅，火力很旺，煤煙不多，爐下有通風門，到晚上把通風門關掉，可以維持到明天早上，煤球火還不熄，換上新煤球就行了，不用再生火，到也方便。祇是搬煤球和食米之類重物上七樓，也很辛苦的。住屋是新村，共有很多幢，並配置有菜市場、郵局、百貨商店、文具店、布店、理髮店等等，生活甚為方便，菜場是每天早晨五點到十點，下午三點到六點分兩次售貨，其餘時間不賣菜，祇有水果攤，大約是配合上下班的時間，便於辦公的人方便。菜場裡早晨還有吃早點的店家，包括燒餅、油條、餛飩、麵、梅花糕、肉包子、豆腐花等等，吃的人很多，祇是髒，一盆洗碗水，要用許多次，雇客吃過的碗在髒水內一過，再用布一抹，算是洗清潔了，所以我不敢嚐試。

無錫公共汽車很發達，各鄉四通八達，票價是按路程遠近計算的，每趟車，是子母車連在一起的兩輛，在上下班時間，人太擠，售票員顧前不能顧後，往往有不花錢白乘車的，車票是按路程遠近計價，最低的祇五分錢，所以短程乘客特別多。

我們出了火車站，就是搭公共汽車回去的，那時下班時間已過，車輛比較空，又是起站，所以安安穩穩的坐著不擠。

我原想住旅館的，二弟的意思是還是住在家裡好，親人們可以團聚，而且他家裡已裝好衛生設備。原來公寓裡設計還是坐馬坑式的便所，他自己花錢買了白磁抽水馬桶，加裝水管，已改成新式的廁所，又裝了磁製洗臉盆及浴盆等，已合乎現代化的衛生設備了，他公寓裡剛巧還有空房子，向管理房屋的人商量，暫時借住二間，住的問題，就此解決了。

到家後，親人們都在等待，當然大家歡聚一番，大弟和弟妹自東北來，他家兒女輩，當然不能同來。其餘在無錫所有的姪兒女等都見了面，我又去看望了八十二歲的表姊，和八十一歲的堂兄。

二弟的女婿很能幹，他是紡織專家，在常熟籌建了一座真絲針織廠，建廠完成，當了一年廠長，等工廠上了軌道，由別人接任廠長，他又到另一處去建廠，照此方式，現在已在建第四個廠了。

回家後第二天，二弟女婿借到一輛小包車，載我們兄弟三人去常熟參觀他負責建設的廠，順便遊覽虞山。

車於早晨八點多出發，行駛到無錫安鎮時，我要車停下來去鎮上參觀，在戰前我曾在安鎮小學裡教過書，抗戰時，因地處要衝，全鎮俱燬，現在是戰後重新建立起來的，房屋雖變，地形依舊，還看得出我當年坐了航船到安鎮登岸赴校的地區。安鎮那時正值菜場上市的時候，各種賣買和購物的人很多，還看見地攤上擺了多年不見的竹編菜籃子，我在小攤前照了一個紀念相片，就繼續上路。不久進入常熟境，在無錫縣境內，公路上所種植的行道樹，都欣欣向榮，綠葉滿枝，一進常熟境，行道樹種類不同，全是枯枝敗葉，兩者有明顯的區別。

常熟在清末時出了一位名臣翁同龢，咸豐進士第一，穆宗、德宗兩朝，皆值弘德殿為帝皇師，他曾做過司農，有人做一副謔對云：「宰相合肥天下瘦，司農常熟世間荒」。宰相合肥是指合肥的李鴻章而言的。

常熟的名勝是虞山，虞山原名烏目山，商湯末期，古公亶父的兒子泰伯和仲雍奔吳，讓國季歷，以傳位周文王，千古認為義舉，仲雍又名虞仲，隱居於此，遂改為虞山，山不高，長約九里，東端伸入城中，故有：「十里青山半入城」之句。也是江南名山之一。

十一點左右，車到真絲針織廠總廠，下面有二個分廠，他負責籌建的是一個分廠，總廠廠長和兩位分廠廠長都和我們招呼，分廠的兩位廠長都很年輕，其中一位是女的，大陸上的年輕一輩的人，都很能幹。

他們請我們喝虞山茶場自製的綠茶，色、香、味不比碧蘿春差，後來我還帶一些來美國，品評的結果，都與我有同感，認為不錯。

參觀工廠，無甚可述，走馬看花而已。

中午，女廠長請我們去虞山第一勝景的「古興福禪寺」所附設的菜館內吃素菜。名為素菜，其中並雜有暈菜，味道燒得很好。菜館是一座樓屋，在虞山北麓，有圓轉形的扶梯盤旋上樓，登樓遠望虞山，歷歷在目，興福寺各禪房，層層叠叠，為數頗多。

興福寺建於南朝蕭齊時代，原名破山寺，據高僧傳記載：「唐貞觀年間，有黑、白二龍交勇，沖開成溪，遂成破澗。」寺址在破龍澗下，故名破山寺。唐詩三百首載，唐朝名詩人常建「題破山寺后禪院」一詩，破山寺遂馳名海內。詩云：「清晨入古寺，初日照高林，竹徑通幽處，禪房花木深。山光悅鳥性，潭影空人心，萬籟俱此寂，惟餘鐘磬音。」

宋代名書法家米南宮手書此詩，現勒石於寺內。

破山寺後來修建大殿時，發現一塊巨石，左右視之，似有「興福」兩字，故改名為興福寺。

飯後我們去遊寺，石鋪的步道，很長，步道開始處是山門，為一座石牌樓，上有翹角飛簷的屋頂，牌樓前面題「興福禪寺」，背面題「齊梁古刹」，到達寺正門口時，有巨型石獅雕座分置兩側，門額題「興福禪寺」及「毗尼法果」兩橫匾。寺內房屋之多，為我所歷禪寺之冠，較之西湖靈隱寺、常州天寧寺等大叢林尤為深廣。

在文化大革命時，曾遭破壞，現已逐漸修復舊觀，寺中名勝之處，不勝枚舉，除了天王殿和大雄寶殿為一般寺院所必有的建築外，另外有：四高僧殿、法堂、禪堂、齋堂、濂飲室、方丈室、藏經樓、華嚴樓、觀音樓、僧寮、救虎閣、白蓮池、空心亭、空心潭、曲徑通幽、印心石屋、日照亭、鐵泉、團瓢、竹香書屋、伴竹閣、飲綠軒、河亭、清冷室等，真是洋洋大觀，我們不能一一參觀完全，信步所至，遇景流覽，牆壁上嵌的石刻碑記甚多。殿中有一塊巨石，有一位僧人手持竹扙在旁指點遊人，說這就是興福石，他指著石塊裂縫處，指點此為興字，此為福字，但據我看來，多半牽強附會，字也不像，有此一說而已。另外有一處「君子泉」，在山岩中，泉水很清，大約取孔子所云不飲盜泉之義而取名君子泉，我在泉旁也照了紀念相片。

虞山還有很多勝景，如孔子七十二弟子中的言子(子游)墓，和泰伯一併奔吳的仲雍墓等，都來不及去參觀了，祇在寺外經過四高僧墓時去參觀了一下，所謂四高僧，乃是興福寺中歷代有名的高僧，唐之懷述、常達、梁之彥偁、宋之晤恩，四高僧墓前有石牌坊及石刻碑，墓上建四座僧人埋骨之石塔。

車子開回家，已傍晚了，我三大件行李已取回，晚上分派所帶之衣服禮物，各人試著，都很滿意和興奮。

三、遊宜興三洞

約好明天借一輛麵包車，去遊宜興三洞。麵包車可以坐十多個人，二弟三弟這幾天太累，在家休息，我和二弟三弟的太太，以及堂弟及其他小輩等十三個人參加旅遊，二弟的女婿，關照他兒子要隨侍在我身邊，隨時照顧。

從無錫到宜興有六十四公里，很多地方是沿著太湖邊行駛，隨時可以看到波光水影，垂柳漁池，全是江南秀麗風光，使人心曠神怡，亦有農民漁民在農田或水邊作業，途中經過鄉鎮，有些市場，人們熙熙攘攘很是熱鬧，也有些地方在大興土木，表面上看上去很像富足，可是在通貨澎脹的壓力下，內蘊是否與表面相同，則不得而知了。

宜興古稱陽羡，多山多水，以出產陶器出名，民間流傳周處除三害的故事，即是發生在宜興。周處射殺南山白額虎（南山在今宜興西南的銅管山），斬除長橋下的惡蛟（大約在今宜興城內），再改變自己的兇橫性情，折節讀書向善，為晉代名臣。而今山水依然，已無猛虎和惡蛟了。

宜興的陶器，在五千年前石器時代，已知道製作，而其最出名的紫沙陶器，則到宋代才有人在詩中題咏到。北宋梅堯臣曾有詩云：「小石冷泉留早味，紫泥新品泛春華。」紫泥新品是指宜興的紫沙茶壺而言，但究竟是指當時紫沙茶壺是新產品？抑係指原已有紫沙茶壺，現在另製新的款式而言，因解釋不明白，所以祇能存疑。

宜興陶器主要產地是丁蜀鎮，現在有二十六家陶瓷廠和一萬八千多陶瓷工人。丁蜀鎮在無錫到宜興的公路中，我們路過該鎮時，看到該處為了宣傳陶瓷的特色，有一長段道路旁的電桿，不用水泥柱或木桿，而是用大大的特製彩色陶器桿，深具宣傳效果。

宜城東西兩邊有大的水泊，名叫東氿和西氿，所謂「氿」，依照辭海「氿泉」的解釋：「…釋名釋水，側出曰氿泉，氿、軌也，流狹而長，如車軌也。」東氿、西氿是狹長形的水泊與此解釋相符，東氿通太湖，西流經宜興城而入西氿，兩氿東西向的長度都有數十里，南北則甚狹。在美國時聽到宜興籍的友人談起東氿、西氿之美，無殊杭州西湖，其風景可能較西湖為勝。及我們車過東氿時，水波蕩漾，小橋流水，長堤漁村，綠樹與水光相映，漁舟與商船並駛，風景確實甚美，但西湖有沿湖各名山勝景相配合，此處水固美，而四週配合不夠，亦嫌氣派不足，畢竟不及西湖之勝。

宜興山雖不高而多，山多自多山洞，而地質屬於石灰岩，經古代地下水長期浸蝕，變成了鍾乳石的溶洞。

宜興溶洞，海內有名的有三個洞，道家稱為洞天福地，一是善卷洞，二是靈谷洞，三是張公洞。我們此行目的，是以遊此三個洞為主，故在宜興城裡並未耽擱，靈谷洞與張公洞相距不遠，善卷洞路比較遠一點，所以車子直駛善卷洞。

善卷洞位於祝陵村的螺岩山中。「善卷」是堯舜時代的賢人，「莊子雜篇」，「讓王第二十八」載：舜以天下讓善卷，善卷曰：「余立於宇宙之中，冬日衣皮毛，夏日衣葛絺，春耕種，形足以勞動，秋收斂，身足以休息，日出而作，日入而息，逍遙於天地之間而心意自得，吾何以天下為哉？悲夫，子之不知予也。遂不受，於是去而入深山，莫知其處。」這位善卷先生，就是躲避到陽羨此古洞來的。後人因稱此洞為善卷洞。

洞前有石柱牌樓，上題「善卷洞」橫雕石刻，旁有聯云：「荆溪步步皆勝地，陽羨處處有洞天。」進步道不遠，道旁矗立一塊巨石，上刻「萬古靈跡」四字。

善卷洞很奇，共分上、中、下、水，四個洞，總面積達五千平方米，可以遊覽的途徑約長八百米。

進洞處是中洞，迎面一座大的石筍，名叫砥柱峰，取中流砥柱之意，此間是山洞，而非江河，砥柱無非是形容其氣概而已，緊跟著是一座大石廳，兩旁巨岩，鍾乳石下垂，左面形象像獅子，右面形象像大象，因此名為獅象大場。在獅象大場旁有九龍洞，有一座石壇題名為番雲壇，上面安置有雕刻的石龍，混身黑色張開紅口，龍身下擁有青色的彩雲浮雕。經絲線泉、雲口，而進入上洞，岩壁上有

「慾界仙都」四個大篆字石刻，加上紅漆很顯眼。上洞亦稱雲霧大場，也是一個大石廳，四週列佈有各種景物，氣溫終年在攝氏二十三度左右，故又稱暖洞，洞中多霧氣，人行其中，如入雲霧中，石壁間有涓涓細流，滴入石窟成池，名之曰五叠池、媧皇池及盤古池，洞頂鍾乳石叠積成荷花形，映入池中，名為倒掛荷花。洞壁上刻紅色篆字「海心」兩字，有二處石笋直接到頂，四圍垂下鍾乳石，形狀像樹枝，石筍則像樹幹，就名之為「萬古寒梅」以及「萬古雙梅」。

由上洞走過中洞的梯口，到下洞去，循隧道盤旋而下，先通過四重石門，叫做風雷門、波濤門、金鼓門、萬馬門。此四道石門的題名，是根據下大雨時，洞中溪流湍急通過每個石門時，其聽覺各有不同，像風雷併作、像波濤洶湧、像金鼓齊鳴、像萬馬奔騰，大約是岩石角度不同，回聲互異之故。下洞是狹長形，前後長一百八十米，到了下洞前端，溪流上有兩座石橋，橋旁有代攝照片的人，也出租相機、出售底片膠卷，我買了幾個膠卷，商標同是柯達克的，價錢比美國便宜，後來才知道是柯達克公司在大陸製造的，既可免進口稅，人工又廉，成本輕了，所以售價低，效果與美國製造的兩者相差無幾，以後如有人旅遊大陸，不必在美國買膠卷帶去，就地購買，可以省錢。

那裡名叫瀑口，有空隙，可看到洞外，故又名「又一天」，瀑口有洞中瀑布，自洞外石頭上飛瀉而下，我在瀑布前和石橋上，都照了紀念相片。

下洞中象形的東西很多，如：貓頭鷹、絲瓜扁豆、一串香蕉、通天石松等等。直到水碼頭為止，由此進入水洞了。

以往上中下三洞與水洞是不能相通的，上面三洞是善卷老先生在堯舜時代就發現了，水洞是唐朝昭義軍節度使李蠙所發現的，他認為洞內藏有白龍，曾上奏神龍出現，人們信以為真，不敢入內。直到近代，宜興有一位儲南強先生，決心整治善卷洞，雇石工鑿開下洞與水洞間通道，並為破除迷信起見，第一個人駕著小船，從下洞進入水洞到山邊出口上岸，證明是十分安全的，因此現在已設置小船供遊客遊覽。每艘船，可以坐十多個人，由船夫撐篙前進，水洞共有三個灣，長一百二十米，水最深有四米半，船行岩石叢中，明明碰不到旅客頭部的，而大家下意識的會低著頭，竹篙或撐溪中，或點左右岩石，使船平穩前進，先是經過「水晶宮」，兩旁寬有六米，溪流中間有岩石當流，成小石塊島，有名「水關」、「鱷魚」、「雪山」、「龍門」等等。洞有三折，先是三灣，然後二灣、最後到頭灣，已是鑿口，岩壁上鑿有「豁然開朗」四字，事實上確也是豁然開朗，心神為之一暢。

捨舟登陸，進入善卷洞後院，循著山崖小道下山，就是祝陵村，此地是有名的晉代梁山伯、祝英台故事發生處，現在存有「碧鮮庵」碑亭，在碑亭附近並有「晉祝英台琴劍之墓」。

據唐玉虬陽羨遊記中曾記述，「碧鮮庵」在善卷洞之碧鮮岩東，晉永和間，上虞富家祝姓名英台，字九娘，才貌雙絕女易男裝，改稱九官，道遇會稽生梁山伯，偕遊宜興碧鮮岩，築庵讀書三年，其讀書處名碧鮮庵。」梁祝相戀故事的電影，在台灣演出時，哄動一時，賺得人無數眼淚，不意其發生地竟在此處也，諒十八相送，應該亦在宜興山道中。

善卷洞出來，已過午時，到善卷洞餐廳吃午飯。大陸各餐館，菜牌子都掛在門口，由顧客自行選菜填單付錢，再照單燒菜。所吃米飯，不算碗或客，而是算斤量的，要一斤飯或若干斤飯，事實上仍是用碗盛了送來，並不上秤，仔細想來，用斤比較合理，因為碗有大小，統稱用碗，無論大小，付錢一樣，就不公平了。至於每客計算，吃飽為止，食量有大小，也不公平，祇有斤量是一定的，兩不吃虧。但是雖然規定如此，卻從無用秤的，大約半斤一碗飯，到處都一樣。

十三個人，共點了七菜一湯，祇花了三十三元人民幣，二弟的女兒原來準備無飯館時吃野餐的，此時也將準備的菜拿出來吃，其中一盒油爆魚，最受歡迎。

餐畢繼續上路遊靈谷洞。

靈谷洞在宜興西南的石牛山的南麓，宜興出茶葉，唐朝茶聖陸羽，品嚐陽羨的「紫笋茶」，認為芳香冠世產，當時的常州刺史李栖筠，就作為貢茶進貢。其後有詩人陸龜蒙，嗜茶，自置茶園於顧渚山下，並到陽羨採茶，發現了此一奇洞，曾雇人開鑿，因工程太巨，半途而廢，世人始知有此洞，以後歷代有遊人在洞中題字。其後到清朝咸豐年間，為防太平天國軍隊入駐，遂予封閉，直到最近才發現，重新加以整修，到一九八二年才正式開放遊覽。

進入遊覽區，建有一座造型奇突的牌樓，上刻有「靈谷天府」四個大字，步行不久，即到正洞入洞處，另在山岩上刻有「露谷洞」三字。

靈谷洞全部包括有七個石廳，成一百八十度不規則半圓形，整個面積達八千多平方米，游程可到之處則有一千一百三十七米。最高處高出水平面九十二米，最低處比水平面負六米，因此從洞底到洞頂，須曲折上行九十八米之高度。相等於爬四十層高樓，再加上上下下的坡度，洞窟內有高有低，遠多於此高度，所以體力不勝的人，應該要多加考慮。

第一石廳名叫靈谷文苑，石壁上集中了歷代遊人的遺墨，最早是宋咸淳年間所題，最後是清代咸豐年間所題，以後因封閉了就沒有遺墨可尋。

第二石廳名叫靈谷舞台，左壁有一方形石窗，很像舞台，有乳白色的石幔，上有一座怪石，很像是一人乘著坐騎，頭頂上似載風帽，身上似披大氅，遊人戲稱為昭君出塞石。

第三廳乃靈谷洞中心，是一個寬廣的大石廳，方圓有八百多平方米，上有五條石壑匯集，下有七個洞道相通，故稱為「百川匯海」。廳內有兩個滴水池，一名「靈泉」比較大，一名「柳葉」是淺池。廳側的仙谷岩，有一顆迎客石松。

第四廳名深廳，是全洞最低處，有一道石瀑自石頂飛灑而下，叫做靈崖飛瀑，此石瀑高二十六米，寬七米，氣勢磅礴，瀑頂有奇石一塊，橫卧空中。

第五廳名叫「聚寶殿」，其中各色鐘乳石都有，形態各異，驟看去珠光寶氣，使人眼花撩亂，好似身入寶庫中，可是中看不中用，全是各色的石塊而已。

第六廳名叫「千佛山」，山坡上數不清的石笋，都形成各種仙佛，隨著觀者想像，有觀音，有彌勒，有壽星，有關帝等等。

第七廳名龍宮，廳內有一條鍾乳石橫卧，形如黃龍，配以幡幛，宮燈等象形石，石鍾乳林立其間。

遊罷七洞就到了后洞出山，已在半山腰之間，再循山道而下，道旁山溪邊有些平坦地方，很多小攤出售宜興陶瓷；大件不多，都是小巧便於遊客攜帶的小件，最多的是紫沙茶壺，色澤從深紫到淺紅都有，以深紫者為貴，價錢相差很多，還有陶製人像物像，花盆、砂鍋、托盤等等，我選購了一對茶壺，因顧慮到回美時不能放在行李內，必須手提，故而不敢多買。大弟媳，他們卻買了紫沙沙鍋作煨湯煮菜之用，據說比一般沙鍋為經用，而且煨出來的湯比較味美。

此時正是紅柿上市之時，在城內沒有看到出售紅柿，在山區有老嫗提籃出售已熟透了的紅柿，其味甚甜，買了一些帶回家，因無適當容器，放在袋子裡，到家啟視，多半已破爛，甚是可惜，直到我回美時為止，沒有再吃到像他這樣美味可口的柿子。

遊了靈谷，大家因為爬洞，弄得氣吁喘喘，到張公洞時，腳還有點兒發軟。

張公洞在盂峰山麓，此洞與道教有關，初名庚桑洞，庚桑楚是周朝時代人，他是騎牛出函谷，著有道德經的李聃的學生。莊子在其「雜篇第二十三篇」，曾特記為「庚桑楚」篇。據說是隱居在此洞，故當地人也名之為仙人洞。其後漢朝張天師的始姐張道陵，及八仙中的張果老，相繼在此修真，名為「張公福地」，遂以張公洞為名。

上洞面積大約有三千多平方米，遊覽路程約一千米。此洞有七十二個大小洞穴，妙在洞與洞連環相套，洞中有洞，左右盤旋，從下洞入，到上洞出，有人工鑿成的一千五百多石級。

進入洞門，就是一個廣闊的大石廳，稱做海屋大場，四周怪石嶙峋，石鍾乳構成各種天然景物。海屋大場前面，有一處深不可測的深壑，稱之為海底，我站到此海底深崖邊，向下俯望，看不見底，即站在此懸崖上要同遊人為我攝了一張照片。大場的洞頂，高不可極，廳中一般石地亦甚平坦，怪石屏立在四週。從此廳旁有石階盤旋向上，登入上洞的另一個大石廳名叫「海王廳」，穹頂倒掛下無數形狀不同的鍾乳石，在地坪中央，有滴水而成的水池，映出廳口與藍天的倒影，形成洞中藍天。有一座鍾乳石的石松，樹幹挺立，岩石隙縫的皺形，活像樹幹上的木紋。上面小枝四垂，造成樹形。海王廳是全洞中心，氣勢磅礡，遊人很喜歡在此照相留念，可是因為洞廣，四週岩壁奇景，不能照入相片，所以有人動腦筋，在岩崖四週裝上紅綠色的聖誕燈泡，遊人祇要花三角錢，他可將電燈開亮，就用遊客自帶的照相機代為拍照，生意還不錯，遊人排隊，在他指定站立地點，遂個照相，我也攝照了一張。

在海王廳兩側，有許多小洞，洞洞相通，有的狹而彎曲，稱盤腸洞，有的從巨石中穿過，稱鼻孔洞，還有棋盤洞、地道洞、七巧洞等等，都要朝上面爬，我們因為太累了，而時間亦已不早，所以祇到海王廳為止，仍從下洞退出去，可說祇玩了半個張公洞而已。

回途經丁蜀鎮時，在陶瓷銷售中心的廣場，再去選購了一些陶器，那裡全是陶瓷店，大小不等，大約有二三十家，廣場上堆滿了外銷待運的陶瓷。

回無錫時正好吃晚飯。

四、無錫漫步

晚上堂姪夫婦來，他是有名的技術人員，現在有相當高的地位。二弟和他商量我在國內這幾天的行程，他答應代為安排，由他設法交通工具，地點由我們自定。

宜興回來，第二天，即在家鄉無錫流覽市容，看望姓安的朋友和上海回來的劉君，原來劉君因為我要回無錫，所以他從上海回來，準備招待我，我看望他時，他堅決的要為我接風，於是約定十一月一號晚上再去他家。

我和兩位弟弟從翠雲新村搭公共汽車進城，在勝利門下車，勝利門即是以前的老北門，城牆拆除後一切改觀，原有城址及護城河都成為環城馬路幹道，東門、南門、西門，都有一個大的圓環，環中心栽植花木，車輛在圓環週圜通行，僅北門和光復門沒有圓環設置。城中從北到南幹線是「中山路」，從東門直通西門的幹線是「人民路」，都是六線大道，原來僅有二下塘一段街道，窄小如盲腸，現在房屋拆除，拓寬馬路後，已完成一貫的現代化道路系統。

勝利門下車後，向南步行，一路觀看市容，和幾十年前相比，完全變了樣了，街兩旁臨街部份全是高樓，門面都是店舖，後層仍是原有舊屋，有專業性商店，如電器材料、衣服、鞋帽、家庭用具、藥品、油貨、食品等等，最多的還是綜合性商場，公營機構亦佔了很多門面，從前有名的餐館如聚豐園、狀元樓、迎賓樓、拱北樓等都還存在。原來西河頭東西向的一條橫街，開闢了「西河鎮小商品市場」，有類乎數十年以前台北市初期的中華商場，都是用竹子搭蓋的棚屋，出售的商品，各類都有，街面窄，來往人多，很擠，也很熱鬧，生意看上去還不錯，也有吃食的小攤，買甘蔗水、蘿蔔絲餅、豆腐花等，也發現出買梨膏糖的，每塊用塑膠紙包好，似乎比較清潔，幾十年未吃到，買些嚐嚐味道不變，我也買些帶回美國來。此是固定的小商品市場，也有定時擺攤的臨時性市場，我在學前街就看到，上午走過時，與其他街道一樣，到了傍晚，各買賣攤都齊會了，發現有買雞子大餅的，做法和從前不一樣，以前是用平底鍋，少量的油煎的，我記得那時煎餅在快熟時，煎餅師父用手指在餅上戳二下，然後鼓起幾個汽泡，既鬆而香，現在卻是整個餅放在大油鍋裡氽，雖然如此，還是保留著當年的味道。買的人很多，排了隊，收錢的老媽媽，催他們快拿走，到我去買時，她看得出是外來人，特別客氣，問我有無糧票，我說沒有，她說不要緊，多付點錢就可以了，大弟去買了塑膠袋裝，她說塑膠袋遇油炸滾熱的餅，會穿孔的，她特別選二張乾淨白紙代我們墊在袋底，然後將餅放進去。

學前街後面是無錫日報館，兼營照相館，我們在大陸所攝照片，都送到那裡去洗印，沖洗不花錢，印照片每張六角五分，附近還有幾家，每張祇收費四角到五角，但技術不如無錫日報，如按人民幣黑市價計算，六角五分還不到美金一角，如在美國印洗，不但沖洗要花錢，加印則每張二角五分，另外再加稅，相差太多了，而印洗出來的照片，與美國印洗的也相差無幾，所以以後如有到大陸旅客，需要沖洗照相時，可以就地辦理，省錢省事。

我們從寺後門方向，進入城中公園，寺後門這一段街道，幾乎是沒有了，從馬路上祇走了短短一段路，就是城中公園入門處了。

在七八十年前公園那些著名的老古董，如九老閣、同庚廳、多壽樓、蘭簃等等，都還存在，有些建築未變，有些卻已改樣了，例如多壽樓，除了樓上依舊掛著舊有匾額外，樓下已成為商場，看他懸掛的牌子，出售：「副食品、煙酒茶、糖果糕點、食品罐頭、各色飲料、日用百貨、針線織品、生活雜品等等」，真是無所不包。門外懸掛著大幅紅色布長條，上列標語是：「祝願老年人幸福愉快健康長壽」、蘭簃門外仍然是茶座，有幾位茶客正在飲茶。原來在公園裡的無錫大戲院，已遷移到西門圓環口，門口霓虹燈閃閃發亮，豎立著若干宣傳電影的海報，規模比以前大得多了。

從公園轉到崇安寺去，崇安寺原來各種雜耍玩意兒已全部沒有了，大雄寶殿、山門等也都不見了，祇是有各種菜市場，魚類、肉類、雞鴨類、蔬菜類、乾貨類、海貨類、乾果類、調味品類等等，分門別類。魚蝦螃蟹等特別多，尤其小河蝦，原來用作活搶蝦的，既多而價廉，甲魚不多，價錢最貴。我們看到有人擺攤出售太湖特產的白魚，正在詢價，已有一個人全部買去了，僅剩一條大白魚，因為斤量太重，又長又大，貨主又不肯分段買，所以還留在那裡，我看到了，要二弟去買下來，計重十斤多，如由我去買，討價一定高，二弟是當地人，討價還價的結果，不到四十元人民幣就買下來了。回家後頭尾先做沙鍋魚頭，第二天吃了紅燒白魚，其餘的加鹽醃起來，蒸了吃，一連吃了好幾天，甚為過癮，他們說以前還從來沒有看見如此巨大白魚的，大概是我吃福好。無錫出油麵筋，菜場裡有得賣，有些已塞了絞肉，成為肉釀麵筋，論個出售，減少主婦們釀肉的手續，也是好主意，我們也買了些紅燒，祇是覺得用的油不及以前的香。我想帶一點回美國，可是麵筋易碎，不好帶，二弟妹她說有辦法，將麵筋先用水蒸氣蒸一下　他軟化了再壓扁，可以裝在容器內不破，如要吃時，再用蒸氣蒸一下，就可復原，因為有此辦法，所以我也帶了很多回美，放在冰箱結冰層，慢慢地吃。

三鳳橋熟肉店，已成為名產店，觀光地圖上都列有此店的地址，我們也買些無錫肉骨頭回去吃，好像不及以前好吃，也許是口味變了。

另外有一天，我們三兄弟從家中出發步行到南長街，那地是靠近百瀆港，已是很南端了，然後向北去，直走到火車站，再坐公車回來，無錫的石橋很多，現在不是拆掉，就是改為水泥平橋，便於通車，祇「清明橋」還保留原樣，已列為文化古跡，作為唯一保存的石橋了。走到跨塘橋畔，遙望運河渡口，不勝今昔之感，我年輕時服務羊腰灣義生絲廠，每逢回家，都在那運河三角水域處，乘渡船過河，當時那些同事，猶歷歷在記憶中，而六七十年的歲月，淘盡當年人物，已無故人可找了。

我們步行的目的，是想購買絲棉被胎和絲棉襖，無錫是絲的出產地，想來應該可一買得到的，那知現在時移世變，真絲棉已沒有了，所有各大商店包括專門出售外銷品的友誼商店，也祇有鴨絨被和化學棉的假絲棉被。至於男用的絲棉襖，在洛杉磯中國國貨公司有得買，而國內反而找不到，後來在外貿商店才找到，這是唯獨祇有此一家才出售的，尺碼也不全。我們到火車站去，是找旅行社的，無錫有很多家旅行社，據無錫市旅遊公司印發的宣傳資料，服務的旅途有二十七處，定價也很便宜，例如黃山五日遊，每人收費祇六十五元，鎮江揚州三日遊，祇收買每人四十二元。我想到黃山去遊覽一趟，所以特地到他那裡去問，那知此宣傳資料都是做樣子宣傳給他們上級旅遊機關看的。問到黃山，說現在天冷，已封閉了，問到千島湖去，答以湊不滿旅遊人數，其他各地都是請先登記，等到湊足人數再通知。問他們照通常一般情形要湊滿旅遊團人數大約要多少時，回答說一個月、半個月不一定。目前祇有到北京去的一線，可以短期內出發。要這樣子等待，我是辦不到的。後來他們告訴我，如要求快速，可到中國旅行社去問，他們可代專門安排。我們找到中國旅行社與其國內旅行部經理談，問起黃山是否封閉，他說沒有這回事，我們如要去，可特別安插，費用則較貴，問如到揚州鎮江遊三天費用若干？他算了一算，說至少六人以上成行，每人費用約計四百元，細算後才能有確數或許還要加一點，如此算來，與旅遊公司所開費用，要貴上十倍，祇好作罷，等待堂姪的安排了。其後二弟與堂姪通電話，他說明早即派車來，可以使用一整天。我們商量結果是去蘇州。

十月二十八星期五早晨，車來，告訴司機，我們要去遊蘇州，他怕汽油不夠，再去加油，到九點才出發。大陸汽車加油，不像美國這樣到處有加油站，他們是各縣市都分開的，甲縣的車子，用甲縣發的油票，到甲縣公營的加油站去加油，乙市發的油票到乙市的加油站去加油，兩者不能通融，即使同一名稱的縣或市也不能互用。

五、遊蘇州

從無錫出發向南行，大約一個多小時到蘇州。我在上次旅遊時已到過蘇州，但因時間關係，很多名勝沒有去，此次是就上次未到之處去遊覽。依照車行路線之便，先到「西園」，西園亦稱「戒幢律寺」。創建於元代，本名歸源寺，以後歷經興廢，到明朝嘉靖時，為私人所有，稱為西園，後復捐為寺，崇楨年間，僧人主持律宗，名之為戒幢律寺，現在此二名並存，而以西園為著名。

西園進山門時，上有「西園古刹」橫額，在山門前後左右擺滿了出售另星物品的小攤子，也有老乞丐在伸手討錢，大弟將購買門票所找餘錢捨給他，他嫌少，幾分錢的硬幣不要，指著五角錢的人民幣索取，大弟沒有理他，他將零星硬幣投在地上倖倖而去，此種強索硬討的乞丐，還是第一次遇到。

進入寺內穿過天王殿，有一座小橋，名為香花橋，是通向大雄寶殿必經之路，大雄寶殿前，列有高大鐵鼎，作寶塔形。在殿前左右兩廡，分別為觀音殿及羅漢堂。羅漢堂是此寺內主要建築物，也是值得一看的地方，內塑佛像，入門參觀，要另購參觀券。羅漢堂的建築，呈田字形，共有四十八間房屋，房屋內排滿了泥塑金身的五百尊羅漢像，此像是從常州天寧寺五百尊石雕羅漢仿造而來，另外有「靈山一會」諸佛像，在羅漢四週交匯處的兩邊，分別雕塑有「濟公活佛」和「瘋僧」兩像，面部表情很特別，從半邊面部看去是笑臉，但從相反方向看臉部，卻是哭臉，所以稱為「啼笑皆非」。

西出羅漢堂，到了西花園，是明代西園遺址的一角，其間以放生池為中心，池中建亭，以曲橋銜接兩岸，環池築有房屋，亦佈置有假山和花木，與寺院成為兩個風格。全部西園包括寺院在內，面積不大，不需多久就已流覽完畢了。

然後開車去寒山寺，寒山寺以張繼的楓橋夜泊詩而出名，在寒山寺外，有一座橋，名叫「江村橋」，跨運河兩岸，同在運河上，另有一座「楓橋」，與江村橋遙遙相對。歷代人對張繼原詩中「江楓漁火對愁眠」句，解釋紛紜，有稱為江村橋與楓橋之間的漁火，有的稱為江邊的楓樹和漁火的，到實地觀察，才知道寒山寺和楓橋都是在運河邊上，根本無江可言。

寒山寺原名「妙利普明塔院」創建於南朝蕭粱時代，到唐時寒山和拾得曾住於此，遂改名為寒山寺。「寒山」與「拾得」是唐貞觀時的二位僧人，為僧人豐干所點破，寒山乃文殊菩薩轉世，拾得乃普賢菩薩轉世，稱為豐干饒舌。

寒山寺門前有一座橫寬的照壁，在黃色的牆壁上嵌上藍綠色的寒山寺三個大字，字體蒼勁有力，頗見高雅。

寺中原有建築，歷經戰火，頗多燬失，現存有大雄寶殿、廡殿、藏經樓、寒山、拾得塑像、碑廊、鐘房、鐘樓、和楓江樓等。

正殿前面香燭架，善男信女燃香燭以示敬，頗有些像靈隱寺，兩側殿內陳列著寒山、拾得塑像和小型香樟木刻的五百羅漢像。經大殿東首的月洞門入內，即可到碑廊，這裡陳列古代名人墨跡，和宋人所書金剛經石刻，原來張繼楓橋夜泊詩，曾有文徵明所書的碑，因年久漫漶殘缺，清朝俞樾補寫後重刻。遊寒山寺最為人所關心的是張繼所聽到半夜鐘聲的鐘，現在早已失傳了，明朝嘉靖年間，曾仿古鑄了一口大鐘，傳說也已流入日本，其後光緒年間，再鑄一口鐘，現在掛在鐘樓裡，另外日本人士曾募建鑄造仿唐式的青銅乳頭鐘，懸掛在碑廊對面的鐘房裡，鐘房裡除了大鐘外，還懸掛有二只小鐘。

日本人最信服張繼的詩，對寒山寺有偏愛，據說每年陰歷年底，很多日本人搭飛機到大陸，去蘇州寒山寺聽鐘聲。認為聽到寒山寺鐘聲後，來年可以平安的過一年。所以那時寺內人頭擠擠，都是遠來的觀光客，入寺的票價也相對提高，作為寺內很大一筆收入。除夕敲鐘，例必一百另八響，到鐘聲打完，時間恰巧是明年的零時，寺僧對此都有訓練，決不失誤，而那些觀光客，皆大歡喜的回日本去過新年。

遊過寒山寺，去网師園，网師園因張善仔、張大千兄弟倆居住而特別出名。

到网師園門口時，看來與一般園林不同，僅是像一處縉紳人家的石庫大門。裡面地方也不大，僅數畝而已，全園佈置的規格，以中間水池為主，四週則是房屋。水池四圍多假山並植花木，各廳堂外亦有假山。南面小山，「叢桂軒」在假山包圍中，植有甚多桂花，亦是園主宴客聚會的場所，相對的池北面有五峰書屋，是樓房，樓上稱讀畫樓，他與「看松讀畫軒」及「殿春簃」等，都是園主讀書作畫之地。

水池面積僅半畝大，全池略成方形，池岸低矮，瀕水而建的「射鴨廊」、「濯纓水閣」及小石橋皆平矮與水面相接，使池形稍覺開廣，水池東南和西北，各有一條曲折延伸的水灣，將池岸形成洞穴之狀，有水源不盡之意，頗具匠心。

此園屬於小巧玲瓏形，在亭園中亦別具一格。

出園後已午時稍過，找到「老正興」，上海菜館去吃飯，上樓坐定，已一點半了，服務小姐一迭連聲的催我們趕快點菜，她說再遲恐怕廚師下班，就來不及了，我們想既然如此，省得麻煩吃和菜算了，她說我們沒有和菜的，你們祇可從菜牌上點菜，於是馬馬虎虎點了七個菜一個湯，其中有鱔魚、炒蝦仁、糟溜魚片等，味道燒得不錯，每人一小杯茶每杯要三角未免太貴，飯祇買二斤，她們說飯很多，不用計算斤量，你們儘量吃好了，不必加錢，吃完算帳計七十八元一角，不用付小帳。後來有些顧客上樓，她們一概謝絕了。飯後去北寺塔。北寺塔在蘇州北邊的平門內，有「江南第一塔」之稱，不僅其建築的年代古，而氣勢偉岸，造型優美，是我國典型的樓閣式佛塔，該塔所屬的寺院，是三國時代東吳孫權的母親吳夫人捐出其屋舍所建，原名通玄寺迄今已一千七百多年，後寺燬錢越王重建，稱報恩寺。

在初建寺院時，並未造塔，到南朝蕭梁時代才建塔，原始所建者高達十一層，為江南諸塔之冠，其後燬損重建，祇留九層，其中第一到六層是宋代遺物，七層到九層是後代加建，迄今仍保持九層，高七十六米，塔分八面，有梯可以登臨遠眺。

在北寺塔山門外建立一塊石碑，刻上「報恩寺塔」四字，山門是三層重簷的牌樓，有「北塔勝跡」的橫額。

寺內主殿和東北角的觀音殿，都整修得煥然一新，據二弟說幾十年前，是非常破舊荒涼的。觀音殿主要建築材料是楠木，俗稱為楠木觀音殿，殿內原有數丈高的觀音像，現已不見，代以觀音畫像，畫得非常好，畫像外加布幔。畫像下面桌子上擺滿了小型石頭佛像，牆壁上懸掛蘇州發展圖四幅，銜接起來作一整幅，頗有些像清明上河圖的味道，圖下原擺有一塊木牌，上書「請勿照相」，不知那一位遊客惡作劇，將上面的勿字刮掉，變成「請照相」了，那我就不客氣的全部把他照下來了。

北寺內正在舉行石雕藝術展覽，各處園地內都擺置有石雕人和動物，其中有一個造紙的創造人蔡倫的立像，比兩個人還高，手執紙卷，穿著古代衣冠，我站在石像底下照相，還不及他腰部高。

三十多年前，二弟在該寺遭遇了很大麻煩幸而最後逢凶化吉，現在舊地重遊，不勝感慨，特地在觀音殿外照了紀念相片。

下一站遊覽地點是獅子林。

獅子林和蘇州一般園不同，他主要的是疊石取勝，有「假山王國」之稱。

在元朝至正二年，有僧天如禪師，為紀念其師中峰禪師，特建菩提正宗寺，後易名為獅林寺，因園中有象形的獅子石，而中峰禪師亦曾結庵於天目山獅子岩，並取佛經中獅子座之意，故易名，現在的獅子林，即是當時寺後的花園。明末元初，無錫大畫家倪雲林，極愛其境，曾作「獅子林圖卷」傳世。

獅子林佈局，東南疊山，西北多水，亭閣建築參雜其間。西北湖心亭與西岸有曲橋可通。獅子林的假山石，確是與衆不同，全部是太湖石，高峻彎曲，有洞有壑，山環水繞，盤旋宛轉。穿行假山曲徑中，如入迷陣，以獅子峰為最高，遊人有攀登其巔以照相留念的，有一處房屋的園中，列有像獸形的怪石，其中有一塊，酷像獅子，有頭有尾，有腿有足，頭部還看得出像鼻子、耳朵、嘴和眼睛。石獅前面用石塊疊成圓形，作獅子搶綉球狀，我倚在獅背照相。其他各處假山，亦有以像獅子形而出名的，都沒有這塊天然假山石為奇。

園中建築有：燕善堂、指柏軒、花藍廳、五松園、真趣亭、河梅閣、扇子亭、立雪堂等，很多還是元代建季，特具有元代建築的風格。

四週廊壁嵌有聽雨樓帖石刻六十餘塊，上鐫蘇東坡、黃庭堅、米南宮、蔡襄等宋朝四大名家的書法，甚為名貴。

清朝康熙乾隆，曾數臨其間，並將此園主圖仿建於圓明園及熱河避暑山莊內，獅子林的盛名並非倖致。

三年前，我到蘇州，曾想到久聞其名的玄妙觀去玩，那時剛巧遇到修補馬路，車輛開不進去，所以作罷，此次既然來重遊，當然不會放棄去遊一趟。

我國各地名勝，以佛教裡的廟宇為多，道教方面的道觀，為數較少，玄妙觀卻是道觀中的佼佼者，在一般遊人的心目中，與南京夫子廟、上海城隍廟、無錫崇安寺等一般看待，認為是百耍雜陳，各種攤販皆備的遊樂場所。

現在卻不同了，不僅各種雜耍之類已杳無影蹤，而所有攤販，也全部遷移至觀的東西兩廊，成為固定的小商店。大殿和正山門之間，廣場和空地，都已加以清理，秩序是改善了，卻覺得冷冷清清缺少了往年熱鬧的氣氛。

玄妙觀創建於晉代咸寧年間，迄今已一千七百多年，可說是歷史悠久，初名真慶道院，其後唐、宋、元各代均有修改重建，到元朝才改為現稱的玄妙觀。

玄妙觀裡主要建築是三清殿，亦猶佛寺中的大雄寶殿，現存的三清殿，是宋代的建築物，據說是當代名畫家趙伯駒的弟趙伯驌所設計的。殿成長方形，長約四十五米，寬約二十五米，門面開闊有九間，進深六間，殿中塑有三尊三清神像，泥像，外刷金泥，姿態凝重，神彩清逸，猶是南宋舊物。殿前石雕欄，浮雕著人物和飛禽走獸，有些五代時作品，殿內還保有吳道子所繪老君像石刻。

我在殿內和小姪孫女，到處遊觀，大、二兩弟及其家人都到兩廊間各商店去選購物品，聽說物價比市面上便宜，而種類亦多，我以前曾吃過一種「玫瑰腐乳」，略帶甜味，很可口，是蘇州特產，我們曾找了好多處買不到，二弟在玄妙觀附近買到了。現已帶回美國，慢慢地作早餐的菜點。

玄妙觀前觀前街，是一條大街，有很多有名的古舖，其中采芝齋糖果，是遠近皆知的，購貨的人，真擁擠，進店門處買芝蔴糖片的人，特別多，有些人一次買幾斤，此糖片甜而不膩，芝蔴香脆，確有過人之處，我在美國吃過台灣、美國，以及大陸其他各地製作的芝蔴片，都沒有此處的好吃，所以生意興隆，其次是粽子糖了，以其形如粽子而命名，小顆的，糖中夾雜有玫塊、松子、薄荷等等多種，又有一種松子糖，在松子外面裹以白糖，有的糖少，松子看得出來，價錢貴，有的糖粉加得多，松子已全被包滿，價錢反而便宜，前者吃來清香，後者太甜，我久想去買的玫瑰核桃糖卻沒有買到，至於其他形形色色糖果，則無甚出色之處。

五點多啟程回家，到家已六點三刻了，請司機先生同吃晚飯，二弟的三姪兒善於烹飪，他沒有去蘇州，在家中燒菜，等我們回來吃，我是不喝酒的，他們年輕人以酒下菜，很是熱鬧。

六、太湖三山

蘇州回來隔了一天，是星期天，堂姪有空了，他陪我們去遊太湖的三山。他借到了汽車和太湖中的遊艇。我們先坐汽車到太湖邊的鼋頭渚，他則坐遊艇來，到碼頭邊來接我們。

太湖的三山有兩處，一是靠近無錫，一是靠近蘇州，我們是去遊無錫附近的三山。

在鼋頭渚，遠眺三山，在波濤隱約中浮出水面的三座小島，成平行狀，不相連續，原來有湖中遊艇作為渡船，也有特為旅遊觀光人士所乘坐的龍舟，船頭上有木刻的龍頭，姿勢形態，很別致，船上有龍座，還有樓層，旅客可吃到有名的船菜，我曾坐在龍座上照了相片。

我們乘的是小遊艇，可坐十多人，小巧玲瓏，行駛方便，比那些船都行駛得快速，在湖中遙望四周，一面水天相接，一面驚濤拍岸，湖中遠山隱隱，湖邊綠樹台榭，天氣又晴朗，正是心曠神怡。

三山是太湖中七十二峰之一，遠看像三小島，其實是由四個小山組成，頭尾兩山名叫東鴨西鴨，中間大、小二山，名叫大山、小山。三山的主峰，高出水面五十米左右，四個小島連續的長度，大約在二到三公里之間。四面環水，湖水清澈，幽雅清靜，山上樹木很多，並有很多楓樹，時近深秋，楓葉已紅，亦頗可觀，山路盤旋而上，距山頂不遠處，建有茶室，是兩層樓房，上面出售各種土產品及書畫，書畫的品格不高，祇可騙騙外國遊客而已。島上築有環湖路及一座五孔橋，可供遊人沿湖邊散步。

三山夕照，是有名的一景，宜於遠看，本身無甚可觀，祇是領略其湖光山色而已，所以不久即回航到黿頭渚吃午飯，飯後遊小箕山，小箕山與黿頭渚隔五里湖相望，靠近梅園，以前可以遊覽，現在不開放，拒絕遊客參觀，我們因堂姪的關係，去流覽一番，那裡有一池殘荷，估計有西湖裡湖那麼多的荷花，想像中如夏天來遊，映日荷花，一定很可觀，可惜現在已祇能留得殘荷聽雨聲了。

小箕山主要建築物是「天遠閣」，我們也未入內遊覽，花園中有很長的花棚木架，下面是走廊，花棚頂上祇有花葉，看不到花了，走廊外圍卻有許多花，以菊花為多。

近年來，無錫市在黿頭渚充山頂與其相接的鹿頂山，建設了一個風景區，名為「鹿頂迎暉」，自一九八三年開始建設，到一九八六年連同登山道路等，一併建設完成，耗資達二百餘萬元。聽說風景很好，所以從小箕山出來後直駛鹿頂山，鹿頂山山高九十六米，以前古傳云有仙鹿居其間，故名鹿頂。

鹿頂山境區，有亭名「呦呦亭」，取呦呦鹿鳴之意，有閣名「舒天閣」，有樓名「環碧樓」，外加一座塔。在呦呦亭外的巉巉岩石上，用青銅建立了好多只鹿像，在進門處由劉海粟題「鹿頂迎暉」四字的大石横碑，嵌鑲在大理石石座上。

在山項遙望城區，頗有陽明山望台北市的景象，萬屋櫛比，公路縱横。望郊區漁池桑田，星羅棋佈，沃野阡陌，一望無際。望太湖則波光粼粼，遠山隱隱，真可說是風景如畫，不虛此行。

鹿頂山回家後，晚上有舊日的老同事王君來訪，他已八十多了，仍然紅光滿面，健步如飛。他說以前每天都爬錫山去做早操，現在早操仍做，但已改在平地了，畢竟歲月不饒人，爬山是不適宜了，此話我亦有同感。

過了一天，我問二弟，父母親的墳，現在已無處可找，可是他們埋骨的大地區，我想要去看看。於是兄弟三人搭公共汽車到錢橋鎮去，錢橋鎮在惠山的龍山稍，就是九龍山尾，原墳是葬在靠山邊墳區。當地墳山的地主，我們叫做墳親，二弟說每年上墳總是要見見面，逢年過節，他也來拜訪，帶些節禮回去，其後老墳親亡故後，正值各處都在挖墳改為生產用地，他兒子未來通知，就把所有墳地都弄平了，改做菜園，此是政策，大家沒有辦法理論，從就此無法再找到了。

我們到了錢橋鎮步行到靠山邊，地形完全變了，他們找了半天無法確定地點，祇有對荒煙蔓草中行禮，聊表心意而已。回途經惠山我到泥人館要他們技術人員為我做一具泥塑像，坐了近一小時，技術人員用土揑做，左右端象，塑完後看來有一些相似，但不十分像，那是技術祇能到此地步。手工是五十元外加塗油彩加二十五元。是晚備了菜和香燭等在家祭父母。生不能奉養，死不見棺骨，亦是人生無可奈何的憾事。

十一月一號，是預定劉君請客的日子，也不出外遊覽了。早晨堂姪帶了司機來，他說先請司機認識我們家，以便明天他可以把車子開來。堂姪說，此車可以連用幾天，隨我意思到那裡去，都可以，我們計劃了一下，準備去遊揚州，然後到鎮江，再到常州，需三天時間，第四天再去遊太湖的洞庭東山。

當天下午到榮巷去看望老表姊，已經四十多年未見，她已八十多歲了，一見面，先是一楞，稍停一會，想起來了，說你不是永施弟弟嗎，於是開口笑起來了，握著我的手問長問短，講起幾十年前的往事，悲歡離合，全不由人，她兒子因病早故，現在和女兒女婿共同生活，女婿是榮巷舊家，房子很大，女兒亦孝順，所以生活得亦很愜意，臨別時，他堅持要送我們出門到街上，看我們走遠了，才回進門。榮巷附近的江南大學是新蓋的校舍，很整齊而夠氣魄。

從榮巷搭車到河埒口，現在那裡已開闢為新的市中心區，新房子蓋了很多，商店林立，友誼商店也在那裡，我們去逛友誼商店，看到有日立牌的洗衣機連同脫水機在一起的，標價六百十六元，但其中三百元要付外匯券的，換外匯券，衹能照官價計算，折合起來等於八十三元美金。三百十六元人民幣，如按黑市每七元五角換一元美金計算，則為四十二元美金。兩者合共一百二十四元美金。我因二弟家的洗衣機又小又無脫水設備，所以買了一架送他。先取收據，隔日來提貨。

晚上到劉家，他有一位親戚，是在菜館做掌廚的，劉君特地請他來幫忙燒菜。菜很多，味道也不錯，他們曉得我喜歡吃無錫脆鱔，做了很多。後來我問掌廚，脆鱔的做法，因我在美國買了冰凍鱔魚回家，試做脆鱔，做不成功，所以特別請他指教。他說鱔魚殺了，無論生鱔魚條，或是先煮熟了，劃出來的熟魚條都可用，要在溫油內炸三道，等第一道炸後冷卻，再炸第二道，第三道火侯最重要，時間不夠則不脆，炸過了頭，則有焦味。至於調味料要等炸好了再加。

大陸上，在家中燒菜請客，很不容易，因為祇有一只煤球爐可用，此次實在難為了他們了，真不好意思。

飯後，二弟的大兒子開車來接我們回家。

十月二號，早晨七點半，車子來了，停在門口，我們弟兄三人和二弟第三個兒子一起去，由姪子負責一路上的食、住，和遊覽地點，及一切雜務，我們則專心遊覽了。

七、赴揚州

從無錫到揚州，有兩條路可走，一是向西走江陰，渡江到靖江經泰興、江都、到揚州。一是向西走常州經丹陽到鎮江，渡江過江都縣到揚州。我們取前一條路線，走江陰，江陰在歷史上是有名的戰場，清末，清兵攻下揚州，進兵江南，江陰閻典史以孤城與清兵相抗，共殺死了清兵將領三王十八將，最後計窮力極，又無外援，為清兵攻破江陰城，城內生人已無幾，近代共軍在江陰渡江，席捲江南遂能獲得全盤勝利。

江陰江面最狹，建有炮台以控制江面，聽說共軍渡江時，以黃金買通守軍，不開炮，能順利過江。據聞其後，受賄者，一一全被整肅。

我們渡江時用汽車渡輪，每一輪可載汽車十多輛，車上旅客必須下車，讓空車開上渡輪，然後旅客再步行上輪，到了渡輪上可再坐上汽車，目的為顧到旅客的安全。

船行江心，看到浩浩大江，波瀾壯闊，想到蘇東坡詞的「大江東去，浪淘盡千古風流人物」，同時旅客中有人指點南岸隱約的山峰，云江陰炮台就建在那裡，真是不勝感慨。江風很大，我們為了貪看江景，不想進入汽車裡，對面渡輪過江來，在江中相遇，大約兩面是定時對開的，船行約十五分鐘，即達對岸。名叫「八圩輪渡」，已是靖江縣境了。

江北公路，從靖江一路到揚州，建設得非常整齊，各處行道樹，在公路兩旁連綿不斷，在國外也很難見到如此開闊整齊的道路，行道樹也不斷變換樹種，都很高大挺拔，車行其間，心理上非常舒服。有些地方還在加寬路面，寬到同時並行十多輛車，不成問題。我們想不通原來已是寬闊的大路，何以再要加寬，不知其作用何在。未經過靖江城，進入泰興縣境，以前在江北有一句俗話金泰興、銀如皐，以形容泰興的富饒，泰興境內，確實不錯，開曠平整的農田，在公路兩旁，一望無際，連江南都少見，祇是沒有看到農村機械操作，田裡仍是人工在操作，如像台灣那樣農業機械普及到各農村的情形，恐怕得等待一段時期，才能做到。

泰興縣有一個特色，就是出產麻將牌，在很長一段公路上，行道樹上掛滿出售麻將的廣告木牌，每隔若干路程就有小店舖門口掛著牌子，出售麻將，歡迎選購，或者歡迎來料加工製麻將等等。記得在共軍勝利之初，對賭博嚴厲禁止，聽說當初他們用的手段是不禁止打牌，但不讓他終局，要不停的打下去，直到打牌的人求饒，發誓以後不再打牌為止，就此把打牌的風氣遏止了。不料到現在卻又大行其道，居然公開出售牌具，而成為泰興縣的特產，真是十年河東，十年河西，變化多端了。

公路上除了麻將廣告外，另外最多的廣告是「修理車輛」和「停車吃飯」無論出售麻將、修理車輛、停車吃飯，都是些不起眼的小店家而已，看了使人不由地會想起前人旅途中的「未晚先投宿、雞鳴早看天的那些荒村野店。」

過泰興到江都縣。江都縣是江北公路，南北、東西、兩路交匯之處，我們沒有停車，直駛揚州，已十一點半了。從江陰渡江時間計算在內，共車行四小時。

揚州古稱繁華之地，自隋煬帝開運河，到揚州看瓊花，造迷樓。以迄唐代，文人雅士，都以一遊揚州為樂。李白曾三過揚州，歐陽修、蘇東坡，都做過知州，杜牧尤其著迷，其所作詩如：「二十四橋明月夜，玉人何處教吹簫」。「春風十里揚州路，捲上珠簾總不如」。「十年一覺揚州夢，贏得青樓薄倖名」等。都是名句。其間雖經金兵及清兵等兵燹，尤其揚州十日，殺人如麻，原氣大傷，然而復原得也快。在乾隆時，揚州鹽商，更以豪奢出名，因此揚州的名勝古跡，到處都是。

車輛自江都縣進入揚州市，先經過揚州大橋，橋跨大運河上。為了管制運河及長江水位，建了好幾個水閘，其中較大的有太平閘和萬福閘，尤以萬福閘為最大而出名，進入市區，在市中心，首先看到的是文昌閣，矗立在四面交叉的馬路中，好比西安的鐘樓一樣，車輛都要在其四週打轉。在其西面並行的石塔路上，有一座石塔，原在古木蘭花院內，現在拆寬馬路，木蘭花院已不存在了，此石塔則仍然巍峙在安全島上。提起木蘭院，有一個人人皆知的故事，唐朝有一位名臣，名叫王播，其先是山西太原人，後來落籍揚州，當他少年時，孤貧無依，寄食在木蘭院，隨僧齋餐，日久，僧厭之，俟齋罷而後擊鐘。播乃題寺壁二絕句云：「上堂已了各西東，慚愧闍黎飯後鐘」，含羞而去。後播貴重，出任淮南節度使，因訪舊遊，向之題名，皆以碧紗幕其詩。播繼前二絕句完成全詩云：「三十年前此院遊，木蘭花發院新修，如今再到經行處，樹老無花僧白頭。」「上堂已了各西東，慚愧闍黎飯後鐘，三十年來塵撲面，而今始得碧紗籠。」後播於長慶初拜相，大和初專政，卒贈太尉。世情冷暖，自古皆然。

到了揚州，第一件事是找旅館，可是在大街轉了幾個圈，找不到像樣一點的旅館，我們想凡是有名的旅遊勝地附近，必有餐館及旅社，而揚州最有名的地點是瘦西湖，於是車子開到瘦西湖去。那時已近午時了，大陸上的習慣，中午飯時是十二點到二點，過了二點，飯館裡已不招待客人了，所以先找飯店，即在瘦西湖旁邊，有一家「漁味飯店」，客人已滿座，好容易空出一桌座位，就據以點菜吃飯，店名漁味，當然以魚類為主，共點了六菜一湯，包括炒鱔絲、蝦仁等，味道還不錯，價錢也很公道，我們連司機五個人，祗吃了人民幣三十元，並不需小費。祗是賺髒了一點，筷子碗盞用自帶的紙張抹擦，有看得出上面一層油膩，而桌面上也常有蒼蠅飛過。

吃完飯順便打聽住處，飯店裡人告訴我，他店隔壁一排長圍牆裡面就是旅館，我們轉到前面進門處，原來是揚州師範學院，想來走錯了，隨便問一問門房，他說裡面有招待所以可居住，也有食堂可以供應膳食，先問了我們的身份，然後讓我們進去，接洽的結果，訂了二間房，看上去是用學生宿舍改建的，環境清幽，也還清潔，每房五張床，一房住二個人，一房住三個人，其餘空起來，每晚每房人民幣三十元。

住處已找好，心心定定出去遊玩了。出學院門，外面是一道河，河上橋名「虹橋」，因為與我們家鄉無錫學前街一座橋名稱相同，特地到橋上去看看也順便過河走走，看上去也平常，無何特別之處。那知此地就是揚州以前紙醉金迷的紅橋，是揚州二十四景之一，原建於明朝崇楨年間，跨瘦西湖口，圍以紅欄，故名紅橋，當年每當春夏之交，繁弦急管，金碧畫舫，掩映出沒於其間，清朝王士禎有詩云：「紅橋飛跨水當中，一字欄干九曲紅，日午畫船橋下過，衣香人影太匆匆。」其後改建為石橋亦改名為虹橋，現在一切都成往跡了，如此普通的橋與河，乃是往昔勝景，真是有眼不識泰山。

瘦西湖大門題字，是揚州已故書法家孫龍父的手筆，門外掛長聯一付，上聯云：「天地本無私，春光秋月盡我留連，得閑便是主人，且莫問平泉草木。」下聯云：「湖山信多麗，傑閣幽亭憑誰點綴，到處別開生面，真不減清閟畫圖。」進入園門，是一道長堤，沿河岸遍植楊柳，此長堤從虹橋邊起到蜀崗止，全長有十里，現在中間已為徐園所阻隔，從園門到徐園有六百公尺，名為長堤春柳的瘦西湖，以水、柳、橋、亭、樓閣、假山石、花卉、樹木等轉灣曲折取勝，尤其是水，有寬有窄，寬處水中有嶼，窄處小橋流水。垂柳之多，婀娜多姿，據說，隋煬帝開運河，翰林學士虞世基建議，在河堤兩岸大量種植垂柳，既可護堤，又可遮陰，煬帝大喜，親自先手植一株，又賜垂柳姓楊，此柳直栽到揚州，唐代一些詩人，曾以「隋堤柳」為題，寫過不少名詩，所以瘦西湖的垂柳，有其來源。「綠楊城郭是揚州」一句詩，可以代表揚州的風格。

園中也很注重衛生，到處置有宜興燒製的陶器垃圾器，作獅子張口形，彩色的，很像裝飾品。

徐園正面是月洞門，現在正是菊花盛開時期，迎門排列成一座菊花壇，徐園的得名，乃因其園址是在一千多年前，南朝劉宋時袞州刺史徐湛之在蜀岡上所建的花園。入園門東側建屋三楹，門外有小石板橋向外通行，橋下溝渠引瘦西湖水注入園中荷花池，過小橋經碑亭，是「聽鸝館」、「吟榭」、「疏峰館」等，到湖邊，另築水榭三楹，畫舫可以在此停泊。

瘦西湖有二十四景，我們不及一一詳看，祇就見到的而言。

在湖水中，有長堤伸入湖中，上蓋有小廟式的建築，外牆塗黃色，與一般廟宇黃色相同，在碧波綠樹背境中，顯得很特色，我們登臨後方知名為「釣魚台」，釣魚台隔水高岡上是小金山。小金山亦名長春嶺，亦是四面環水，嶺高數丈，山路蜿蜒，勢極幽險，嶺上建有亭，登臨遠眺，南望瓜步、北眺蜀岡，左右湖山，盡收眼底。小金山廳前設有太湖石座，上置鍾乳石山水盆景，純屬天然形成之石，相傳此石為北宋末年，宋徽宗在開封建「壽山艮岳」所覓取，由于方臘起兵，運轉停頓，才留在揚州，現在放在小金山內。

在曲橋南岸，有一座廟，原名法海寺，康熙皇帝賜名為蓮性寺，在寺內有一座白塔，和北京白塔相似，清朝野史大觀上記載：乾隆間，帝南巡至揚州，其時鹽商綱總為江姓，一切供應皆由江承辦。一日帝幸大虹園，至一處顧左右曰，此處頗似南海之瓊島春蔭，惜無喇嘛塔耳，綱總聞之，以重金賄帝左右，請圖塔狀，蓋南人未曾見也。既得圖，乃鳩工集材，一夜而成，次日帝又幸園，見塔巍然，大異之，以為偽也，以手觸之，皆磚石所成，詢知其故，嘆曰，鹽商之財力偉哉。」現在揚州亦仍有一夜造塔的傳說，其實可能言之過甚，加速建成則有之，一夜要造成高塔，絕無可能，反正此是傳說，姑妄聽之而已。

揚州五亭橋，亦名蓮花橋，橫跨瘦西湖南北兩岸，橋上建五亭，色彩鮮艷，恍若五朵出水蓮花，而橋址即在原有的蓮花埂上，故稱蓮花橋，橋全長五十餘米，橋身高近六米，建材是用長方形青石，以糯米汁灰灌洞、嵌縫，所以很堅實。橋基平面分成十二個大小不等的橋墩。在瘦西湖內，很多處可以看到此特殊的情形，橋倒影入水，更是奇麗非常。

以上是遊瘦西湖

出了瘦西湖，轉遊大明寺和平山堂，大明寺建於南朝劉宋年間，唐朝高僧鑑真和尚，曾居住此地說法講道，那時日本人嚮往唐朝文化，派了好多留學生來華，其中包括僧人，有二位日本僧人，從長安專程到揚州跟隨鑑真學佛，其後此二位名叫榮睿和普照的和尚，勸鑑真到日本去傳佛教，鑑真博學多才，除了佛學深湛外，並精於建築、雕塑、醫學、文學、書法、印刷、繪畫等才能，他從玄宗天寶二年開始東渡，中間經過五次，歷盡艱險，未能成功，直到天寶十二年第六次，才率領弟子和工匠等二十四人到了日本，受到日本朝野盛大歡迎，日本天皇賜以「傳燈大法師」的稱號，委以授戒傳律的重任。從此他以唐朝文化，在日本發揚，在日本從鑑真受戒的子弟，有四萬餘人，日本佛教界奉為律宗之祖，亦猶達摩之在我國為禪宗之祖一樣，他歷經日本各地，最後定居在日本奈良。日本天平寶字七年唐代宗廣德元年，他已七十六歲，弟子們為他模造一座真影坐像，此坐像現已成為日本的國寶。在他逝世一千二百年時，中日兩國人民，為了紀念他，舉行了隆重的紀念活動。現在大明寺內特建有鑑真紀念館。我們到了大明寺，去參觀此一代高僧的遺物和遺像。大明寺的大雄寶殿，面積很大，殿內正中前的三大佛，殿後塑觀音像，兩面為十八羅漢，我們參觀了天王殿、大雄寶殿和鑑真紀念堂等地就去看平山堂。

歐陽修於宋仁宗慶曆八年，繼韓魏公守揚州，建平山堂於蜀岡之上，並手植柳，其寄魏公書云：「平山堂占勝蜀岡，一目千里」。其後一年，他移知潁州。仁宗嘉祐元年，劉元甫出守揚州，與初建平山堂時，已相隔九年，他作「朝中措」詞送劉云：「平山欄檻依晴空，山色有無中。手植堂前垂柳，別來幾度春風。文章太守，揮毫萬字，一飲千鍾。行樂直須年少，尊前記取衰翁」。劉元甫名敞，宋史有傳，記其博學能文，「歐陽修每於書有疑，折簡來問，對其使揮毫，答之不停手，修服其博。」故詞中云文章太守，推崇之辭。歐陽公當年植柳，經過九年，當然已綠樹成蔭，詞中亦寄拳拳懷念之情。墨莊漫錄云：「後有薛嗣昌作揚州守，鑑於歐陽公植柳，為一般文人所稱，乃在其相對處，亦植一柳，稱薛公柳，心想藉歐陽公之名，同垂千古，人莫不嗤之，嗣昌既去，為人伐之。可見名不可強求。

古人形容事物，每多逾分，蜀山本為一小丘，平山堂建築亦不高，偶而能見檻外遠山，揚州府誌卻云：「平山堂在城西北大明寺側，宋慶曆八年，郡守歐陽修建，臨堂遠眺，江南諸山，皆拱揖檻前，以與堂平。故名」。葉夢得「避暑錄話」則云：「歐陽文忠公在揚州作平山堂，壯麗為淮南第一，上據蜀岡，下臨江南數百里，真、潤、金陵、三州，隱隱若可見。公每暑時，輒凌晨攜客往遊。」平山堂外，刻有「淮東第一觀」的大字石牌，嵌於牆上，是根據秦少遊的詩句而來。秦詩云：「遊人若論登臨美，須作淮東第一觀」。其實卻都言過其實。

歐陽公詞中首兩句內「山色有無中」，歷來為文人所懷疑與批評。有人說歐陽公是近視眼，看不清遠處山色，有人說是寫煙雨中的景物，蘇東坡曾笑之，因賦快哉亭贈張偓佺詞道其事云：「長記平山堂上，攲枕江南煙雨，杳杳沒孤鴻，認得醉翁語，山色有無中」。其意蓋云，山色有無，非煙雨不能然也。其實歐陽修此詞首句即云：「平山欄檻依晴空」，可見絕非煙雨之時。

平山堂堂址，是在大雄寶殿旁的偏屋，其大小與佛寺不可同日而語，僅是一座平房而已，建築還很考究，平平一個廳堂，很少古跡遺物，無甚特色，祇是聯語寫得還不錯，聯云：「曉起憑欄，六代青山都到眼。晚來對酒，二分明月正當頭」。堂前橫匾是題的：「遠山來與此堂平」。堂外園中，並不特別整理栽植花木，有些荒蕪的感覺，在屋內看不到遠山，走到園中裡圍牆邊，憑石欄外觀，隱隱有青山在若有若無之間，所謂遠眺江南諸山，皆拱揖檻前，與此堂平，根本沒有這回事，至於真、潤、金陵三州隱隱若可見，更是摸不著邊。祇是有一點可以證明，歐陽文忠公並非是近視眼，因為我在遠眺時，也是「平山欄檻(門外園中石檻)依晴空」。時間是在下午二時左右，正是天色最好的時候，而遠山隱隱，確實在有無之中也。

大明寺內有「天下第五泉」，唐人最喜飲茶，而水質好壞，影響茶味，故有品定天下水味之舉，最出名的評水家有陸羽和劉伯芻，劉所評，以揚子江零水為第一，無錫惠山泉為第二，蘇州虎丘石泉為第三，丹陽觀音寺水為第四，而以揚州大明寺泉水為第五。其餘如上海淞江水，為第六，以淮水為最下，稱為第七。我們去看第五泉，其規模遠不如家鄉無錫的第二泉，僅牆壁和山石間上嵌的橫與直的碑，泉水在山石中也無品茗之處。

大明寺內，並有瓊花一枝，我們起先以為隋煬帝特地到揚州看瓊花，此花可能像牡丹之類的艷花，那知卻是一顆灌木，現在不是開花時季，僅剩禿枝和數片樹葉而已。

遊罷大明寺，歸途中經觀音山，此地是隋煬帝所建迷樓故址，牆壁上大字標明「唐時故址陳列所」，原來在觀音山以北，發掘到唐時揚州古城，登山可以望到，其所掘得古物很值得一看。上觀音山石級很高，好不容易爬上山，到寺門邊，那知是後門，寺門封鎖無法入內，再轉到前門上去已四點多鐘了，管門的說參觀時間已過，我們說不妨進去流覽一番，進入裡面，因山上門也已關閉了，祇得悵悵而回，那裡古稱功德林，現在是揚州的國家文物局，門額「雲林」兩字，進門處牆壁上嵌有「名山勝境」的大石刻。

晚上即在揚州師範學院餐廳吃飯，很清靜，也比較清潔，味道比魚味店好，祇花了二十八元人民幣，包括：干絲、紅燒豆腐、炒魚片、炒鱔絲、魚丸湯等，實在便宜。

揚州人喜歡飲茶和吃早點，所謂「早晨皮包水(即是小籠包子、蒸餃等點心)，晚上水包皮)即是上浴堂。)」浴堂已不多見，早晨點心，仍然很多，有一家有名的茶社，名叫富春茶社，凡是老揚州人，無人不知，我們一早七點就開車前往，到了國慶路入口處，被阻止了，是單行道，於是停好車，在轉彎曲折的小巷內到了那裡，此茶社有內外五個大餐廳，我們到時，時間還早，外客廳早已滿坐，買了餐票，再去排隊選購時，據說此處早點已買完了。於是轉到內廳去，人也坐得差不多，找到一張空座，再去買餐票，因為不知道那些好吃，請買票的人代我們填寫，等了半個鐘頭才拿上來四盤包子，主要的是餡子不同，有菜肉包、笋肉包、梅干菜肉包和純肉包，味道還不錯，祇是沒有想像中那麼好，不知何以生意如此好，另外有燙干絲處，出售燙干絲，沒有去吃。據茶社介紹，他們已有近二百年歷史，以前敵偽時期，揚州日本駐軍，曾特地買了富春茶社點心用飛機運東京進貢天皇。原來的技師，在文化大革命時，已星散，所有製作技術全部失傳，現在是另起爐灶，找了能手開張，現有特級技術員一人，主廚二十餘人，全部員工有一百二十多人，雖然盛名不衰，在我們看來，還是虛有其名而已。

吃過早點到長征路的天寧寺去，天寧寺在揚州賓館附近，那裡有史公祠和博物館。

天寧寺是晉朝謝安的別墅，東晉時有尼泊爾僧人「佛馱跋陀羅」在此譯華嚴經。清朝康熙年間，曹寅奉命在此設詩局，主持刊刻「全唐詩」及纂修「佩文韻府」，乾隆南巡時，曾在此建行宮，其御花園內的文匯閣，曾藏有四庫全書手抄本，可惜在洪楊之亂時已遭燬。現在寺內尚存有天王殿及大雄寶殿等建築。寺內年輕僧人很多。

在天寧寺旁為揚州博物館，內有「歷代錢幣展覽館」，藏有自秦漢以來迄清末之各種錢幣，都是大小輕重不等的銅錢，除新莽時期用布幣外，其餘均是圓形方孔錢，由錢的大小、厚薄，可看出當時經濟情況的好壞，又有鈔票前身的交子，以及銀錠，銀元寶等，很值得欣賞。另外有「馬哥勃羅館」，牆上掛有馬哥孛羅在華的種種往跡，門外建立一座由其故鄉意大利「威尼斯市」送來的怪獸雕像。

再過去是史公祠，乃是紀念明末大忠臣史可法而建的，史可法率領明兵抗清，在揚州力戰殉難，人民慘遭兵禍，清兵大肆屠戮，遂有揚州十日慘事，據焚尸簿所載，凡有尸八十餘萬之衆。死尸兵民莫辨。

史公祠進門為饗堂，懸有史公畫像，乃公裔孫史常鑣所繪之衣冠像，上懸題匾為「亮節孤忠」，為清名將彭玉麟手書，像前放置牌位，上書「明督師太傅兼太子太師建極殿大學士兵部尚書史公神位」。饗堂內藏有文物甚多，頗多為題詠雕刻，其中最有價值者有二件：一為史公於揚州城破三日前致其岳母及妻子之親筆書，書云：「恭候太太、楊太太、夫人萬安，北兵于十八日圍揚城，至今尚未攻打，然人心已去，收拾不來。法早晚必死，不知夫人肯隨我去否，如此世界，生亦無益，不如早早決斷也。太太苦惱，須托四太爺、太爺、三哥大家照管。照兒好歹，隨他去罷了。書至此，肝腸寸斷矣。四月二十一日，法寄。」另一件是一九七九年出土的史公親穿之衣帶，帶似布製，週圍縫有二十片石塊，方形、菱形、圓形者均有，名為玉帶，看上去甚為粗糙，然係史公親身所穿之衣飾，故特別名貴。

過饗堂乃史公衣冠墓，有石雕座像，墓前立碑云：「明督師兵部尚書兼東閣大學士史公可法之墓」，史殉難後，其嗣子史德威求遺骸不可得，乃具衣冠葬於梅花嶺下，因史曾云他死後當葬梅花嶺，遵其遺命也。

墓後有空園，內置巨大之鐵鑊貳只，據說明云：「秦漢時，長江緊靠廣陵郡城（今揚州觀音山北蜀岡一帶）東晉以後，長江退至揚子津一線，蕭梁（指南北朝時蕭衍的梁代）為防止洪水暴發，便在淮南築浮山堰以保新土，因傳說蛟龍能乘風雨破堰，而其性惡鐵，故選鐵器釜鑊之屬數千斤，沉揚州一帶江岸，此兩鑊便是當時鎮水之物，均在市區出土。有詩云：「鐵鑊圍虛百斛容，郭門南北壓蛟龍，如何黃河天上水，直抉淮流七歲凶。」

墓後還有後院，陳列畫家俞秋水的畫，畫得非常精美，流覽其間，實不忍離，因係供參觀用，並不出售，我要求管理人員可否擇其中特別精美者攝取一兩張照片，他說不能作主，去請示上級，回來後說不可照相，因此作罷，如此名畫不予流傳，亦為之可惜。

出史公祠到「个園」，个園遍植修竹，因竹葉成個字形，故稱為个園，全園植竹不下萬竿，个園與富春花園合在一起，富春花院無甚可觀，个園內亭台樓閣還像樣，有藝術陳列館，內懸掛揚州八怪的書畫，而以鄭板橋的蘭竹畫為多，可以出售，據告這些都非真跡，但也非複製品，乃是揚州八怪當時及以後畫家所仿畫，可以亂真，我願慮購買後，海關不准大陸文物出國，豈不白費，管事人說他們乃國營機構，憑發票，放行不成問題，乃選購了兩幅，優待歸國華僑，半價收費。我帶回洛杉磯後，家人大都喜愛，怪我何不多買幾幅，以後如有機會再往，定必再購一批，我在大陸各地所見出售之古書畫，大都俗不可耐，遠不及此處之雅也。

个園是明末清初僧人大畫家石濤壽芝園的原址，石濤號清湘老人，又號大滌子，苦瓜和尚，瞎尊者。與八大山人朱耷齊名，是明朝宗室後裔，不僅善畫，亦善疊石，个園內假山，除蘇州獅子林外，亦稱一絕，假山分春、夏、秋、冬四山，山色的自然色澤，與季節相配，另有一座黃山假石，依黃山神形而疊砌，具體而微，也很可觀。

過个園到何園，何園又名寄嘯山莊，主園正中有一方形大池，池北面有七間樓房，形似蝴蝶，故名蝴蝶廳。池南面用白色玉石欄杆築成曲折橋，通向池中的水心亭。水池邊有假山，有洞可通，紆迴曲折。何園有兩處比較特別，一是名叫串樓，樓上樓下，四面環通，層層疊疊的迴廊和樓道相通，全長約四百多米，可環繞一週。另外園東有假山石一座，據說是石濤所設計，按照石塊的大小，石紋的橫直，構成山峰，有真山實景之感，與石濤所云：「峰與皴合，皴自崎生」的畫理相符，也許所傳是不假的。

最後去文峰塔，文峰塔在古運河旁，據文峰塔記所載，此塔是由少林僧人名鎮存的，托鉢到維揚，發願募化建塔，少林僧習武，鎮存的武藝尤其超群，揚州的名商巨富睹其武技，紛紛解囊，募得三千金，建塔三年而成。塔附近運河邊有「古運河」石碑一塊，相傳唐鑑真和尚東渡日本第二、四、六次都是從此地起程進入長江口，我們去看，僅是寶塔一座，並無大的寺廟等建築，由於在河道邊，地勢平坦，一塔矗立，很遠處都能望到，我們雖然購了門票入內，圍繞一週，並未登塔，即開車直駛瓜州去了。

瓜州在長江北岸，當運河之口，以前是江南、北水路交通要道，元和志云：「昔為瓜州村，蓋揚子江中沙磧也。狀如瓜字。自唐開元以來，為南北襟喉之處。」白居易曾有詞云：「汴水流、泗水流，流到瓜州古渡頭，吳山點點愁。」其意是謂隋煬帝開運河後，汴水、泗水都流入運河，而經瓜州入大江，在瓜州可看到江南諸山地。

瓜州不僅為古渡頭，也是今日渡頭，我們所乘汽車渡輪，也是從瓜州起程，橫渡長江，此處江面比江陰為寬闊，祇是兩岸渡輪的規模不如江陰。渡輪在江中行駛約二十多分鐘，登岸到鎮江，鎮江原是江蘇省會，也是我舊遊之地，對日抗戰發生那一年，我正在鎮江受訓，在緊急時期，雇車回家一趟，然後倉惶流亡後方。現在舊地重遊，已人事全非了。

八、鎮江

到了鎮江，鎮江那時正在舉行幾個全國性的會議，所有電話簿上列名的旅館，都已為會議單位所訂包而去，所以我們憑電話簿找旅館，處處落空，後來在不列在電話簿內的西京飯店旅館部找到房間。

在旅館裡稍休息一會，即去遊金山寺。

從長江邊汽車渡輪碼頭，沿長江，到金山寺這一地區，即是韓世忠大破金兵困住金兀朮的黃天蕩，也就是梁紅玉擊鼓戰金山的故跡所在地。

白蛇傳裡水漫金山，白蛇與法海鬥法的民間故事，更是家諭戶曉。

金山原在揚子江心，有「江心一朵芙蓉」之稱，其後歷經滄桑，江水後退，淤沙沉積為陸地，在清道光年間，已與陸地相接。神話中的水漫金山那時大約寺址還在江中。

金山高四十四米，我們步行上石級，有八十二級，金山週圍不過五百餘米。東晉時原址建澤心寺，後廢，唐朝裴頭陀開山得金，因名金山。

金山寺上山石路旁，有一塊其大無比的四方石碑，上刻「南無阿彌陀佛」的佛家語，金山寺的建築，依山而造，殿宇樓台，層層相接，有「金山寺裹山」的諺語。

金山最高處名金鼇峰、妙高峰。矗立山頂的慈壽塔，是清末所建，塔身八面七級，可拾級而上。妙高峰上有留雲亭，亭內有康熙所題「江天一覽」石碑。

宋王安石遊金山寺，題詩云：「數重樓枕層層石，四壁窗開面面風，忽見鳥飛平地起，始驚人在半空中」。形容金山寺層層樓閣相疊之狀頗切。

寺中四壁懸有各種景色的大幅畫，其中有一幅金山月色，我曾把他攝照下來。寺中現有四寶及一鼓，四寶是：一、諸葛銅鼓，是諸葛亮征南蠻時所獲。二、是文徵明畫金焦全鏡的真跡。三、是周時銅鼎一座。四、是蘇東坡送佛印的玉帶一條。

據說有一次蘇東坡到鎮江，留金山寺數日，有一天佛印禪師去看他，同到方丈室，佛印說：「內翰何處來？此間無坐處。」東坡云：「暫借和尚四大作禪床。」佛印又道，山僧有問若答得對，即便請坐，如答不出來即輸腰間玉帶，蘇東坡欣然同意。佛印即云：「山僧四大皆空，五蘊非有，居士問甚麼坐處？」東坡一時回答不出來，即將腰間玉帶解下，輸給佛印，佛印回贈雲山納衣一件，佛印並將玉帶轉贈金山寺作為鎮寺之寶。蘇東坡作詩兩首以紀其事，其一云：「病骨雖堪玉帶圍，鈍根仍落箭鋒機，欲教乞食歌姬院，故與雲山舊納衣」。其二云：「此帶閱人如傳舍，流傳至我亦悠哉，錦袍錯落真相稱，乞與佯狂老納圍」。

所謂玉帶，是綢布做的一條帶子，上面插了若干塊方、圓及長方形的玉片，據傳其中缺了四塊玉片，乾隆皇帝看到了，叫人補上四塊，此四塊雖然求其一致，可是與原來的多少有些差別，仔細察看，可以看得出來。

另外那一鼓，原來是梁紅玉所擊的戰鼓，後來遺失了，現在是複製品。

金山寺向後山下去，有「南無佛」洞，「古法海」洞，法海洞裡有用石刻塑的法海坐像。山下有白龍洞，裡面石塑白蛇娘娘和小青的立像，小青還手持寶劍。在傳奇小說中，兩方敵對人員，一在山上，一在山下，正是仇人相見，分外眼紅，幸而是石像，不致再起衝突。

白龍洞再向下是映山湖，岸旁有御碼頭，是以前康熙和乾隆登岸之處。

在白龍洞附近，有走江湖的賣藝人捉來一條白蛇，以此為號召，大吹大擂的稱神蛇表演，門票三角，即在布蓬內演出，可是去看的人不多。

遊金山後到西面去遊天下第一泉，也名中冷泉。那裡新蓋了一泉飯店和一泉賓館，便利遊客來觀光時住宿的。

我們去時，因時間已晚，來不及參觀，祇找到地址，以便明天再來，然後回旅館。

十一月四號早晨，從旅館出發去遊天下第一泉，此泉原與金山一樣，地點在江心，汲水時，要看準泉眼，看他起泡處，將吸具下沈吸水，因泉水水質和江水不同，吸入泉水後，江水不能混入，此種吸水法，非常困難，現在因地形的變化，已到陸地上來。

我們去時尚早，管理門票的人還沒有上班，祇有開門打掃的人在那裡工作，我們向他說明國外來觀光，沒有時間等待，他通融讓我們進去了。

照理說，既稱天下第一泉，應該是泉水清澈的，可是事實卻不然，第一泉是一個長方形的池，池壁上嵌有天下第一泉字樣，池裡的水很污濁，比起無錫第二泉差太多了，污水中時有氣泡和地泉冒出來，看上去管理不善，如能將污水吸盡，注意不讓葉落到池裡腐爛，定然可以成為一個清潔泉水，現在是徒具虛名而已，在另外一邊住房牆壁上嵌有「中冷泉」的石碑。

在泉池上方有一座「鑑亭」，其他地方亦不大，花木亦很少，沒有什麼園林佈置，以此有名的水泉，不能好好管理，也是很可惜的。

出了第一泉，去伯先公園，為紀念趙伯先而建立的，進門處，矗立一座銅像，西傍有山路可以上山，面積並不大，有一處停了一架已報廢的飛機，供民眾展覽，很多阿公阿婆在山上做運動，有些打太極拳，有板有眼，看上去蠻有功力的，因為地方太小，打一轉就出去了。

然後遊北固山，北固山新蓋一座大門樓，兩面照壁嵌有題字石碑，大門橫額是「北固勝境」，很氣魄，門樓下掛了四盞大紅匾圓宮燈，作為裝飾之用。

進門後，滿地堆着沒有清理完竣的建屋工地殘物，在山邊的試劍石，本已埋在磚瓦土中，他們特別挖開一圈，讓他露出本來面目。試劍石有兩道裂隙，據說一是劉備許願後斫下的，另一條是孫權許願後斫下來的。

北固山北臨長江，靠江一面山壁陡削，形勢險固，所以稱為北固，高三十多米，原分前峰、中峰及後峰，唐以前，伸入江中，三面臨水，猶如半島，現在僅北面臨水了。明代矮冠為患，郡守為了便於守城，將前峰和中峰鑿斷了，現在的北固山是指中峰及後峰而言。

步入上山道路，先到中峰的清暉亭，在亭旁有一座鐵塔，是古物，原來是唐朝李德裕所建的石塔，塔基下埋有佛骨舍利子，其後石塔倒塌，到宋朝寺僧擴建寺院，在倒塌的石塔下掘到舍利子，於是募化重建為鐵塔，上面的花紋和佛像都很細緻，有飛天、蓮座、坐佛、站佛等。清朝時，遭遇大風和雷擊，僅存一二兩層和塔座，以後又將三四兩層安裝上去，現在祇存四層。一二兩層及塔座，是宋代物，三四兩層是明代物。上面另有幾層則不知去向了。

從清暉亭到後峰「天下第一天江」石刻的山門之間，所走的山道，是一道崚峰，路面不很寬，兩邊都臨空，稱為龍埂，原來路面鋪的是碎石片，現在已改為大塊平面的花崗石塊。改建路面的工作單位，特地樹立一塊石碑，上面說明用石料多少，施工時間多少，並留下原路面一小段，作為紀念云云。

「天下第一江山」石刻，是宋代淮東總管吳琚所寫的擘窠大字，碑長約二米，高約九十厘米。有人牽了馬在那裡做生意，招攬遊客騎上馬，在石碑旁照相，而且有古時衣、冠、靴、寶劍等出租，如遊客懷思古之幽情，穿上古衣冠和靴，腰懸寶劍，在天下第一江山下留影，很可自誇為三國時代的人物了。

進山門就是甘露寺，在山門上掛了一塊宣傳牌，上云：「劉備招親在甘露寺大殿演出」。提起甘露寺，大大有名，凡看過「三國誌」或是看過「龍鳳呈祥」平劇的人，沒有人不知道的，三國時東吳孫權聽了周瑜的計策，將妹妹孫尚香許配劉備，吳國太在甘露寺相親，弄假成真，劉備做了孫家的女婿。

大殿門額上嵌石碑，題字為「古甘露禪寺」。殿並不很大，他們所宣傳的演出劉備招親，是將大殿佈置成一間新房，裡面塑了兩個泥像，一個是劉備，一個是孫尚香，都穿著吉服，房中還有木床，喜幛紅燭，以及新房裡應有的物品，泥像塑得很呆板，活像在做文明戲，真是太俗氣了。

我看看大殿周圍，沒有多少餘屋，小說裡所稱埋伏下刀斧手，絕無容身之地，可見盡信書，不如無書。

出了甘露寺向裡面走，到溜馬澗，牆上掛說明牌說：「溜馬澗俗稱走馬坡，兩壁夾峙，中通一線，相傳劉備和孫權曾在此跑馬馳騁。在臨江的石崖上，還刻著明代朱永熙寫的溜馬澗三字。」我們看察地形，根本找不到兩壁夾峙，中通一線的路道，祗有些雜樹斜坡，餘外是登山的小石路，不要說跑馬，騎著馬在此地走，也無立足之處，既稱古跡，也只索由他們吹了。

由溜馬澗回過頭，再走上山路，在茶室後面，有一塊像羊的石頭，名為狠石，據說明是孫權和劉備曾倚在此石上密商破曹之狠計，以後果然如願，遂稱此石為狠石，我雖無狠計，為了懷古，特地跨坐在羊背上照了相。

再上去是多景樓，在樓上了遙望金、焦兩山，隔江分峙，多景樓也名「天下第一樓」，據說是孫尚香梳妝的舊址，宋張邦基墨莊漫錄云：「鎮江府甘露寺在北固山上，江山之勝，煙雲顯晦，萃於目前，舊有多景樓，尤為登覽之最，蓋取李贊皇(按即李德裕)題臨江亭詩，有多景懸窗牖之句，以是命名，樓即臨江古基也，裴煜守潤日，有詩云：「登臨每憶衛公詩，多景唯於此處宜，海岸千艘浮若芥，邦人萬空仰如棋，江山氣象回環見，宇宙端倪指點知，禪老莫辭勤候迓，使君官滿有歸期」，過多景樓到凌雲亭，說明上云：「又名摩天亭，梁武帝上北固山，就是在此亭眺望江山的。傳說孫尚香曾在此奠祭劉備，又名祭江亭」。

到此山頂，已無可玩之處了，於是下山，開車去常州。

九、常州

江南的公路比江北差，沒有江北那麼整齊，經過丹陽沒有停車，一直駛抵常州到名勝地紅梅公園，即在公園内吃午飯。

飯後遊園，紅梅公園相當大，有樓閣，有弓形小橋，有曲折橋、有水蕩、有垂柳，頗有揚州瘦西湖的格局，祇是比較小而已。

紅梅公園裡有一座「紅梅閣」，上下兩層，高十七米，始建於宋朝，後燬於兵火，元代重建，改名為「飛霞樓」，明代又恢復為紅梅閣，四週砌以圍牆，正中建一石坊，額題「天衢要道」。其下為石階，閣四圍廣植紅梅，要到冬末春初，紅梅盛開，風景最美，稱為「紅梅春曉」，是公園裡八景之一。

水蕩中也有遊艇，蕩漾於碧波水亭綠樹垂柳間，頗見優閒雅緻。

園中正舉辦菊花展覽，在一長排走廊中，陳列了數百盆名貴品種的菊花，彩色繽紛，每一盆都題有一個很雅的名字，或依其姿態、或依其顏色、或依其品種、或依其大小，各就象形而取名，究其實，真正的名貴品種不多，大多數是湊湊熱鬧而已。

在園的一角，另闢一個盆景園，可說是園中園，內中陳列各種盆景，老樹盤根，生長在山石間，居然生出新綠嫩枝，僅是石盆內一景而已，也有古松、楓葉、假山、流泉等等，尤其難得的，那些古松和樹幹，都祇生長在小小石隙之間，泥土很少，不知如何能培養出來的，盆景有大、有小，大的石盆比人還高，小的僅如手掌大小。

路邊有幾塊岩石很奇，後襯青松，旁有楓樹盆景，我覺得很美，乃站到石中間去，請他們照相。

出了紅梅公園，去遊東南第一大叢林「天寧寺」，天寧寺在常州市內，始建於唐朝，初名廣福寺，到北宋時才改名為天寧寺，五代以後，該寺屢毀屢建，到明朝募建天王殿及大雄寶殿等，清代自康熙朝起到光緒朝止，各代都陸續增建，最多時有殿堂、樓閣等大小四百七十多楹。占地面積一百三十多畝，僧眾八百餘人，可稱猗與盛哉。寺志說：「法會之盛，聞于遐邇，莊嚴妙勝，甲於東南」。設有學戒堂，教授僧衆，又設有佛經流通處，所印經書，流通全國。

大雄寶殿之大，國內寺廟尚無其匹，殿是重簷九脊頂，高約三十三米，闊二十六米，殿內鐵梨木大柱高約二十九米之多，有「棟宇摩霄漢，金碧爍雲霞」之稱。殿內正面塑三尊佛像身高五米。

寺內有石刻羅漢五百尊，蘇州西園羅漢堂即是依此石刻像塑製的。此地的羅漢佈置和西園不同，西園是分座在四方形屋內，此地則建在左右兩廡，成長排形。

寺內還新鑄了一座四噸重，二米五高的銅鐘和十噸重，六米五高的塔形鼎。

我們在寺內隨喜時，看到有僧人在大雄寶殿外用油畫寫生，圍看的遊客甚多，觀其作畫手法，是正規的西洋旳畫法，就其已完成部份來看，頗具功力，可見寺內卧虎藏龍，很有些人才，也許是在文化大革命時逃避迫害而隱於僧寮的藝術家。

二點半離開常州，三點半到無錫，車行一小時。結束了此次旅程、

十、洞庭東山、靈岩、天平

明天決定去遊洞庭東山。

洞庭東山，位於蘇州西南四十公里，屬蘇州縣，是延伸到太湖中的一個半島，相傳春秋時伍子胥迎母於此，故又稱胥母山，其主峰名莫釐峰，因為隋時的莫釐將軍葬於此地。

此半島的形勢，從東山鎮起，沿湖一週是環湖公路，公路向內陸一邊，全是山。

山中出產名茶即「碧蘿春」，夏天最有名的是楊梅，在台灣和美國也看到楊梅，小小如紐釦，東

山的楊梅和杏子差不多大，甜而多汁，秋天則出產有名的洞庭紅橘子，一般人都譽其為花果山。

我們早晨開車，沿古運河旁公路，向蘇州方向行駛，因公路與運河平行，所以看得清楚運河裡的景象，此地運河水比較清澈，不像鎮江到常州那一段的黃混污濁，大概是因為與太湖相通，有湖水注入之故。運河裡船只往來也很頻繁，祇是都是些貨船，以前那些搖櫓載客的客船，一只也沒有看到。

到了東山鎮，開車到雕花大樓，樓外空地上停了五六輛旅遊車，遊客都已進入大樓內，我們走進去時，已覺得人頭擠擠了。

雕花大樓，本名叫春在樓，並非古跡，而是近代建築，完成於一九二二年，距今僅六十六年，據稱造價是十五萬銀元。

該樓設計是中西結合，以中式為主，共有三層樓，主要是以雕花出名，無論是磚刻木雕，都是精鏤細雕。其精緻首推磚砌門樓，十幾塊水磨方磚上，雕刻十餘組戲文的圖案。門樓內部分上中下三欄，下欄雕「郭子儀拜壽子孫滿堂」以喻福，中欄雕「鹿十景」以喻祿，上欄雕「八仙上壽」以喻壽，左右兩旁分雕「堯王訪舜」以喻賢，「文王遇太公」以喻德。

主樓下的大廳，所有梁、柱、窗、柵，無所不雕，無所不刻，包括三國演義各組，二十四孝各組等。大樓共雕有一七八六鳳凰，故又稱鳳凰廳。

全部大樓，充分顯示出江南民間傳統的雕刻藝術。

在大門外，太湖石旁，放置多盆菊花，遊人都在此攝影，巧得很，我們出門時，看到菊花旁站著劉君的妹妹和妹婿，在十一月一號劉君家請客時，他倆也是客，我們同桌吃飯，現在又不期而遇，他倆是參加旅遊團來的，將渡湖到洞庭西山去玩。我問本地人，據說洞庭西山無何可玩之處，渡船往返要二個鐘頭，不值得去，不如在東山渡口坐遊覽船，沿湖流覽，較為合適，我們想到渡口時再考慮好了。

離開雕花大樓去遊「紫金庵」。循山邊公路向西行，抵西卯塢，穿過林蔭小道，就是紫金庵了，門額上寫「古紫金庵」四個蒼勁雄健的大字。

從庵邊出土的「唐示寂本庵開山和尚諸位覺靈之墓」碑記載，此庵是建於唐朝初葉。由於幾度興廢，建築的結構已改變，看不出唐代遺跡。

紫金庵的十六尊羅漢像和觀音像，相傳是宋朝民間雕塑名家「雷潮」夫婦的作品。據蘇州府志載：「金庵在東洞庭西塢，洪武中重建，內大士及羅漢像，系雷潮裝塑，潮夫婦俱稱善手，一生只塑三處，本庵尤為稱首」。

羅漢殿前三尊大佛，中為釋迦牟尼佛，左為藥師佛，右為彌陀佛。迦葉和阿難兩弟子侍立在釋迦牟尼佛兩旁，這三尊佛像保存有唐代雕塑豐腴的特點，但無法證明其為唐塑。

十六尊羅漢像，與一般佛寺所製不同，其大小比照人的高度，手足部份比例亦協調，此十六尊像，雖然容貌不同，神情各異，但都塑得栩栩如生，每一個像的神情，都有其特點。淨因堂碑記稱其「精神超忽，呼之欲活」。

此十六個像，並不是單個獨立形象，而是相互配合，其安排別具匠心，其喜、怒、哀、樂的表情，相互間都有關連，衣服的裝摺也精緻，將羅漢的襯衣、中衣、袈裟三層服裝，交代得清清楚楚。服裝上的填花和色彩，具有宋代瓷器上的彩繪風格。

在塑像中，有二件藝術珍品，一是觀音頂上的華蓋，紅色蓋面，宛如真的絲織品。二是羅漢中二十諸天之一的像，手中所持的經蓋，經蓋是蓋在經書上的絹帕，羅漢左手輕輕將經蓋頂起，右手撩經蓋一角，經蓋自然下垂，皺摺自然，有如手絹。以黃泥土塑得如此迫真與飄逸，實在難得，此兩件與羅漢像，合稱紫金庵三絕。

至於紫金庵為什麼祇有十六羅漢而與世傳的十八羅漢不同？據其考證，唐代高僧玄裝，翻譯難提密多羅，說釋迦牟尼涅槃時，以佛法囑咐十六大阿羅漢，要他們「不入涅槃，常住世間，同常凡衆，護持正法」。何以十六羅漢又變為十八羅漢呢？原來在五代時，張玄和貫休和尚根據「法位記」繪畫十六羅漢圖像時，又加繪了法位記的說者和譯者，就此變成十八羅漢了。

因為紫金庵的羅漢塑像太有名了，寺僧把各羅漢等佛像精印了彩色十八公分長，十三公分寬的畫片，加貼在米色的厚道林紙上，背後加印了中、英、日文的說明，每套二十張，價錢賣得不便宜，可是生意還是很好，從畫片看那塑像，莊嚴、高雅、古典，很像敦煌壁畫，難怪人們要買回去做紀念品了。

庵內尚植有金桂，和白玉蘭兩株古樹，相傳樹齡已八百多年。

從紫金庵再向西行，有明善堂和軒轅宮古跡，在山中，因找不到入山路而未去，直接行駛到太湖渡口。

時間已是午時，在渡口的小飯館「仙人石小館」吃飯，店主很健談，也很熱心，二弟想買洞庭紅橘樹種，他去找了賣主來，挑了一顆金橘，一顆紅橘，樹枝雖小，上面已結有果實。在他店裡我們吃到太湖純菜，顏色帶褐色，沒有像西湖純菜那麼綠，味道似乎也要差些。問他仙人石在那裡，他帶我們去店外，指點後面山上就是，他說現在正在大興土木，建造一個景觀區，遠看山上那亭子，形狀很不錯，其實還沒有建好呢。

飯後先去問湖中遊覽船，因為乘客人數不足，不願開行。於是照飯店主所指示的路線去看仙人石。

到達地頭，是一座亂山崗，因開山的關係，上山坡路都是些碎石子，踏下去如不站穩，就會滑倒，小心翼翼的上了山頂，真是大失所望，店主人說的開闢景觀區到不是假的，已看得出粗具規模，現在到處是凹坑碎石，禿禿的也無樹木，有好多塊豎立的岩石，不知道那一塊是仙人石，剛巧有人吃完飯來，他指了一塊石頭說這就是仙人石，我們橫看豎看也看不出有何出奇之處，不知何以稱為仙人石，那工人指著石上幾個凹痕，他說你們看是不是像腳踩過的鞋印子，就因為就幾個鞋印子，就傳說仙人曾來過，在石上踩的。真是胡說八道，騙人的玩意兒。

下了仙人石，車一路沿太湖邊行，左面是湖，湖光斂艷湖中遠山如黛，風帆點點。右面是山，滿山青松紅楓，橘樹上結實纍纍。很多山居村民，用鐵牛車裝載山產物出山運銷，也有些像樣的房屋，不知在此居住的人，生活上如何能適應，因為我們一路上根本沒有看到市場，那些生活必須品，必須經由漫長的山路向外購置後運送入內，或用船自湖中運來，其不便可想而知。

此沿湖北面公路很長，是最理想的觀賞太湖的風景區，後來繞到東面，來到啟園，啟園又名席家花園，因原主席啟蓀而得名。此園建於民國前一年，占地五十餘畝，依山而築，傍湖而立，介乎山水之間，其中水塘約占八畝左右，有小河與太湖相通，遊艇可直達園內。水塘岸邊用太湖石砌假山。園中央有一道二十餘米的長廊，在長廊中間築高牆，將其一分為二，稱為複廊，其作用在于隔景，增加園景的變化和層次。複廊左側是四面廳。塘河上架兩座石橋，過石橋循曲曲灣灣的小道進入假山洞，繞上平台，可飽覽湖光山色。

照旅遊圖上看，還有一處古跡柳毅井，遍找不到，車已回到東山鎮。柳毅是唐人寫的傳奇人物，為洞庭君女兒龍女傳書，得成眷屬，是值得去弔古的，於是再問本地人，據點就在席家花園旁邊，後來找到了，是一口小井，牆壁上有明朝戶部尚書王鏊所題的「龍毅井」，據說附近還有龍女廟和白馬土地廟，相傳柳毅傳書，曾繫白馬於此，太湖邊有一石壁，傳為柳毅叩壁問訊之處。祇是唐人傳奇說是柳毅傳書到洞庭湖，何以會到洞庭東山來，想來也是牽強附會而已。

東山遊罷，時間還早，兩弟說此地與靈岩山和天平山很近，而且也在返回無錫途中，何妨前去玩玩，此兩地我以前都已去過，他們既有此興趣，也就奉陪前往。

到靈岩山去的道路，都是用石片舖成的道路，車行其上，不如柏油路或水泥路那麼平穩。

靈岩山在蘇福公路旁，山寺原來連成一起，後闢公路，才將山寺隔斷，靈岩寺的下院在公路下方，與采香徑相近。靈岩山高度為海拔一百八十二米，上山的路，相當高峻，在山道旁，出售土產和飲料的小販很多。

上山第一個到達的山亭，名繼廬亭，因靈岩寺是印光法師繼廬山之後開發的又一淨土道場，法師又名繼廬行者，故以此命名，以紀念他，亭南石柱刻有對聯云：「大路一條到此齊心向上，好山四面歸來另眼相看」。亭中有小販擺了凳子出售飲料，遊客為了坐木凳休憩，必然買他的飲料，很有生意頭腦。

過繼廬亭上山是御道，用磚砌成人字形，據說是為了康熙、乾隆兩帝南巡，到此遊山時所築。第二個到達的山亭名「迎笑亭」，為什麼叫迎笑亭，有一個故事，原來此亭建成後尚未命名，適逢蘇東坡來遊山，山寺方丈率衆僧在此笑臉相迎，見面後方丈即就地請東坡居士題名，蘇東坡脫口而出取名為迎笑亭。

第三個到達的山亭名落紅亭，因這裡山勢，像象頭的回顧，而此亭猶如象眼，古時有詩句云：「象王回顧落花紅」故名為落紅亭，亭在十字路旁，上、下、左、右，都有山路可通，由于此亭處山坳中，是觀賞落日和晚霞的最佳處，因此「落紅夕照」也是一景。

在落紅亭西面峭壁下，有一石室名觀音洞，據靈岩山志云：「此洞凌空架屋，負石為牆，窗含山翠，門挹湖光，雖以洞名，實儼成精藍焉」。據傳此一石室，即是春秋時吳王夫差囚禁越王勾踐夫婦及范蠡的地方。

過了落紅亭，是百步階，上山的人彎腰喘氣，下山的人步履輕鬆，成強烈的對比。

在山道旁奇石甚多，有的是原始的形象，有些卻經人工改變，有一對鴛鴦石，是平排的二塊巨石，右面一塊，雕鑿如來佛之像，其傍尚有二個小型的侍者，左面一塊，雕刻四個佛像，有坐、有站，另有一個胸前刻四字的偈語，共八句，其中有些已漫滅，看不清楚了。

在百步階的左邊山地上，有一塊形的烏龜如巨石突出，伸頸西望太湖，原名稱為「烏龜望太湖」，後改名為「望佛來」，有遊客指點著在說：「明明是烏龜望太湖，為什麼改名望佛來，那有聽說烏龜會望佛來的，真是莫明其妙。」我們走過去看，果然是烏龜伸頸，維妙維肖。

過烏龜石不久，即到靈岩山寺了。

相傳春秋時，此地是吳王館娃宮，寺即建在館娃宮遺址上，因此寺內頗多吳宮古跡。唐劉禹錫為蘇州刺史，曾咏館娃宮詩，並有序云：「館娃宮在舊郡西南硯石山前，瞰姑蘇台，傍有采香徑，梁天監中，置佛寺，曰靈岩，即故宮也。信為絕境，因賦二章。」詩云：「宮館貯嬌娃，當時意大誇，艷項吳國盡，笑入楚王家。」「月殿移椒壁，天花代舜華，惟餘采香徑，一帶繞山斜。」

靈岩山寺的前山門，建築在山頂二米多高的石台上，進入山門是彌勒閣，亦稱天王殿，穿過天王殿，走上一座石雕小橋，橋下長方形的水池名為硯池，大雨之後，以橋為界，橋東水清，橋西水濁，故又稱清池。過橋就是大雄寶殿了，殿高二十五米，寬二十米，殿前有塔形鐵鼎，殿角懸掛銅風鈴，風吹作鈴聲，殿內和一般佛寺相同，前為釋迦牟尼佛，後為觀音像，兩旁羅漢像，祗是這裡多了文殊、普賢二像，一騎青獅、一騎白象。

大殿外，分東、西兩部分，東面是靈岩塔，西面是山頂花園，亦就是吳宮遺址中古跡最多之處。

靈岩塔是七級八面的磚塔，每個窗洞口，都有一尊石佛像。佛教界的人認為開山的智積禪師，是多寶佛的侍者，故又稱多寶佛塔。塔始建於南朝蕭梁天監二年，以後亦經重建，在明萬曆二十八年遭雷火焚燒三晝夜，將塔上所有木造結構的建築物全部焚燬，剩下空心磚塔，迄今已歷三百八十多年，依然挺立未倒，成為與衆不同的無腰簷外翹的孤直塔。

步入山頂花園，正中一個四丈見方的池塘，名叫玩花池，相傳是吳王專為西施觀賞荷花而開鑿的。據說過去遇旱時，池水也不竭，池中並產純菜。

玩花池西邊，假山洞內有吳王和西施坐憩過的同坐石。從洞內翻上假山平台，吳王與西施賞月之處。假山向北的高台上有一古亭閣，俗稱館娃宮中館娃閣。

花園中央有兩口井，東面圓形的叫吳王井，相傳西施經常對井梳洗，以水為鏡。明代有農民開井時，拾到一支有「敕」字的金釵。以此證實是西施梳妝時不慎落井的遺物。西面的一口井，是六角形，名智積井，當初也是吳王宮井，後失修，由開山禪師智積重新修浚，故以智積為名，此井井水清冽，為寺中飲用水的水源。園北一堆假山之中有一水池名玩月池，水淺時呈彎月形，水滿時呈滿月形。玩月池旁假山上有一亭名長壽亭，相傳為西施梳妝台舊址。出了寺門，我們原想去西邊看響屧廊和琴台的，寺中人勸我們不必去，因為要爬山坡上去，石路又陡，老年人，犯不著走高坡，我們爬山到此已很累了，那裡不去也罷。

下山後，轉到天平山去，也不想上高坡，祇在山腳底下玩玩。先去高義園，是清乾隆皇帝賜額，取杜甫：「辭第輸高義，觀圖憶故人」。的詩意而名，共有四進房屋，依山而築，漸築漸高，有步步升高之意。我們去時剛巧有一隊電影隊在拍外景，以高義園內第一進門屋為背景，佈置成侯王府，上面掛了侯府兩盞紅燈籠，門口及台階上站了穿古代盔甲的武士，主角是位年輕的皇子，我聽他們背台詞，侯爺口稱殿下，不知是何電影，我準備照相，導演說要照快照，等一會拍攝電影時不能有閃光燈的，於是我搶時間和主角及武士等各照了合照，另外拍攝了佈置侯府的全景。旁觀的人男女老少圍成人牆，有警察在維持秩序。

出了高義園，經過翻經台，咒缽庵，去找范墳，是范仲淹的祖墳，先過石牌坊，然後進入墓道，除了有石羊石馬還存在外，其餘都是荒煙蔓草而已。

我們也不想再向上去了，除了向上遠望山景和奇石外，就回來了。此時已夕陽銜山，原車返回無錫。

旅遊至此，已近尾聲，餘下幾天，即在故鄉探幽訪古。

十一、無錫訪古

先去訪明末震動朝野的東林書院，從無錫東門進入蘇家弄，到田基沂附近，即是東林書院。外有兩座石牌樓分題「東林舊跡」及「後學津梁」橫匾，書院門首則懸東林書院匾，入內有麗澤堂、依庸堂及道南祠等。依庸堂即是當年講學的講堂。

東林書院原來是宋時楊時講學所在，楊時號龜山，人稱龜山先生，從學程灝、程頤，及其學成而歸，其師程灝親自送他，並說「吾道南矣」。所以現在教育家都以道南相稱。因此書院有道南祠。

明朝神宗後期，政治腐敗，宦官專政，萬曆二十二年，吏部文選司郎中顧憲成革職還鄉，與其弟允成等，重修東林書院，值左都御史高攀龍；亦因發魏忠賢黨崔呈修之惡，而被去職，遂與顧先後主持東林書院講學，時顧高兩人，直聲動海內，凡不直閹黨的海內人士，群趨東林書院，其人數之衆，學舍至不能容。顧憲成曾云：「官輦轂，志不在君父，官封疆，志不在民生，居水邊林下，志不在世道，君子無取焉」。故在講習之餘，往往諷議朝政，裁量人物，朝士慕其風者，多遙相應和，凡書院內所發議論，各地均傳聞景從，自成一股清流。觀其現在書院內所懸當時講學規則，遍及各省，定時集會，每年集大會二次，每月小會一次，每次各三日，已形成一種議政團體。因此不容於魏忠賢之閹黨，最後遭受封閉命運，凡參加者均稱為東林黨，加以逮捕迫害。一時正人君子，羅網俱盡，後人稱明朝之亡，與此不無關係。

現在書院內懸掛有顧憲成、高攀龍像，並錄有當時講學規則。及東林集會講座畫像，畫像中列明代衣冠者若干人在聆聽顧、高兩人講學。大廳內兩旁玻璃廚內列有顧、高兩人之奏章著作，以及歷代紀念文字。牆壁上亦嵌有紀念性之石碑等。

東林書院與大、小婁巷相近，我們就近去探訪「專設諸」墓，據無錫縣志載「專設諸墓在城中婁巷，今有塔名專諸塔」。縣志上僅云在婁巷，不知究在大婁巷抑小婁巷，反正我們都走一遍就是。專設諸是春秋時人，史記刺客列傳中有詳細記載(稱專諸)，原來伍子胥奔吳，欲假吳師伐楚，為吳公子光所阻，子胥知公子光有殺王僚以自立之意，遂進其好友專諸於光，極受優待，乘王僚派兵伐楚時，國內空虛，公子光與專諸計謀殺王僚，光知王僚喜食炙魚，專諸乃到太湖邊學炙魚手藝三月，又因王僚防範甚嚴，特鍛製小劍能藏魚腹中者，請王僚來吃魚，王僚為防範有異動，自宮中至公子光家列滿衛隊，專諸上菜時全身衣服均搜查過，但漏掉魚中可藏劍，終於將王僚刺殺，專諸亦當時被殺。吳公子光自立，即是吳王闔閭，闔閭稱王後除厚酬專設諸後人外，並為其設墓，即在現在的無錫婁巷內，後人在其墓上建小塔，亦猶僧人涅盤後墓上所蓋的小塔。平劇以此故事演為「魚腸劍」。故此專諸便成家喻戶曉的人物。

我們走遍大、小婁巷，已找不到此古迹遺址，歷史上有此真人實事，而且有驚心動魄演出的古迹，隨他堙沒，實在太可惜了。也許魚腸劍的戲還能千百年的演下去，但此當事人的墓，已找不到了。走出婁巷，向南行去找「高子止水」，所謂高子止水，即高攀龍不屈投水自沈之處。

高攀龍是萬曆十七年進士，在朝因力詆楊應宿而左遷，後遭親喪守制，遂不出居家三十年。熹宗立，起用為光祿丞，天啟年進少卿，又疏劾國戚鄭養性及舊宰相方從哲。

時宦官魏宗賢已擅權，灼手可熱，有御史名崔呈秀，巡按江淮，公然索賄，聲名狼藉，高攀龍摘發其穢狀，呈秀將獲重譴，計無所出，就投奔到魏忠賢門下，作為魏的義子，其事遂為魏所壓下。以後崔仗魏的勢力，想盡方法向高報復，直到削除高的官職勒令還鄉，仍不肯放過，一心要置之於死地，最後在李實劾周起元的疏文内竄入高的名字，激怒皇帝，魏忠賢派東廠緹騎到無錫去拘捕，高聞到消息，早晨先去楊龜山先生祠焚燒文告，回來後與二位門生及胞弟共飲於後園池上，高說：「我視死如歸，今果然矣。」飲畢入内，與夫人語，出二紙給孫兒，說明天可以紙給官方，於是扃戶入内，兒女見其久無聲息，排戶而入，則人已不見，祇有一燈熒然，再入後園，則見高已整衣冠自沉於池内。後來拆開他與孫兒的文紙，乃是遺表，其大要云：「臣雖削奪，舊為大臣，大臣受辱則辱國，謹此向北叩頭，從屈平之遺則。」時年六十五歲，遠近聞之莫不哀傷。

高攀龍的家，在無錫南門上塘，其後園在南校場内，我幼年時，常到南校場去玩，還看到那池塘，面積不大，週圍長滿雜草，已近荒蕪。現在事隔數十年，原住宅已改為第七中學。

我們到了第七中學，告訴門房要去參觀「高子止水」，他指點就在學校範圍内，要我們自己進去，到最後進，可以看到。

現在水池已沒有了，祇保留比井口稍大的一小水塘，四圍用疊石圍起，中間樹有「高子止水」一塊碑，是郭沫若所題。

那時夕陽西下，餘暉斜照在石碑上，反射出燦爛的光芒。回想當年閹黨不可一世，對東林黨人趕盡殺絕，而現在那些迫害人的當權者，早為後人所不齒，反不若被迫害者，其正氣長留天地間，其遺蹟且永垂後世，供人憑弔，孰得孰失，正所謂爭千秋不爭一時也。

兩弟就近要去看我們的舊屋拆除情形，祇見馬路大體已施工完成，我家舊屋已蕩然無存，正在原址興建一座大的建築物，他們兩人帶著懷舊的心情，照了一張紀念相片，留給後代兒女們看看，作為尋根的參考資料。

距我舊家不遠處有希夷道院巷，巷底希夷道院，就是繆斌父親繆建章先生主持的道院，我們幼年時常去玩。據縣誌載：「相傳有丁道固者遇一道士，日暮乞食，患瘡不能行，道固止之數日，因留一丸藥，贈其夫婦而去，將服之，有人言見道士用瘡中膿水為丸，道固唾而投之於火，忽五色煙起空中，見前道士手持一扇，扇有希夷字，道固遂施宅為院以奉之。元朝元貞間，道士孫必聞重修。」因此也是古跡，我們到巷內，也已遍找不見，遇到一位老太太，已八十二歲，坐在門口晒太陽，她問我們找誰，我們告訴了她是找希夷道院，她說已找不到了，道院老早改住人家，你看原來道院大門口兩條石柱還在，而其中間已砌了牆，裝了窗，成為住戶了。她知道我們是老鄰居，於是大談當年往事，以及目睹的變遷，大有白頭宮女話玄宗的味道，有些我們是聞所未聞，也知道了很多滄桑往事。

在此一路閒行中，看到馬路上仍堆滿馬桶的車子在推行，有些人家仍把馬桶放在外面吹乾。大陸有些地方改善不少，但對衛生條件之改進，並無顯著的成績，不僅馬桶依舊未改，即到所遊覽處也尿臭滿天，隨處可嗅到。因為他們蓋的公共廁所都是蹲坑式，也無水沖洗，看來實在噁心，如有朝一日能像國外一般，全部用抽水馬桶，那才能算得上衛生現代化。

另外南門外塔橋下，面對護城河有南禪寺，是南朝蕭梁時代的古寺，洪楊亂時全部被燬，亂平後部份修復，經戰火焚燬之妙光塔成為鳥巢，塔身上並插了好多箭，是以前清軍和太平天國軍隊交戰時射到塔上的，在我們幼年時，常用竹弓箭去射鳥。民國十多年時改建為水泥塔，自護城河及城牆等拆除改馬路後，南禪寺僧舍已全部不見了，祇剩妙光塔仍巍然聳立在市區。

十二、回程

在返美前一天，早晨，堂姪借了一輛車叫司機開車來直接送我們到上海去，由兩位胞弟及二弟的小兒子一同坐車陪我去。我們原計劃是估計車行約三個多小時可到上海，那時還不到十一點，有時間去流覽上海豫園、城隍廟、和玉佛寺。

車行後，朝蘇州方向，走崑山到上海，這是一條最好的公路，路徑也直，可惜走到半路被攔住了，因為前面有工程，所以車輛要改道，無可奈何，再倒回頭走吳江、青浦線到上海，此路不是直線，是曲線平空增加了不少路程，在途中又遇到修路，換轉小路等，停了無數次。吳江也在太湖邊上，風景很優美，有好多時車子都在水邊行駛，吳江有一處名勝地，名叫垂虹橋，在松陵鎮，宋時有名詞人姜白石詣其友人范石湖處，別時范以使女小紅贈之，其夕大雪，過垂虹橋賦詩云：「自琢新詞韻最嬌，小紅低唱我吹簫，曲終過盡松陵路，回首煙波十四橋。」名人雅事，為詞林嘉話，此次過吳江，曾想順道往訪，後因時間太偪促而未能去，亦憾事也。

車到青浦，馬路平坦，自此直駛上海，再無波折，然經此換車道等等，到上海時已下午二點多了，車行計六小時，遠出我們預計之外。先到金沙江大酒店，放下行李，然後到朱君家，因我們上次在上海時已與其早有約定，在返美前，定必到他家辭行。朱君已準備好南翔的小籠包子，上午他特地去買回來的。美國有些餐館，以南翔小籠包號召，其味究竟不及正統的手藝為好，我們吃得也很滿意。

朱君告訴我們豫園四點關門，城隍廟六點關門，我們趕緊去，到城隍廟已四點三刻了，豫園和城隍廟是連在一起的，豫園的門房通融我們進去流覽一番，豫園以九曲橋、玉玲瓏、春在堂最為出名，九曲橋與荷花池是豫園的中心，玉玲瓏乃是一座玲瓏透剔的假山石，春在堂乃是太平天國時，上海小刀會起義的指揮所，匆匆忙忙，打一轉而已。到城隍廟時，什麼也沒有看到，祇見到兩只石獅子，附近的商店到是很多。在城隍廟一家餐館裡吃飯，吃到了一個特別菜，名叫浙江猴頭，並非是真的猴頭，而是一種菌類，其形似猴頭，此菌生長得很奇怪，植根在樹幹上，如找到一只猴頭，在其附近各樹間，必定對應生長同樣的一顆，百試不爽，是此菌的特性，以前有人寫東北三寶和東北山珍，曾提到猴頭是山珍之一，我寫信給二弟，請他在東北代購，他這次從東北來，帶來一包猴頭，他說是託林場裡的人找來的，我還未燒來吃，而現在卻先吃到浙江猴頭了。

是晚我和兩弟住金沙江大酒店，堂姪和司機在外另找旅館，我們每天房金是美金五十元，合黑市人民幣四百元，他們兩人住的旅館每人僅六元人民幣而已，相差如此之多，真是想像不到。

十一月十一日，早晨去金沙江大酒店附近的「長風餐館」吃早點。那家做的小籠湯包，比揚州和南翔所做的還好，是此次所吃過最好的一種點心，皮薄水多，味腴肉酥。上海沒有什麼地方值得留念的，祇是這一餐早點，卻回味無窮。

到機場繳了二十元外匯券作為機場費，此外別無費用，行李也未檢查，飛機準時於十二點二十分起飛。

飛機到洛杉磯機場時，祇七點多，那時海關的人尚未上班，在機上等到八點多才下機。

我在洛杉磯啟程時，原已與泛美旅行社講好，由他派人來接機，接機費也已先付了。我在機場等了好久，和旅行社通了兩次電話，共等待了兩個鐘頭，未見接機人來，不得已，祇好自己叫計程車回家，多花了五十五塊錢車費。

十三、後記

這次旅遊所見，與三年前頗有不同，現在大陸一窩風的向錢看齊，年輕人根本沒有人談論政治，那些八股口號，也聽不到了。無論機關、工廠、學校，祇要有餘屋可供利用，必設招待所，對外開放，其實，就是連吃帶住的旅館，為本團體生利。各旅遊點，必收門票，即使像揚州文峰塔那樣一座孤塔也要收門票，又如西園除了進門買門票外，到羅漢堂參觀要另外買門票。

其次，民間的虛榮心很重，尤其在農村，自從台胞能帶進三大件五小件以後，農村婚嫁都要有此進口的家電用品，東家比西家，每逢嫁娶，互相比較，有些與實際生活脫節，例如東北天氣冷，根本無須冰箱的，而現在卻千方百計買一只電冰箱放在新房裡，作為向親友炫耀之用。

老一輩的人，普遍像驚弓之鳥，有時問到那些吃過苦的人，要他談談當年受苦情形，大都顧左右而言他，因為他們已受了很多教訓，不希望再蹈覆轍，生怕說漏了嘴，有朝一天毛澤東時代再來，那就吃不消了。他們往往說，過去的事，算了，幹嗎再去提這些不愉快事，就把問話回絕了。

凡是旅遊有關的風景區和賓館等，政府都不惜花錢求其精美，目的在賺取外匯，外國人來觀光，其費用與民間消費相比，其差別，不可以道理計。

衛生方面，進步緩慢，秋冬之季，還是蒼蠅滿天飛，民間各處飯館，無論桌椅，以及用餐的碗筷等，都不求整潔，很少用紙以供旅客擦碗筷，其所用抹布，大都是又油又黑，看上去髒得使人吃不下飯，尤其廁所，現在到處嗅得到尿臭，到熱天更是不問可知。

服務人員態度，承襲大鍋飯時遺風，依舊沒有改進，或是傲慢或懶惰，其心理上好像他們給雇客恩惠似的，完全不懂服務顧客的道理。而且很多不守上班時間，也無人督導糾正。

有權的人，以權弄私，上海新民晚報，常有此種新聞揭發，有一天我看到報載，廣東電視台，公開調查政府單位主管私人的消費情形，有一位退休的高幹和現任的副廳長級人員，家中所用電話，由公家開銷，一家是一年達三千多元，一家是一萬多元。大陸住房緊張，據說有權的人不僅自己住了大房子，連兒子、孫子要的住屋，都已準備好了。所以大陸流行一句口號說：「有權不用，過期作廢」。那些肯講敢講實話的報紙，大家喜歡看，有些報喜不報憂的報紙，大家稱他為馬屁報。至於那些政治性的報紙，很少有人去買來看。

大陸當然也有其進步之處，如公路建設，路面平坦，行道樹夾道，很美，鐵路建設上海和無錫新蓋車站，都是第一流的。都市擴建也都盡全力。像揚州、無錫等都市，其建設是值得稱道的，但有些都市，卻不敢恭維，像上海市毫無進步，鎮江市比以前還要退步。各種工廠設了很多，祇是小型的比較多。

大陸上食、衣、住、行，都很便宜，現在雖說通貨膨脹，比國外還是低得太多，例如所住房屋，都是公衆的，普通二個卧房的房屋，一個月租金僅十多元，一個房間的祇幾塊人民幣，公共汽車短程的車票祇五分錢。旅館每人每天花六元錢就可住一夜。我們在外五六個人，在飯店裡吃飯，每次點了六七樣菜，算下帳來，都不超過三十元。合黑市美金祇四元錢。

農村裡仍然用勞力，不要說農業機械了，就是耕牛也少見，我們所看到的有頗多婦女在田間工作

都市裡，人多，腳踏車多，每逢上下班時，路上腳踏車之多，各處都一樣，以前我在台灣各加工區，看到工人們上下班騎了腳踏車，如潮水一樣的向前推進，已嘆為觀止，但如與大陸相比，還是瞠乎其後。在車陣行進時，別想穿過馬路。馬路上也有紅綠燈，也有斑馬線，其奈無人遵守，其交通之亂，與台北也不相上下。

大陸所用紙張，其標準太低，報紙都是粗粗黃黃的，字又小，印得不清，看一份報，真吃力。家裡所用的衛生紙，像以前焚燒用的紙錢一樣，又粗糙，帶黃黑色，紙張不成捲，而是成片的，每次用一片。在大陸近二十天，沒有看到過一張白報紙或道林紙等，銅版紙更是甭提了。

各地著名的土產和菜館，都變了質，我們在蘇州買的酥糖，簡直不能入口，他們還表明這是著名的土產呢！江南各地，魚蝦特別便宜，農村裡養的土雞，市場裡到處有售，此種土雞在台灣已是吃不到，美國更是沒有。在國外吃不到的鰣魚，他們叫長魚，到處有售，很便宜，我在家中大吃土雞，出外到菜館，每餐必點長魚吃，另有一種爆魚，是用小魚爆的頗有脆鱔味，至於那些出名的菜，燒法已失傳，大都名不符實，常熟做叫化雞出名，二弟的女婿特地請他們做了一只送我吃，我祗吃了少許就不吃了，比美國各燒腊店的烤鴨和鹽水雞等的味道還差。

新華書店裡擺滿了各種武俠小說，和台灣作家如瓊瑤等的小說，高水準的書不多。國內各地書局，流行出版古籍，有復古的趨勢。

大陸水污染的問題，非常嚴重，我們從鎮江到常州，是沿運河走的，運河裡的水，簡直像泥漿，又紆淺。長江裡的水，也幾乎為黃河，無錫市自來水是引用太湖水的，喝來全無清冽的感覺。無錫城外的運河，有各工廠排出的廢水，水色變成黑褐色，以前那種清波盪漾，水鄉特色，完全消失了。

另外有一個無法解決的大問題，是老年退休人員負擔的問題，大陸因為人多，工作位置不夠，鼓勵老年人退休，到退休年齡而退的領月退休金，有些尚不到退休年齡，自願先退的名為離休人員，其按月所領退休金，比真正退休人員還高，其目的是鼓勵自退，可讓年輕人接位，現在各單位負擔此筆費用，已到不勝負荷的地步，每一位退休人，必須由兩個現職人員工作的贏餘來負擔，如此一來，各單位現職人員的薪水永遠無法調整，所以想些怪招弄錢，上級機關明知其不合法，也祇能閉一只眼不管他，讓各機關自行解決困難。可是老年人愈來愈多，而且健康長壽，此包袱祇有年年加重。

大陸上對於休閒活動很注意，有所謂「文化宮」、「少年宮」、「兒童遊樂宮」等，其規模都很大，讓老年人、少年人、兒童等有一個休閒娛樂的去處，現在對打麻將開放了，老年人更多一項娛樂，因為有些人年齡未到先退，身體都還很壯健，又有固定收入，所以遊山玩水的人也特別多，增加了交通旅客的負擔，飛機票、火車票不容易買到，與此也不無關係。

鹽湖城與摩門教

在台灣時，偶爾在報章上看到摩門教的名字，還以為是婆羅門群島土人崇拜的宗教呢？又聽說美國猶他州有一處鹽湖城，由於台灣西海岸，沿海一帶那些鹽分地，風沙遍地，土地都帶鹹味，植物不易生長，景色一片荒涼，想像中既然靠近鹽湖，一定也是沙磧鹹土，草木不生的荒地，到了美國之後，才知道此兩種想法，都是大謬不然。

摩門教是基督教中的一派，是耶穌基督末世聖徒教會的教友，信奉摩門經，是美國最富有的宗教集團，而鹽湖城卻是一個美麗而清潔的城市。猶他州靠近鹽湖一帶的山道，是由摩門教徒首先開發的，自然在此地定居而發展，此種歷史上的原因，造成猶他州、鹽湖城與摩門教有密切的、不可分的關係，美國別州的人，都稱猶他州為摩門州，鹽湖城為摩門城。

此宗教聖地，好比天主教的梵蒂岡，猶太教的耶路薩冷，回教的麥加，據統計，每年到摩門教總部聖殿廣場去參觀的在二百五十萬人以上，實在是值得遊覽的地方。

我們從懷俄明州乘汽車長途跋涉，在傍晚七點左右到鹽湖城，在中國餐館吃晚飯，店名是China Vallage，味道當然不能和台灣比，較之舊金山、洛山磯中國餐館也差得多，衹是在此地，已經是不錯的了。顧客中以老美為多，中國客人很少，餐畢店裡的老美經理，特地到中國顧客前面來打招呼，他說鹽湖城和基隆市結為姊妹市，所以對台灣來的，以及其他各地來的中國人，都特別表示歡迎，並請顧客對他們店裡燒的中國菜加以批評和指教，我們當然禮貌上的稱讚一番，看上去他很感到有光彩。

住在 Pamada Inn 旅館，是美國各地的聯鎖店，也還夠水準。

第二天上午，先去看大鹽湖，是美國內陸最大的鹹水湖，含鹽量從一四％到一七％，比海水鹹，在世界上屬於含鹽量最高的第二位，僅次於死海。美國的鹽，很多是從此處運銷各地的。車行約半小時，到了湖邊，中途經過之處，有水泥廠，採山石製水泥，山裡面還有大的銅礦。

湖邊是泥沙一大片，中間又下了小雨，地上滑溜，走過沙地到水邊，有好大一段路，所以遊客很多望湖興嘆，祇是遠遠的眺望而已，湖面雖然廣闊，風景卻並不美，沙地上小蟲成群結隊，繞著人身轉，驅之又來，很討厭。當地正在興建一座大的建築物，不知是教堂還是遊樂場，屋頂有葫蘆形的尖頂，氣派很堂皇。

從湖邊回到鹽湖城，此城連同郊區，居民有八十五萬人，在美國講，也是一個大城市，市容很整齊，街道平直，很少彎曲，高大的建築物很多，著名的是州議會，包括最高法院，及其他政府機構，如州政府等，其次是摩門教總部的聖堂。

州議會是仿照聯邦國會建築的，祇是屋頂部分顏色不同，房屋內部用大理石建築，地和柱都是大理石，門口的大理石是用本州產品，其他都是外地運來的。

議會大廈外面人行道兩邊，種滿花卉，有專門園丁在施肥，門口大理石階側面外塑有一對獅子，形狀威猛，大概出於藝術家之手。

進門後走入圓形大廳，大廳圓頂上繪有來此地開荒的摩門教徒胼手胝足，辛苦經營的各種情形，是聘請有名的藝術家精心繪製的，從兩側台階上步上二樓，二樓有一面懸掛自由鐘，是仿照費城自由鐘複製品，鐘的大小，和其上面的裂縫，完全一樣，走廊上排列了好多銅像，其中有一位是率領一百多位摩門教徒首先來開荒的楊百翰 Bricham Young，現在在猶他州的普羅伏市摩門教還辦有楊百翰大學，有二萬四千多名學生。另一位是美國國會通過一夫一妻制後，派來改正摩門教徒一夫多妻制，改為一妻制，是一件大事，這位將軍處理得法，未肇事端，現在摩門教徒已遵守政府法令，實行一夫一妻制了。還有其他銅像，大都是對猶他州有功而留名後世的。

在二樓接待室裡，有職員帶我們到國際貴賓接待室去參觀，介紹該室的特點，稱該室為金寶室，所有室內裝飾品上的金色，都是用真的K金裝上去的，有十三K金，有十四K金，並非是一般所見的鍍金或刷金粉之類。屋中四面掛有四盞水晶燈，每只燈是用一整塊水晶構成，是法國所捐贈，中間有一張大長方桌，整塊桌面很寬，桌腿也很粗，是挑選最大的大樹，整塊的由法國藝術家雕刻而成，所以看上去是一個整體，四圍沙發由英國和義大利等國所捐贈，還有許多世界各國的捐贈，都很名貴，在一九一六年完成建築時，此寶室價值達六百五十萬美，此幣值和現在不能相比，在當時已是天文數字了，因為捐贈的物品世界各國都有，所以也稱之為國際室。議會大廈自一九一五年開始動工到一九一六年完成，祇花了十五個月。

在市區，有條街道口，有穹條形的懸空建築物，橫越街道而過，上面雕刻了海鷗的雕像，摩門教總部廣場的禮拜堂外面，也刻有一對海鷗，猶他州以海鷗為州徽，據說當初楊百翰率領信徒來此開荒，非常艱苦，有一年，下了種子，在植物生長期間，飛來滿天蝗蟲，楊向天主禱告，希望上天見憐，驅逐此害蟲，以維護信徒的生命，不久飛來大批海鷗，啄食蝗蟲，教徒們得救不致餓死，為了感謝天主和海鷗，所以定為州徽。

離開議會大廈到摩門教總部去，有一處神殿，必須是教徒才能進入，內有圖書室，藏有全世界最多的宗教書籍，凡是全世界摩門教徒的名冊及資料，以及教徒在神殿舉行結婚的紀錄，都有保存，現在全世界有三百多萬教徒，各處建立神殿有四十座，台灣也有一座，正在建築中。摩門教規定，教徒要以其收入十分之一捐獻給教會，凡教會執事，都是義務職，所以基金已積存巨大的數字，比其他教會為富有，猶他州居民有百分之七十登記為摩門教徒，鹽湖城居民也有百分之六十登記為摩門教徒，每年世界各地的主事者，必來此集會一次。

我們不能進入神殿，祇從外面觀看，有教徒們率領我們去另一教堂，聽宣教並鳴奏管風琴，此座管風琴由一萬四千支風管組成，大約是世界上最巨大管風琴。

出了教堂到另一處建築物，是摩門教聖殿廣場的觀光中心，內部用壁畫繪出耶穌聖經上的各種故事，房屋共有三層，有一間放映室專門放映教徒為人服務的幻燈片。上樓下樓不是走樓梯，而是用迴旋形的走道，向上延伸，上舖厚地毯，走路無聲，有幾處都在講道，肅穆安靜，有一座白色大理基督雕像，背境襯的是地球、月亮和星星的天空，是丹麥著名雕刻家 Thorvaldsen 的作品。

廣場中心的花圃，佈置得花團錦簇，花卉種類既多，又開得茂盛，在廣場招呼遊客的教徒，都彬彬有禮，摩門教的能發揚光大，確有其成功的一套。

黃石公園

小時候在大陸故鄉學校裡讀世界地理，就知道美國有一個天然奇景的黃石公園，以後在台灣，也有人到美國旅遊回來，盛讚黃石公園的偉大，老早就有前往一遊的願望，到了美國以後，旅遊事業非常發達，到名勝處旅遊，旅行社都派有專人導遊。所以前往遊覽非常方便。

我在七月間聯合了幾位同好，前往作數日遊。

先一天，我們住在猶他州的歐典縣 Ogden，早晨八點半出發，沿路時陰時晴，變化莫測，因為雲層在擴散或集攏，大家很擔心，怕下雨，幸而後來轉晴了，十二點十分進入愛達荷州邊境，停在小鎮上，吃了午餐，午後三點抵達黃石公園西區入口處，公園面積太大，有東、南、西、北、和東北五個入口處，我們是從西區進入，在公園外圍有很多旅館。

黃石公園，主要地區是屬於懷俄明州，有一小都份屬愛達荷州，有小部份則屬蒙大拿州，所以地跨三州，是美國人在一八〇七年十一月首先發現，到一八七二年三月一日，美國總統批准成立為美國第一個國家公園，面積有三四七二平方英哩，(合二百二十一萬九千八百二十三英畝)，東西寬五十四哩，南北長六十二哩，海拔最高處有八千英呎，是一個高原地帶的台地，甚少加以人工雕琢，仍然保持天然景色，有高山、大湖、瀑布、溫泉、噴泉、峽谷、溪河、野生動物等，真是多元化的遊樂場所。

進入公園後是一處樹林區，都是杉木，深、廣、叢密，車道在樹林中蜿蜒行駛，和台灣溪頭相比，面積固然不成比例，但溪頭的杉林，都是多年老樹，而此地樹齡看上去都不高，是否因為斬伐後重栽的關係，不得而知，路邊有積雪未溶，導遊說，每年祇開放三個半月，從六月起到九月半，以後就不開放了。

沿路也有淙淙的溪流，水勢並不急，有人站在溪中釣魚，偶而也有野生動物出現，常見的是鹿、牛、羊、松鼠等小動物，據說還有大熊，但不常出現，每逢冬天，大雪封山，肉食動物找不到食物，政府還派飛機投下牛肉供他們食用，照顧得很週到。山坡上時見有蒸氣上冒，有大有小，原來是地熱外洩，溫泉更是到處都有，導遊特別提請大家注意，有些泉溫度很高，不要用水去摸，否則會燙傷，噴泉的水不能喝，有毒，有些危險地區，用木板舖成走道，那祇好從木板上走，不要稱好漢到木板外去行走。

我們住在 Canyon 區域家庭式的住宅旅館，每幢房子一二三家，共分三個大區域，我們那裡是 P 區的一部份，有八十四個房間，每間住二人，其餘 A、B、C……等區房間還很多，住屋要事先預定，臨時是無法租得到住處的，房間裡佈置還不錯，晚上開暖氣，旅館裡並有勸告旅客的佈告，告訴旅客晚上外面天氣太冷，不要在外面逗留一小時以上，以策安全。房租連稅金，每天五十元。

從旅館到公園服務中心有四分之一英哩距離，中間有公園自備的公共汽車，隨時行駛，祇要等在路邊，招招手，就停下來搭客，不收費。司機是臨時打工的學生，旅客們有時給些小費。

第一天下午時間，是看瀑布，先到下瀑布去看，那是瀑布的下面一段，高山環列，峽谷深奧，山風冷冷，水聲轟轟，深得山水之奇，瀑布下降的差度，有三百〇八呎，據導遊說，黃君璧先生在此居住了幾十天，繪了一幅下瀑布圖，賣了五萬美金，不知是否正確。看過下瀑布再轉到上瀑布，上瀑布的落差也有一百〇九英呎，要下車步行上台階去看，外國同伴也互相照相，大都帶了照相機，獵取此自然景色，我們同伴也互相照相，最後走到低瀑布邊緣去看，要十分鐘路程，水勢洶湧，翻翻滾滾而來，日夜不停的奔騰而去，記得論語子罕篇孔子在川上曾講過「遊者如斯夫，不舍晝夜」身臨其景，自然會生出這種感想。

低瀑布景色之宏偉，比遠處看又是一種味道，在偉大的大自然奇景下，人們自然會覺得個人的渺小，但也可由此開曠心胸，大體上形容，上瀑布秀，下瀑布奇，低瀑布雄偉。

第二天，全天遊園，八點從 Canyon 出發遊黃石湖，Ycllowstons Lake，黃石湖有二十英哩長十四英哩寬，水最深處達到三百英呎，海拔在七七三三英呎，現時水的溫度是華氏三十五度。

遊湖船預定九點半開駛，我們開車去，路途相當遠，沿湖邊路行駛了一個多鐘頭，在 Bridge bay 碼頭上船，那裡是一個避風港，據船上美國導遊講，原來遊湖船集中處在湖的另一面，因為受暴風雨侵襲受了損傷，所以才找了這湖邊灣區，是一個天然的避風港，遊艇有大有小，我們坐的是大船，可坐五十多人，船上服務人員，都是暑期打工的學生，因為黃石公園祇在暑期開放三個半月，平常無旅客，所有各商店以及服務中心的人員也都是臨時湊合的。湖水太冷，常年結冰，導遊告訴我們，湖中到暑期六月二十七日才開始有一部份解凍，到現在才算全部解凍，冰層厚度大約從三十到四十英呎，我們看著那碧波粼粼，真想像不到沒有好久以前還是一片堅冰呢。

船乘風破波前進，偶而看到有旅客自行操縱的中小型船，在湖中往來，太陽很好，視界清楚，湖邊公路外，都是杉木林，湖中有島，島上面也叢生樹木，導遊說，有些小島，在一百年以前是沒有的，以後經暴風雨的吹打，把泥沙斷木堆集在一起，年深月久，才形成陸地，湖四週山上都有積雪，白色愷愷，有些部份已溶化了，船遊湖中，導遊指著對面山上有一處白色的空地，遠看也並不太大，他說原來那裡也是林木，有一年野火燒山，燒了幾個月才撲滅，那邊白色地區的樹林就是那次燒掉的，現在新的樹林還沒有成長，所以看起來與別處不同一點。湖中有二十三種鳥類，其中有一種鳥是專吃蚊子的，對人類很有幫助。船行駛途中遇到可以攝影處，大家都照了相片，遊湖共一小時，其實僅在湖的北端轉了一圈而已。湖上風大而冷，好似寒冬。

離開湖邊，再坐車到老忠實噴泉去 old faithful，車行一點十分，在十一點四十分到達，天氣雖冷，好在是大晴天，在陽光照晒下，神清氣爽，老忠實噴泉地區，遊客很多，大約有幾千人，大家遠遠地圍著噴泉口，等待泉水噴出來，噴泉區面積廣大，噴泉口在中央，旁邊還有幾處小型出氣孔，蒸氣時時上冒，老忠實噴泉在不噴時，也常常冒出水蒸氣來，原來說是十二點〇三分噴氣，我們坐在看台上，(四圍除了靠山一面外，都有木凳子二排，看上去半圓型的木凳陣，有幾里路長)那時看台上坐滿了人，外圍站的人也很多，有些手持照相機，對準了噴泉口，想捕捉此升天一衝的盛景，到十二點二十分，才正式噴氣，在此以前，有少許沸水，像燒開了水壺的水，向上沖冒，到正式噴沖時，一次比一次沖高，據統計，最高的噴射高度可到一百八十英呎，普通也常在一百三十呎以上，每噴一次，包含有一萬多加侖的水，水和氣噴到了頂點，慢慢的低下來，從開始到結束，大約在四五分鐘之間，以後要再等一個鐘頭以後再重新噴起來，終年如此，所以稱為老忠實噴泉。這個噴泉，是黃石公園最出名的奇景，據說其形成的原因，是此處地殼底下的岩漿，距離地球表面近，地殼石頭之間的裂縫很深，所有雨水和溶化的雪水，在地下層形成了巨大的水庫，受地下層熱度的蒸烤，到達一定時間，就會成為沸滾的水和蒸氣，於是好像燒開水，衝開壺蓋一樣向上宣洩，等到那次熱量宣洩完，沖出的熱水由冷水流進去補充，然後再到一定時間又煮沸了，再度的噴出來，為此週而後始，自成一定的週天。

看完噴泉，在附近自助餐店吃午飯，此間商店營業時間短，所以物價比平地上貴得多。

午後一點半，開車向北行，到北門進口處黃石公園管理總部附近，去看鈣化山岩和高山溫泉mamoth hot springs，從停車車道旁上去要爬山，道路全部用木板斜舖向上，走了一段，有一處平台供人歇腳，然後又向上去，因為太陡了，走了一半不想再上去，可是遊伴們興緻很高，不得已鼓勇再向上行，到了頂上，放眼一看，非常出色，山岩是乳白色、黃色、赭色等相間的岩石，層層堆積，此山岩原在海底是由水中礦物質沉澱，經歷了無數萬年，形成一層一層不同的水成岩，再經地殼變動，升到高山處，在每層岩石中間，仍有水在滴流下來，形狀也很奇突，既像一層的樓閣，又像疊起來的台階，照了幾張相片，就慢慢的走下來了。

在管理總部門口，有一段樹木，已成為石質，可是木材的年輪還清晰可見，是千萬年以前，為泥漿所掩蓋的樹木，形成化石，經現代人發掘出來，供人觀賞，左看右看，完全是一段石頭，根本看不出木材的本質了。

回途又到羅斯福區，看遊客租馬，編成馬隊出遊。再經過一處斷層山崖，在車道對面山上，山頂並排豎立了無數石柱，據說是玄武岩的岩漿，遇冷收縮後形成四角或八角形的柱子，彼此靠在一起，遠望好像人造的木柵，想起以前綠林好漢，落草後在山上結營立寨，大約亦是此類形式，石層以下夾著一層泥土層，又是一層岩石，再是一層泥土，交替重疊，山崖下面很深，路邊植了幾塊木牌，警告遊人是危險地區，不要站到山崖邊拍照，此種斷層山岩，也是天地間一奇景。

五點多，回到旅館，今天早晨八點出發，晚上五點多回宿舍，共行駛了一百零五英哩。

第三天，早晨八點離開旅館出發向南行駛，再度經過老忠實噴泉，一路沿著黃石湖行駛，如整個的繞黃石湖一圈，要一百一十英哩，我們所經僅靠近西北邊的一部份而已。到溫泉區去，地點在West thumb附近，所謂間歇溫泉潭，是無數的溫泉孔，由於泥層顏色不同，所以溫泉的水色也不同，有黃的、乳白的、藍色的等等，有一個溫泉，不冒水，祇是有氣泡，不時發出像水開了時的谷地響，從路邊進入大約半里路的樣子，就到潭邊，看得見潭中央有二個溫泉孔，好像在冒水，其實溫泉雖多，也無甚可觀，都是些石泥水孔而已，孔上都在冒煙，因為導遊事先關照，所以也無人去摸水的溫度，

九點半繼續開車向南行，出黃石公園南門，當地海拔是六六〇〇英呎，我們停的時間不多，到達grand teton national park，湖，對面有幾座山峰，併列在一起，最高的有一萬三千多英呎，其次一萬二千多，再其次一萬一千多英呎，路邊豎立一個牌子，上面畫有山峰簡圖，並標明山名及其高度，遊客很多在此處停下來，欣賞湖光山色，過了大頓湖，到達傑克遜鎮，黃石公園之旅，就到此結束了。

大峽谷

大峽谷 Grand Canyon 是世界聞名的美國奇景，地處美國西南部的亞利桑那州，已闢為國家公園，原來是高山，因地殼變動，在遠古千百萬年前，經洪水衝擊而成峽谷，全長有二百十七英哩，峽谷底層的中間，是科羅拉多河，將峽谷分割為兩面，峽間寬度是四到十八英哩，岩山作層次狀，遊覽者是從上俯視下面，和另一國家公園的錫安國家公園的山岩不同，那是從下向上看的，峽谷南部比較低，大約海拔二千二百公尺，北部比較高，大約二千四百公尺，遊大峽谷最夠刺激的是在科羅拉河坐皮筏，沿著峽谷，從北到南，一路隨水沖激而下，沿途險灘、暗礁、激流既多且險，非有過人體力和冒險犯難的精神是不敢輕易嚐試的。

美國人常說：「大峽谷是人生中必遊的風景區。」尤其年輕美國人，都喜歡水途旅遊，旅程大約需一個星期。有些人搭乘飛機遊覽，可以俯瞰全境，大約一天時間就夠了。我們外來的遊客，多半採陸上旅遊方式，到峽谷南端或北端，特設的觀察點，去觀賞奇景，南端有十個觀察點，終年開放，北端靠近猶他州，由於氣候關係，冬天關閉，所以一般遊客都到南端去，氣候適宜，觀察點多，交通又方便。

我們因為在猶他州南下，時間又是夏季，所以就近去北端遊覽，南下車輛，過了猶他州，進入亞利桑那州，因時差的關係，時鐘要撥慢一小時，一路循六十七號公路前進到了峽谷口，已看到峽谷遠景，車行到 north rim，公路已是終點，已經無路可通了，下車後，沒有好多路，進入觀察點的門，門內首先接觸到的是一間大廳，三面都是一排玻璃窗，窗外嵯峨的山勢，映入眼簾，窗旁放了許多坐椅，讓遊客先坐下來隔窗領略欣賞山景，有些傷殘的人以及不願意走路深入的人，在此流覽，也可達到觀賞的目的。

走出大廳，從旁循石級而下，分左右兩面，左面路走1/4英哩到終點，右面的走一英哩半，雄偉壯觀的山勢，兩邊是差不多的，我們是走的左面，山路很窄小，而且滿是砂石塊，天如下雨，路面就很滑，好在那時天晴，仍是小心翼翼的慢慢走，山路成波狀，時高時低，路中有二處供遊客登臨的觀察台，都是在突出的懸崖頂上建造鐵欄干，小小一塊立足點，遊客可以憑欄干俯視，也可利用此突出的地形照相。

在初看峽谷時，祇見一望無際的火黃色疊層岩石，兩邊看得出是分開的，就是看不到岩山底下的河道，到鐵欄干旁俯視時，深不見底，山風吹來，衣衫飄飄，真是有振衣千仞崗之勢，雖有欄干保護不虞墮入深谷，心理上仍是慄慄危懼。樹木不太多，偶而有些山花古木點綴其間，遊客有來的，有去的，途中相遇，大家都和善的點頭微笑或講幾句口頭招呼語，很多老美帶了妻子兒女同遊。

到達終點，也是一處懸岩，四圍都是鐵欄干，到此看峽谷，眼界更寬，照相機祇能拍攝一部份，非實地欣賞，難以想像得到此偉大的奇觀，使人想起開天闢地的情況，人力無論如何偉大，還是難與自然爭勝。

此峽谷高、遠、深、雄偉，是夠了，可惜不秀，大約像紅土一般，缺少綠色樹木的緣故，山色多變，隨著太陽光照射的時間不同，而產生出紅、紫、黃、綠等等不同的五彩幻象，這從拍攝照相的彩色照片上也可看得出來。

遊客最感興趣的是選取鏡頭，照相留存，照相不能看出峽谷的高度深度，和寬度，這是一個缺點，有一位台灣來的年輕朋友教我照相的技術，他說拿穩了照相機，連續自左至右拍十多張照片，將來可以拼湊出一張整圖，我想不錯，就照他的指示做了，以後洗出照片，果然不錯，至少有好長一段的山崖銜接圖。

美國孩子膽子大，常常爬到險峻的岩石上去玩，他們父母也鼓勵他做這些冒險的舉動，有一個孩子爬上了終點站附近的疊岩，向下向父母打招呼，我也搶拍了一個鏡頭。

回到分岔處，原想再到右面去的，一方面是來來去去山路走得太累，而路又遠，其次經實地觀察峽谷奇景都差不多的，所以沒有再去。

據導遊說，南峽谷雖有十個觀察點，可是峽谷山勢大同小異，很多遊客沒有走完全程，就吵著要回程，此是他的經驗談，依我們看來也是如此。

離開峽谷走八十九號公路轉十五號公路，進入內華達州了。

聖地牙哥海洋世界及動物園

聖他牙哥，是南加州靠近墨西哥邊境的最大城市，也是美國海軍基地，因為地處太平洋邊，氣候比洛杉磯涼爽，空氣也清新，風景宜人，可玩的地方很多，而以海洋世界遊樂場以及動物園最為出名，我們分兩次前往遊覽的。

第一次去玩海洋世界，循五號高速公路向南行駛，沿路經過農業區、輕工業區、飛機廠、核子發電廠和軍事區等，在聖克里門海邊，遠遠看到尼克遜的白屋。

海洋世界 sen world，大門是船形的抽象建築，有高高的桅杆，掛著美國國旗，象徵是船形的主桅。購了門票入門，進門後是一座小橋，兩邊水蕩，一面養著三色鸚鵡，另一面養的是紅色羽色的鷺鷀，有服務員分送遊覽傳單，列明遊覽項目有六個觀賞節目，三個遊覽場所，另外一個兒童遊樂場。

我們研究了地形，配合了時間，先遊第三區的噴水舞廳，該廳沒有什麼特別引起注目的設備，衹是在空大的屋子中間有一排長長的水池，池內並無水，卻有許多帶孔的鐵管，節目名稱是「燦爛火花水的幻想曲」，象徵著春、夏、秋、冬四季，聖誕、新年等等，以噴水高低、形態，以及燈光、色彩、音樂等，配合調和造成一種印象引起人們的想像力，例如春天、有雷聲，然後大雨，而後噴出帶綠色的水，像草地、像花木，象徵著百花回春，草木繁茂，音樂也多溫和婉轉，使人如沐春風，夏天噴的是夏威夷草裙舞，有幾支水柱，很像人形在跳舞，有伸腿扭腰等動作，秋天表演狂風掃落葉，最妙的是形容冬天的雪景。燈光映著噴水像是片片雪花漫天飛舞，另一處噴水，又好像人們冷得寒顫發抖一樣，聖誕節時，用聖誕鈴聲，噴出粗大的人形，像聖誕老人，新年節目，五彩繽紛，熱鬧非凡，據說噴水的大、小、高、低、左、右、彎曲，燈光的色彩以及音樂的高低、強弱，都是預先計算好，用電腦控制的。大約表演半個小時完畢，我們看完，好像已經歷了一年的景物。

第四區是海豚和海豹表演，是在露天表演的，看台面對水池，背著太陽，不十分熱，有海豚頂皮球，投擲高空，落下來的仍接著頂起，兩隻海豚同時表演，看似笨拙，動作卻很靈活，由台上慢慢爬到頂樓，躍入水中，翻身跳高，以鼻子觸及高懸的球竿等，海豚表演完了，退出水池，海豹繼續入場，有一幕，他用鼻子噴水，噴到前座一排人的身上，博得觀衆的一笑，另外有海貍拖車在台上打轉等節目穿插期間，也很熱鬧，大約一趟節目，也是半小時。

第五區是鯨魚表演，全天只表演四場，沒有到表演時間，觀衆只好等待，該區水池非常大，觀衆座位也很高，太陽高照，晒得觀衆直冒汗，強勉接受日光浴，到二點半開演，由鯨魚訓練師說明，此是一種殺人鯨，在沒有經過訓練以前，是很危險的，現在不能說沒有危險，但可能性不太大，鯨魚的高和長，好比一幢二層樓房橫臥在水池裡，水池中間有指揮台，指揮台四圍，有四個水區，每區有一條鯨魚，表演時放進來一條，指揮者提了一桶魚，每表演一個節目，則餵他幾條魚，直到演畢，剛巧把魚吃完，配合得很好。鯨魚有翻身、轉側、搖肢、拍尾、跳高等等名堂，翻身跳高共三次，其中有一次在靠近看台邊的水中下墮，水花四濺，下面四五排的看客，每人都變成落湯雞，雖然狼狽，還是有人大聲歡呼，他又能聽指揮者的命令，跳起來與看客接吻，別看他龐然大物，動作卻不呆笨。

第一區是水中特技表演，屋子內有其大無比的水櫃，觀衆分從兩邊房間進入座位，有一般電影院大小，水櫃是用白布遮蓋起來的，等待觀衆坐定了，白布收起，看得見水櫃裡的景像，有海藻、岩石，其間很多大小魚類，也有兇猛的鯊魚，表演者穿著潛水裝在水中和魚一起遊，跟著出現了二人、三人，共同表演，燈光隨著表演者照射，在五色繽紛的燈光和海藻之間，穿來遊去，有時站起來跳舞，像穿花蝴蝶一樣，看得眼花繚亂，有一幕是一個美麗的女表演者，抱了海豚跳芭蕾舞，有時大鯊魚遊到玻璃水櫃邊上，體型非常巨大，要是張開大口咬人，準可把人的四肢咬斷。看完特技表演出場時，經過水族館，內中養的魚很多，但是空氣不好，而且悶熱，黑暗中不想多停，出門到海洋世界標誌的眺望塔去購了票乘電梯，電梯是圓形的房屋，共兩層，座位有一定數量，超額的人，衹有等下一班，電梯緩緩上昇，四面旋轉，因為速度慢，所以可以很清楚的看到聖地牙哥的四面，從下層到塔頂，大約有五六層樓高，頂上是座圓形的桶室，四面有窗口，憑窗遠眺，心曠神怡，不久再緩緩旋轉而下。

第六區是日本館，完全日本式小巧的佈置，中心是一個水池，遊客圍在四週，一面看日本人表演日本劇，演奏的也是日本音樂，水池中蓄有養珠的真珠蚌，藏在水池深處，看不到底，遊客如花五元美金，服務人員給你一個號碼的牌子及一個小杯子，由潛水女子潛入深處摸蚌，摸到後按號碼先後放入小杯中，剖開後看客人的運氣，得到珠子的大小不等，我們得到的一只蚌，裏面有一顆黑真珠，據告價值是七元美元。日本館風景相當秀麗，記得在亨廷頓公園也有日本館，大約美國人對日本有偏好。

最後玩二區，是二只海豚表演的水池，與外海相通，表演的花色也多，仍由指揮者以魚餌引誘他表演，海豚也有勤快的和懶惰的，一只很勤快，表演得很快，另一只很懶，祇是靠近指揮台，仰起頭討魚吃，在表演中最精彩的一幕是假裝人溺水，指揮者沉到水下面去，二只海豚到人的下面，夾扶著把人抬起來，遊過好長一段水程，人宛如坐在滑竿上，兩面鰭，好像滑竿的扶手，指揮者上了台，將大量的魚，賞給海豚吃，表演就完了。

天色已傍晚，孩子們還是要到兒童遊樂場去，玩了一會兒，盡興而返。

第二次是去玩動物園。此地動物園，可說是世界上蒐集動物最多的一處，面積有一百二十八畝，飼養的動物儘可能使其接近天然，由於動物太多，還是顯得擁擠，進門處是一批智利火鶴，很漂亮，有一只白鸚鵡，在進門不遠的樹上，這是動物園裡的元老，已有五十多歲了。

搭乘園中準備的遊覽車，司機一面做導遊，全程行駛四十多分鐘。也可搭乘空中纜車，最高處是一百七十英呎，地上遊覽車，每處可以仔細觀察，纜車則是綜覽全園，並可遠眺園外風光，各有妙處，最好兩樣都玩到。

凡是動物，都標出名稱和出產地，以及其特性等等，如在動物欄外豎立牌子，上面有E字的，就是表明此乃稀有動物，應加特別保護，世界各地的動物都有，我國大陸上也送來一對丹頂鶴，和金錢豹等，另外有一種蒙古馬，據說全世界祇剩下五百頭而已，犀牛的皮，一層一層很厚，看上去像鐵甲武士一般，北極白熊和阿拉斯加灰黑熊，為了向遊客乞食，會拱起雙手作揖，另外有一只黑熊，還會向遊客招手，贏得不少掌聲和投下許多食物。

有一處水中飼養了龐然大物的河馬，共有好幾只，水中央有一塊陸地，上面種了樹，沿岸邊放些尖角石塊，原來是防止河馬上岸吃樹枝用的。

平常我們祇聽說斑馬，園裡卻有稀種的斑羊。

大袋鼠袋子裡裝了小袋鼠在空地上跳躍，各色鳥類在樹林中自由飛翔，有些兇猛的大動物，都用濠溝和遊客隔離，其距離以不能跳躍過來為度，獅子老虎等，白天不太活動，大都躺在山石或洞裡大睡，大猩猩彷彿像人一樣愛護幼小猩猩為他抓癢。

遊覽車回程到終點，下車不遠，有一所蛇屋，世界各地的蛇，無論有毒無毒，或巨大無比的蟒蛇到小的四腳蛇都有，四四方方的房屋，裡面安置了四邊形的玻璃櫃，每一格中飼養一種蛇，有的僅一條，有的幾條養在一起，外面牌子上標明蛇的名稱和出產地，有毒無毒則以顏色小燈光表示，凡是有紅色小燈光的，就是毒蛇，毒蛇不一定是大蛇，也不拘顏色，有些小小四腳蛇也標明有毒，最大的蟒蛇，其長無比，蟠曲成一大堆，肚子粗大，看上去牠也能吃人，是不會假的。

遊客沿著玻璃櫃逐步向前移動，參觀的人很多，自動排著隊按步前進，到四面都走完，已是出口處了，對此洋洋大觀的蛇類，真是開了眼界。

聖地牙哥除此動物園外，還有一處野生動物園，面積有五百畝，飼養有一千多種動物，祇有等待以後有機會再去參觀了。

三遊狄斯奈樂園記

狄斯奈樂園，是世界聞名的遊樂地，凡是到洛杉磯來的遊客，沒有人不去玩一趟的。

狄斯奈以高超的藝術思想，配合了近代科技，建造了這史無前例的樂園，供世人欣賞，真是造福無窮。

依照狄斯奈樂園的說明書，全園可分七個遊樂區計有：

1. Main street 1890 一八九〇年代的街道。
2. Adventure Land 探險區。
3. New Orleans square 紐奧良方場
4. Bear Country 熊村。
5. Frontier land 拓荒者園地。
6. Fantasy land 幻想樂土。
7. Tomorrow land 明日世界。

外面環繞小鐵路，行駛火車繞樂園外圍一週。

由於地區廣大，玩樂處太多，如果走馬看花玩一趟，是不夠的，祇有留下一個美好而模糊的印象而已，我共去玩了三次，比較有深入的感受，有些地方沒有玩到，還是有遺珠之憾。

第一次去是夏天，正值暑假期中，全國各地來的兒童特別多，由家人攜帶來遊，每一處遊樂場都要排隊進入，在烈日下耐心等待，絕無超隊爭先情形，使我第一次領略了美國人排隊守法精神。以後二次是秋季和冬季，人比較少一點。

樂園是在一九五五年七月十七日開幕的，第一年遊客為一百二十萬人，第二年增為三百八十萬人，到現在每年都超過一千萬人，尤其在一九八五年三十週年時舉行慶祝活動，在第一個八小時內，對入場遊客，每三千人計數一次，凡是剛巧輪到第三千名，都贈雪佛蘭汽車一輛，那時人潮洶湧，造成了從來未有的高潮。

樂園座落在大洛杉磯的安納罕郡，去樂園的路線，走5號高速公路在HarBor Blvd出口，路邊有清楚的指示牌，循此前行，即達樂園。

樂園停車場之大，停車之多，很少有地方比得上，停車在車海中，如不記清楚自己停車的區域號碼，回頭來找時，簡直無法找得到，所以停車時一定要記清楚。

在停車場路邊馬路旁，備有無窗交通車，遊客在路邊排隊等候，每趟車是五節，繞了好大一個圈子，才到大門口，那裡有售票處，以前入門券比較低廉，但是在每項遊樂處另外要買票，增加遊客麻煩，現在已在門口出售統一票，即是買了一張票，到各處遊樂場，不再買票了。

進門後就是美國一八九〇年老式街道和店舖，街道上還行駛馬拖的載客車，店舖種類很多，都在營業，遊客光顧最多的是食品店和出售紀念品的店，如你帶的東西太多了，遊玩時不方便，有一處寄物處，裡面有許多小箱子，投以二角五分錢的硬幣，就可以將其中一個箱子打開，取出鑰匙，放進衣物等再鎖上，然後自己帶了鑰匙去玩，方便得很。

街道兩旁，有幾處帶了面具的表演者在做滑稽相，面具有米老鼠、唐老鴨和其他狄斯奈卡通中的人物，遊客中的小孩，看了都哈哈大笑，和動物或傀儡們握手或擁抱，父母們則乘此機會照相。

首先我們去參觀太空遊歷，進門後坐在椅子上，椅子連在轉帶上，一排一個座位，在黑暗中上下左右旋轉，看到空中星球，和想像中的太空景象，彷彿坐了太空船在宇宙間打了一轉，除非對天文方面稍有研究的人，才能指出那些是什麼星象，一般人祇能說到此模擬環境中一遊而已。

我們為了節省體力，搭火車環遊。

火車是循著一個橢圓形圓週，循環行駛，在總站上車，駛入樹林區內，然後到第一站紐奧良方場，有些旅客下車，再開行，經過兩個山洞，到第二站是明日世界區域，再前進，進入大峽谷模型區，大峽谷我已去遊過，模型做得很逼真，祇是小型而已，在火車上望去，好像遠處看大峽谷一樣，過了大峽谷模型區，又進入原始恐龍時代，上面所做的模型，各種恐龍都有，如劍龍，翼手龍等，都用電動裝置，使其能動作，有些裝著吃草，嘴還在動，有些在爭鬥，兩只不同種類的恐龍，互相怒目相視，如果是真的恐龍，那一場大規模的戰鬥，必然發生，過了恐龍區，再回到起點總站。在火車上除了看到各遊覽區大概情形外，還看得見中央的人造山峰以及空中纜車往來。

火車上走馬看花過後，選擇明日世界為起點，一路向前進行。

有一處是潛水艇，有幾艘潛艇半潛在水裡，遊客進入艙內潛入水底，繞水湖一圈，看到海洋中海底生物景象，過過水上生活之癮。

在湖旁有駕駛汽車的練習，地上舖了鐵軌，汽車在鐵軌上行駛，用電控制，防止車輛反覆或衝出路外。美國人人會開車，練習駕駛是不甚出奇的玩意兒，可是玩的人很多，車輛很簡單，每車可坐二個人，祇有方向盤和油門，把握方向盤隨路況而左右轉動，用腳踩油門就可控制速度，玩車的都是小孩或老人，中年人則陪坐在旁邊加以指點，讓小孩子練習操作。

我和小外孫兩人合作操車，他踩油門，我把握方向盤，路很曲折，全是灣道，操作方向盤也不簡單，時常會偏離中線，那時地下鐵軌起作用，車子卡位不能前進，要改正到中線才能繼續動，全程行駛中，都處於緊張狀態，直到終點，才鬆了一口氣。在我這種從來沒有開汽車經驗的人來說，把握方向盤一定要全神貫注才行，當然實際的路況，決沒有他故意佈置得那麼彎曲，然而在此種千迴百折的曲折路面上練習，可以增加經驗，其設想是不錯的。

午餐是在大敞廳裡吃，面對著一座音樂台，平時隱在地下，到時候會升起來，上面坐或站的樂隊和歌唱者，表演很賣力，歌聲用擴音器播放，一曲終了，座客都鼓掌助興。

吃過午飯，到360度放映室看「美國之旅」，將美國各處美景和奇妙的地方，從東到西，從南到北，選擇性的拍攝下來，觀衆站在電影室中央，電影在四週放映，和觀衆所處地位配合得很恰當，讓觀衆自己都進入電影中心，例如船在海浪裡行駛，360度的前面放映船頭，後面放映船尾，觀衆好像就在船中央，海浪上下顛簸，我們雖然站在那裡沒有動，心理上卻好像隨著水浪上下在動。有時放映飛機，飛過高山或沙漠，我們也被裝放置在飛機中心，前後左右全是高山或沙漠，處處逼真。而取景之美及其壯偉之處，嘆為觀止。放映室裡宣佈下午五點起放映「中國奇觀」，我們到時再去看，是在大陸各地拍攝的，中間穿插一位中國古代名詩人李白，作為導遊，各處鏡頭出現時，他在介紹，鏡頭有蘇州、北平、桂林、西安、廣州、上海、三峽、沙漠、山海關、長城等，並有平劇、繪畫、書法、民族舞蹈等，拍攝的人，似乎已很盡力，可是現實環境，如建築物的老舊，人們衣著的破爛，和美國之旅相比，真是太差了。

看過360度電影，坐子彈電氣車，也是環繞在樂園四週行駛，速度比較火車快，兩者並非平行，所以也不衝突。

子彈列車下來後，到小小世界的鐘屋去，鐘屋每五分鐘報時一次，報時時，鐘兩旁的小門自動開啟，有彩色衣著的傀儡樂隊魚貫而出，不久中間的門也開了，有儀隊、樂隊，有人推著車子，上面坐了皇帝，報時後，人物回去，門又關閉。

小小世界是封閉式的樂場，遊客坐在車輛的凳子上，每車兩個座位，一列有好多車，連接在一起，車下有履帶，控制車輛的行進，車子會四面轉動，遊客總是面對著牆壁上佈置的各項娛樂美景，大都是五彩繽紛的卡通人物和故事，如小飛俠潘彼德、愛麗絲夢遊記、睡美人等等幻景。仙女小孩等載歌載舞，好像進入卡通世界，在行進中樂聲不斷，都是名曲，車上旅客也拍掌與音樂相和，充滿了歡樂氣氛，尤其小孩們百看不厭。

和這安樂祥和的美麗世界不同的，有一個海盜洞，氣氛完全相反，充滿了戰鬥殘殺、犯罪等等醜惡一面，海盜洞是坐船進去的，進洞不久，車向下直瀉，船被沖得浪花四濺，水珠濺到身上，有些小孩，大吃一驚，禁不住大叫一聲，如此下瀉的場面有兩次，洞中有海盜幫互相攻擊，鎗炮聲隆隆震耳，炮口裡冒出火光，有金銀島上盜魁獨眼龍，海島上堆滿珠寶，有海盜骷髏，有手拿珠寶在作滿足的獰笑，有女強盜首領召集嘍囉開會，有海盜攻城，有大火焚燒村莊，有海盜在牢內用食物引誘獵犬銜鑰匙等等，都是採用有名故事製作的。極盡殘忍詭詐等能事，雖然都是製作的，卻做得很像真，配合聲光，既詭秘又刺激，聲勢驚人。

又有一個地方，名叫鬼屋，先進入房間，整座房間向下沉降，到了地下層，進入陰暗的通道向前走，道旁安置兩尊半身石雕像，一左一右，臉部會轉動，他的眼珠，跟著遊客方向瞪視，好像隨時都在看你，牆壁上掛的畫像，面貌會變動，平常很正常的一幅畫，在洞中響起人造的雷聲和閃電時，閃電綠光照射下，畫像面孔變成巫婆一樣，青面獠牙，很是怕人，電光一過，又恢復正常。有一處石台上，放置了一只大大的水晶球，球裡面映出一個半身女像，對遊客講話。遊客也是坐了椅子自動行進的，坐椅的方向，會突然轉向，驟然之間地上冒出一個鬼怪，剛巧在遊客的椅子邊，先向你脫帽，然後招手作微笑狀，在遊客不知所措的情況下，又突然消失了，因為來得突然，遊客心理上沒有準備，多半會嚇了一跳，車行中到處看到鬼怪的形狀，還有死亡宴會，鬼跳舞，各種古古怪怪的骷髏，安置在意想不到的地方，目的使遊客吃驚，到出口處，有幾面玻璃鏡，照出遊客的形像，在遊客形像旁邊，有一個鬼影子，和你並排坐在一起，回過頭來看，卻看不到有什麼東西。說來說去，無非使人有一種恐怖的感覺。

出了鬼屋，信步所至，看到米老鼠在舞台上表演，配合其他小丑動作，也很滑稽。

又看到老式的密西西比河汽艇，加勒比海盜船。

有一顆數千年以前的柏樹化石，遠看像一顆柏樹，近看已成化石。

在山坡上蓋有羅賓遜漂流記中所記載的木屋，從木屋垂下轆轤，掛著木筒，從地上吸水引到上面去，有小坡道木台階可以上去，我們因太累了，沒有上去。隨看隨走，景物很多，不及備載，如此，不久後慢慢地走出大門。

重溫天倫樂

我家是一家五口，大女兒赴美後，家中似乎缺少了什麼似的，在她剛去國的時候，終日念念不忘，有時想起三個兒女承歡膝下的時候，突然走了一個，有一種空虛感，悵悵惘惘，會忍不住掉淚。以後全家都到了美國，三個兒女，大家成家立業，大兒子在俄勒岡州，小兒子在橘子縣，祇有女兒和我們住得近，都在 Monterey Park，雖然同在美國，卻始終沒有五個人再單獨相聚的機會。

時光過得真快，從大女兒出國到現在，已過了十四年，我也從中年進入老年。今年春，在我七十二歲生辰的前夕，女兒明漪和弟弟一平、仲平商量，計劃來一次家庭團聚，三姊弟都單獨參加，重溫往時承歡膝下的舊夢，地點選定在拉斯維加，預先在凱撒宮訂好房間，到時大家集中到那裡。

拉斯維加，我已去了好多次，都是坐汽車去的，從洛杉磯出發，要六七個鐘頭才到，無論駕駛人和乘客，都很累，此次目的是團聚，不宜太累，所以決定搭飛機。

P. S. A. 公司的飛機並不大，大約有一百多個座位，搭載了八成的旅客，空位很多，坐得舒服。中午十二點二十分起飛，先向西出海，再調回頭轉到東北，向拉斯維加方向飛去，機下海天茫茫，碧波粼粼，有幾艘海輪在行駛，船後拖了長長一條白浪的行駛軌跡。

飛過大山脈，很像中國畫中的大斧劈皴，而後進入沙漠地帶，以往坐汽車橫越沙漠時，祇看到黃沙一片，雜以枯枯萎萎的棘草，現在從天空俯視，沙漠的顏色，卻是多彩多姿，有黃色的、白色的、淺褐色的，甚至有淡紅色的，乾涸的河道，低窪的乾湖，面積相當寬闊，遙想大水來時，一無攔阻，一定是波瀾壯闊，可惜一瀉千里，不能積蓄，否則沙漠也可成綠洲。沙漠也不是全部平坦，不時有山峰崛起其間，有一處山峰很奇，在平平的沙層中，突出一塊，好像埋葬了一個大牛頭，四圍別無山脈相連，成為一座孤立奇峰。公路像一條黑線，劃破了沙漠界限，在一望無際的荒漠中，直伸到無窮盡處。

飛行四十分鐘，接近拉斯維加，才看得見稀稀落落的村屋，崇山間的土路，很像佈滿在各山之間的棋盤格子，要是在這百里無人煙的土地上趕路，想來滋味一定不好受。

下午一點整，到了機場，搭計程車赴凱撒宮，拉斯維加大旅社很多，而以凱撒宮及米高美最為出名，屬於第一流等級，房租加稅金後起碼每天在一百元以上。我們訂了二個房間，從路邊進入旅社有長長一道電動走道，人站在上面就可以了，不必走路，自會送到進門口，大門面對水池，到晚上開放噴泉，照著五光十色的燈光，構成燦爛的豪華場面。門的兩旁矗立許多有名雕像的複製品，最近從泰國購買的鍍金四面銅佛像，剛巧裝好，很多遊客圍在那裡祈福或欣賞。

在房間裡休息一會兒，就去賭場，女兒和小兒子押輪盤賭，大約祇一刻鐘，就已贏了三百多元，就以此贏來的錢，作為今日一天的旅遊所需。

晚上到米高美看 Show，因為是星期五，遊客多，託賭場管理員代為訂座，不必先付錢，祇要告訴他名字和參加的人數就可以了，入場時，有人對名單，如單上無名，那對不起，祇好押後，等有訂座的人進場後有餘額才補上去。

戲院場地很大，座位分兩種，一種是面對舞台的座位，不太多，另一種是橫對舞台的，觀衆分坐橫桌兩面，開演時要橫過身來看，帶座的人有決定觀衆座位的權力，如需好座位，必付小費，我們給了十元錢，他領我們坐在面對舞台的座位上，票價是二十三元五角，另加一成小費及兩種稅金，合起來是二十七元二角，每票包括三杯飲料，無非是汽水、可樂、橘子水等，另外有雞尾酒兩種，名叫秀蘭鄧波兒和湯姆柯林斯，都是好萊塢明星的名字，前者是有名的童星，酒的顏色是紅的，帶有甜味，適宜兒童們喝，後一種白色，酒精成份高一點，適宜成人喝。舞台節目名稱叫做 Jubilee，以表演好萊塢有名電影中偉大場面為主體。

表演內容，從最軟性到硬性，大體可分四部份，最軟性的當然是美女如林的大腿舞，上身全部脫光，乳房亦無遮攔，衹是下部穿了短無可短的三角褲，舞台和觀眾中間，空中突然垂下來一座小舞台，歌舞女郎載歌載舞的跳到小舞台來，和觀眾打成一片，全身上下纖毫畢露，讓觀眾看個仔細。其次是雜耍，最精彩的一幕是射箭，表演者用黑布矇眼，將六枝鋒利的箭，射到懸在木板上的汽球上面，箭穿破汽球，沒入木板的後面，然後將木板移開，後面是一個半裸體的女郎，箭釘在她兩肩兩胸，兩腰的左右，相隔都不到半吋，博得不少掌聲，另外一部份是魔術，精彩的一幕是魔術師將鎖好的木箱自己搬到舞台角上，在舞台的另一邊，空中垂下一長方形的鐵籠，四圍空空的，魔術師爬進鐵籠，助手將籠門拉上，鐵籠上昇，突然鐵籠門自動打開，籠中人不見了，信號鎗拍的一響，對面箱子上陣白煙，衹有一二秒鐘煙散了，助手去把箱子鎖打開，裡面還有一只箱子，再打開，魔術師大笑一聲，跳了出來。表演的主要場面，取材於電影，非常逼真，其中最偉大的兩場是霸王妖姬，霸王被鎖在宮殿旁兩個大銅柱上，霸王用力掙，將銅柱拉倒，裂為數段，眼看破裂的銅柱和倒塌的宮殿，驚天動地般的倒下來，聲震全場，沙石火光滿台，又一場是鐵達尼郵船遇冰山撞沉，機器房起火，海水從裂縫中沖下來，如瀑布般直瀉，船艙裡東西，飄浮在水上面，煙火瀰滿。奇就奇在換幕時，決不超過五分鐘，前場完畢，後場的布景已換到台上，演員穿插在布景之間，似真似幻，不知有多少空間來安裝這許多的佈景場面。

第二天，大兒子自波特蘭搭機飛來會合，於是全家又回到十四年以前，一家五口的舊日情懷，兒女繞著媽媽，前呼後擁的參加遊樂，當他們坐在賭台上賭博時，媽媽默默地站在他們後面，從老大轉到老二轉到老三，孩子們專心在牌上面，而媽媽卻聚精會神的看兒女的表情，兩者心意相通，似乎溶和在一起，喜則同喜，愁則同愁，我想除掉幼年時抱在身邊心肝寶貝的愛護外，此時感情上的享受，確已滿足了。

凱撒宮有幾處餐廳，都是第一流的，其中以法國餐廳最高貴，除非是旅社裡的旅客，不接待外來遊客，每天要在三點以後才訂位。兒女們為了博得我們歡心，向法國餐廳訂了位，餐廳座位並不太多，佈置豪華，侍者都穿了正式的西服。入座後，有人獻玫瑰花，我們即用來插入餐座上的小銀瓶內。菜的品名很多，酒尤其多，我們的主菜是烤牛蛙腿、龍蝦、法國蝸牛等，價錢當然非常貴。在吃飯的中間，有專業照相女郎來拍照，吃完飯，照片已洗好了，技術很高明，照的是餐桌上的全家福，他們再從底片上分印了每人單獨的照相，大小俱備，供客人選擇，選中的不分大小，每張十二元，選不中的收回去銷燬，我們選了六張，主要是全家福，每個兒女都可分到一張，留做紀念。

晚上十點，又去 Frontier 旅社看另外一場 Show，節目名稱叫做 Siegfries & roy，以表演魔術為主，其他為輔，此處魔術之神奇，全世界都著名，已表演了好多年，場場客滿，除非預定座位，臨時前往觀劇的，往往輪不到入座。入場時如法炮製的給了二十元小費，領到舞台正對面正中的座位，已有一對年輕老美坐在那裡。兒女們和他交談，原來是軍人，相當排長階級，人很斯文，看不出赳赳武夫的樣子，據他講參加越戰的經過，兩次被越共俘虜，逃走時驚險場面，他太太也從旁補充穿插，交談得很開心。

此處票價，比米高美貴四元錢，基本價是二十七元五角，舞台型式又是不同，兩邊有延伸的走道，從舞台上直接通過走道進入觀眾座中間，表演，除了上空女郎熱舞外，有三種場面，博得滿堂彩聲，一幕的雜耍，一隊騎獨輪車的人打籃球，噱頭百出，合乎美國觀眾口味，另外一場是台灣來的海家班氣功，兩個人以喉部及肩部頂著鋼筋鐵條，用力前擠，直到鋼筋彎曲，再將鋼筋圍繞在頸部，由兩個人用力繞，在表演者頸部圍了幾圈，再由表演者扳開拉直，再有是跳刀圈，刀圈後面另加火圈，先睜著眼跳，後來用黑布蒙了眼跳，跳過火、刀圈，站在另一表演者的肩上，如方位稍差一二吋，必然弄得皮破血流，相當驚險，純粹是硬功夫。魔術泰半是人和動物一起演，動物包括獅、豹、虎、象和馬，例如人關在籠子裡，一忽兒變成了虎，又如將獅子關在籠子裡，一忽兒又變作人了等等，魔術師騎在虎背上到觀眾席上打轉，觀眾有摸虎皮的，也不吃驚，幾只虎表演後會自動走上樓梯，在樓上休息，別無圍欄，虎尾在欄干空隙中下垂到下面觀眾席上，有觀眾去拉牠尾巴，老虎馬上將尾巴縮回去，同時回轉兒，張開嘴巴向下發吼，引得觀眾大叫，雖然看上去危險，卻一直沒有事，最精彩的是虎塞入大炮內，魔術師也擠進大炮口，打動開關，炮聲一響，一團白煙直射到舞台另一邊，煙散時，魔術師和虎靜靜的站在煙散處的鐵籠裡，另外有一幕也不可思議，兩個魔術師關在籠子裡升到空中，突然一聲響，籠子空了，兩個魔術師一個從門外觀眾後面跑進來，一個從舞台幕後跑出來。

除了此種隱身術外，再表演了傳統的大鋸活人和懸空催眠術等，都是神乎其技。

以兩處的 Show 比較，米高美的屬於豪華式，講究熱鬧，享受觀感上的美，此處是屬於江湖式的，可以滿足人們的好奇心。

我帶了照相機，第三天主要的是照相，無論全家合照或姊弟分照，都很愉快。

原定今天回程，晚上仍在凱撒宮日本餐館吃飯，每客三十九元，好比洛杉磯的可利亞餐廳，在桌子中間放有爐灶，廚師在熱鐵板上面燒菜，現燒現上菜，材料很貴，味道普通，我總覺得還是中國菜好。

八點左右大兒子一平先走，我們四人是搭 Wstern airlines 航空公司的飛機，票已買好，要到十點十分才起飛，當我們十點以前到機場時，航空公司已將我們的座位賣給別人了，由於是星期天晚上，很多人趕回去星期一上班，機少人多，航空公司難免賣人情票，將遲到的客人擠掉，我們雖然遲，仍在公司規定，離起飛前十分鐘到達的客人，仍可上機。而現在事實上已不可能了，此是航空公司的錯，類似情形者有二十多人，其勢洶洶的和航空公司職員爭吵，幾乎要叫警察來維持秩序，最後公司自己認錯，要旅客搭星期一早晨的班機，每票賠償損失八十元，作為住旅館等費用，不得已祇好再停留一晚，機場有各旅館直通電話的專線，訂定了希爾頓旅館，該旅館新蓋不久，有二十九層，我們反正睡不著，此儻來之財，就在希爾頓賭場輸掉了。

兒女們要我在全家福照片上題字，我就題了字：

「闔家赴美後，兒女輩各已成家，甚少團聚機會，值此七十二歲生辰前夕，明漪策劃共聚於拉斯維加，重溫兒時承歡親情，惜婿、媳、孫兒輩各羈於私務，未克參加，即此亦足慰老懷矣。」

旅遊驚心記

在美國，旅遊是休閒活動的重要項目，可是在旅途中如不小心，往往發生許多意外事件，前事不忘，後事之師，把我們的經驗寫出來，也許值得大家參考。

不久以前洛杉磯的金齡會，舉辦旅遊，目的地是雷諾(Reno)太浩湖(Lake tahon)和優勝美地(Yosenite)。全部旅遊時間是四天三夜，全車共計三十五人，其中七十歲左右的阿公阿婆佔了三分之二，還有六個小孩，是標準的老弱婦孺。第一天由洛杉磯直駛雷諾，到達時已近傍晚七點，原想到米高美看第一場 Show 已來不及了，決定看第二場，從晚上十二點直到明晨一點。有一半人看表演，一半人在賭場，導遊負責率領孩子，因為賭場和表演場所，都不適宜孩子參加。導遊在送看 Show 的人入場時，顧慮到老年人反應差，而且很多人語言不通，所以再三說明，散場後，在進門處集合，由他帶領後會同賭場裡的人，搭計程車回旅館。

到了一點半左右，劇院散場，大部份人到門口集合，祇是缺少了三位阿婆。此三人都不懂英語，無法叫車子，也說不出旅館名字，大家判斷，回去的可能性不大，導遊前後左右去找，不見影蹤，想來也許到賭場去了。但以後在賭場裡的人也全都會齊了，就是不見這三阿婆。於是大家都著急了，又不敢先離開，怕她們出現時找不到人發生問題。旅客中有英語好的人，打電話請賭場代找，賭場用閉路電視搜索全場，肯定的回答，沒有看到這三位中國老太太。大家紛紛擾擾，僵坐在那裡。已是兩點多了，有人要導遊打電話到旅館去試試，請旅館裡服務人員到房間去查看，真是意料不到，她們已在房裡呼呼大睡了。大家心裡非常懊惱，第二天問她們怎樣回旅館的，原來有一位先生坐計程車回旅館，順便將她們帶回去的。她們經驗不足，沒有告訴同遊的人，害得大家虛驚一場，從這件事得到的教訓是，凡脫離團體，自由行動，必需要告訴其他的人，知道自己的行蹤，免得其他人擔心。

第二天到太浩湖，車輛繞環湖一週，在風景最優美處停下來，供旅客拍照留念。此處是湖的頂端，全湖風光盡入眼底。湖中有小島，面積不大，俯視下去，好像是精美盆景裡人工小丘，湖邊山上有怪石古樹。隔岸山崖上，車道蜿蜒，在古木樹隙中，汽車絡繹不絕的穿行而過。襯著藍天白雲，湖光山色，真是美。據導遊說，這裡是世界上風光明媚，最美的風景區之一。

第三天到優勝美地，由於去年大雪，現在是溶雪季節，雪水太多，造成水災。公園北部入口處封閉，所以祗好繞一個大圈子，經過沙加緬度從西面進入公園。因為繞道的關係，到達時已是下午三點多了。此地風景，雄偉秀麗，兼而有之，西邊平滑的峭壁，高聳半天，要抬起頭來才能看到山頂。山路轉彎曲折，一峰接一峰，路邊溪流清澈見底，但水勢洶湧，滾滾而下，直如萬馬奔騰，激成不少漩渦。山頂積雪未消，雪水在懸岩間沖激而下，成了無數的百丈飛瀑，正可說是：「群山懸瀑，壁立千仞，波濤洶湧，萬木競秀。」在目不暇給的美景中，更使人滋生出對大自然的敬畏。後來到一處最有名的新娘面紗瀑布(bridalveil fall)處，司機停車在路邊，領隊穿越過樹林步行到瀑布那裡。在進入樹林處，有一塊警告牌，大意說樹林內可能有毒蛇和野獸，要遊客提高警覺，自己小心，好在我們是一大群人，心裡並不怕。過了樹林，遠遠看到瀑布，確實名不虛傳，山頂上懸瀑下瀉，中間有突岩，瀑布在突岩上沖激，化成千萬小水珠，向四處飛濺，水霧朦朧，宛如新娘披的一層面紗。隱隱約約，顯得無限的嫵媚和神祕。在突岩下面，水又匯成一線，一瀉百丈，一道瀑布，共分數疊，週圍樹木受霧水的滋潤，都生長得蒼翠可滴。寒氣侵人，水聲震耳，大自然的美景，極盡鬼斧神工之能事。讚嘆之聲，不絕於耳，到處是擺好姿勢照相留念的人。

司機察看了地形，知道汽車可以繞道過來，為了免除老幼再涉樹林，他一個人穿林回去，把車子開過來，停在瀑布附近。到大家盡興而返，清點人數，少了一位老年人杜先生。左等也不來，右等也不來，大家催促導遊去找，找了好久空手而回。司機也加入分頭再找，還是無結果。他們兩人商量，由司機開車回到原來停車處，在路上慢慢行駛，看路邊的行人，是否有杜先生在內，仍然縱跡杳然。此時司機老美出了一個餿主意，車上有一個在美國生長的孩子，名叫吳小寶，十三歲，中英語都好，而且活潑好動。司機拜託他下車到樹林去找一遍，他恐怕杜先生迷失在樹林裡，小寶的奶奶起先不答應，後來看看小寶很有興趣，躍躍欲試的樣子，說好吧，孩子是應該歷練的，司機告訴他在樹林對面停車等他，孩子很高興的進入樹林去了。車子再停到瀑布附近，司機和導遊像沒頭蒼蠅似的，到處亂找，急得滿頭是汗，過了二十分鐘，不見小寶回來，吳家奶奶起先還鎮靜，過了三十分鐘，心理上漸漸不安，下車到樹林旁邊去窺探，以後時間一分一秒過去，大約有一個小時了，非但老的不見，連小的也不見。滿車的人都很著急，尤其前幾天新聞記載優勝美地露營的人，被餓熊拖去吃掉。再加樹林外的警告牌，嘴裡不敢講，心裡都怕出不幸的事。當然最著急的是吳奶奶，骨肉連心，她頭撞樹，不停的自責，自己是老糊塗。怎麼會讓他到樹林裡去冒險，她不顧一切的向樹林裡直鑽，此時天色雖未黑，但已是黃昏，有三位阿公自告奮勇的陪吳奶奶到樹林裡去，四處呼叫。祇能聽到自己的回音，其他別無所見，大約找了一個小時，仍是廢然而返，奶奶祇是哭，沒了主意。

在此同時，司機借用遊客的小汽車，繞了好多地方，又搭了警察的巡邏車去找，一大一小，都不知到那裡去了。幾個對旅遊有經驗的會集了商量，採用幾種辦法，叫司機去警察局報案，請他廣播給全公園的巡邏車找人。對於離去的旅客，每一位都拜託如果遇到兩個中國人中的任何一個，勞駕把他們送回來。又公園裡有免費的遊覽車，每十五分鐘一班，每班車經過時，都拜託司機沿路線留意。車上的人又不敢咳聲嘆氣，生怕刺激吳奶奶，大家祇有提心吊膽的等待。其後來了一輛巡邏車，詳細詢問失蹤兩人的情況，如多大年齡，身高多少，穿的什麼衣服，有無其他特徵等等，他們回去，再廣播全體警察找尋。過半個小時，巡邏車把小寶帶回來了，大家鬆了半口氣，最高興的當然是吳奶奶，破涕為笑，將小寶摟在身邊。原來他走錯了方向，穿過樹林，到另外一個停車場，在那裡老等，心裡雖然不安，卻是不敢亂走。直到警車來看他穿的衣服，才問清楚帶他回來。再過了半小時，那位杜先生也找回來了。據警察說他是在公園裡旅客常常迷失道路的地方找到的。事情總算圓滿解決，大家再也沒有遊覽的興趣，同時天色已晚，開車回去了。

據杜先生說他並沒有跟大家一起去看瀑布，而是在附近瀏覽。等回到停車地方，車子不見了，在附近找也找不到，就到警察單位去報案。他想車上少了一個人，一定會向警察機關報案的，所以坐在那裡等待。那知過了一個鐘頭，沒有消息，心想不妙了，於是去旅館服務中心打電話給他洛杉磯的兒子。兒子還沒有下班，接不通。再打電話給舊金山的兒子，要他想辦法把他接回去。以旅館服務中心為目標，在那裡找他。那時天已傍晚，他去吃了晚餐，再在路上繞轉，看看有無運氣能碰到車子。無意中走到那迷路的地方，而警車也到了，他先打電話告訴兒子再回來的。平安就是福，大家為他慶賀。我們中國人在美國，人地生疏，語言不通，出門團體旅行千萬不能落單，這是非常危險的事情。

不過旅途中並不全是驚心的事，也有意外驚喜的事情。有一次在餐廳吃飯，同桌的人相互介紹，其中一位萬先生和一位俞王珍老太太，原來是清華大學同學，同一年度畢業的。祇是一個是理學院，一個是商學院，地隔數萬里，時隔數十年，居然會有老同學碰面，真是巧事。萬先生特地在車上唱了一首歌：「記得當時年紀小」，特別聲明是獻給俞王珍學姊的，大家也為他們鼓掌助興。這趟旅遊還算是圓滿的結束了。

長堤瑪麗皇后輪遊記

長堤是美國西海岸的一處名勝地，靠近太平洋海濱，以選舉世界小姐而出名，長堤本身是一個市鎮，大約因地形而得名，該處最值得遊覽的是英國在二次大戰時用來運兵的瑪麗皇后號豪華郵輪，Queen Mary，碇泊在該處後，改裝成一艘遊覽輪，輪上有海洋學家賈貴格士多所設計的海上博物館，內容包羅海洋有關的各種事物，最為遊客所欣賞。

我們是從洛杉磯出發，一家前往遊覽，天朗氣清，氣溫稍稍的高一點，女兒以往曾去過，她說那邊海風很強，冷冷的使人受不了，稍為熱一點到海邊就是恰當的氣候了。車在七號高速公路上行駛，放放輕音樂，說說笑笑，看看沿途風光，並不寂寞，大約行駛四十多分鐘，就到了目的地，在公路盡端處，還看不到長堤景色，過了一座橋，向下望豁然開朗，海天一色，對岸好多處高樓矗立，直昇機在空中飛，那是供旅客遊港時空中巡視的，港內小艇也很多，遊客衆多，祇要看停車的情形，就知道了。我們停好車，就到郵輪去，進口處是一座碼頭建築，門口直立著兩盞煤氣燈，大約是保存著古典的氣氛，登輪憑門票，大人每張五元，小孩六歲以下免票，六歲以上半票。

登輪進口處是岸邊上去的第一層甲板層，該輪共分前、中、後三段不同層次的建築，而以中段建築最高，連駕駛台共有九層，而在甲板下面底層裝引擎等地方層次特別高，每層可抵得上甲板上面的兩層。

進門後先經過放電影的艙房，介紹瑪麗皇后輪的歷史及內部情況，輪船是在四十多年以前建造的，在當時是世界上最豪華的客輪，現在看起來，有些固然仍是豪華，有些卻陳舊了。

下了樓梯，進入走道，懸掛各名人照片，每一幀都是參觀或搭乘該輪的名人所留下的，其中以政治上及電影上有名的人物為多，例如邱吉爾、克拉克蓋博等等。然後進入大艙，中間是好多桌椅，四圍掛著詳細的說明和模型，模型是用各種不同的質料做的，如金屬的、磁器的、塑膠的等等，都是瑪麗皇后號縮型，有一幅大圖，是英國皇室在輪船落成時，在該輪慶賀吃飯時的情形，並擺設了當時的餐具和餐桌等，作為永久性紀念品。

過了艙房，向下到引擎間，有專人在說明引擎的作用及其有多大力量，轉過去是一具螺旋推進器，安置在水中，四圍用鋼板圍起，遊客在上面可以看到其巨大無比的形狀，過了推進器，進入一間房，有船上的藝人表演水手舞，遊客可以坐在每排坐椅上欣賞，猶如看一般舞台表演，再轉過去，是理髮室，相當考究，而後穿過一道鐵棚，兩面漏水，與外面相通的地上，溼溼的，一不小心，會把衣服弄溼，不知為何沒有修理，過了雨棚進入一座樓梯口，有一對男女真人扮木偶，一舉手，一投足，生硬而機械化，完全像木偶，眼睛也不動，有些小孩去與假木偶握手，有些孩子去撫摸假木偶的面部，他們也忍住不動，走上樓梯，走道上放置了地球模型，旁邊放有一杯水，說明書牌上說此是地球和地球上所有水，大小的比例，以地球之大，全部水量，看上去真是微不足道，我們從無邊無際的海洋來推想地球的大，可以得到一些朦朧的概念，而後進入海生動物海生植物室，是一間大統艙，有幾種海生動植物的幻燈片，是一間小型的水族館，其中的熱帶魚最能吸引人，而海底珊瑚，五顏六色也很美麗，他們把海參、海膽、海星、八爪魚等都用實物飼養在中央大水池中，遊客可自由的摸索，有許多小孩抓了放、放了又抓，很有興趣，雖然是玩票，卻也因此增加海生物的智識。過了水族館，進入航行紀錄室，擺放有世界各種船型，大至航空母艦，小至運輸艦等，種類繁多，分別標明名稱。

出門後轉入別個大艙，隔成許多商店，出售各色各樣的紀念品，以貝殼製成的各種飾物為最多，另有速食餐店，我們吃了漢堡、三明治，和炸薯條等，價錢並不貴。坐了一會，繼續向前走，經過鍋爐房，前面空空無物，祇是一間黑黑髒髒空闊而高大的鐵艙房；向上一層有游泳池，面積相當大，可用以比賽游泳技術，旁邊有許多士兵卧房，都是雙人床，每間房可住七個人，中間一張小桌子還放了棋盤和棋子，可想見當年運兵時，士兵在卧室內消遣情形；再上層有管理員室，好像旅館裡的櫃台，有幾個房間的鑰匙及登記居住人的名字，有電話等設備，對面是公共電話間及交換機，在交換總機上，塑了一個接線生的蠟像，好像正在忙於接線，管理員室隔壁是庫房，裡間裝置了黃金條的模型，再隔壁是一間禁閉室，用鐵柵和外面隔離，內中還有抽水馬桶、洗臉盆等，可見對禁閉的士兵還相當優待。轉出去，是一間大統艙，內中陳列二次大戰時士兵所作的圖畫，內中不乏精品，有些寫實，有些具有豐富的想像，功力都還不錯，無論油畫、水彩、素描、木刻、雕塑等，都夠得上水準，說明牌上標明此地原來是三等艙的餐廳，兩旁卧室內陳列有士兵服裝頭鎧武器等以保存往日史蹟。再上去是旅館部，現在正在營業中，原來是二等艙的地點，上去有一間貴賓室，佈置非常豪華，並有套房，大約是招待特別貴賓住宿的，還有招待侍從人員的房間，也還不錯。再上去是頭等艙，每人一間，與三等艙的每房兩人顯有不同。又上一層樓是船頂層的甲板，甲板面可分三部份，前後部份沒有建築物，祇是些機械儀器等，中間部份向上去仍有三層建築，包括船長室、駕駛室等，船長室也有套房及會客室，但不及貴賓室豪華，巨大無比的三個大煙囪，也矗立在中部的頂層。

甲板面中部本身設有許多出售紀念品的商品，各種各類都有，與一般百貨公司相仿，並有許多地方性特色的商品，如歐洲各國和亞洲各國的商品等等，在艙房許多商店的中間，有一座電影院，相當於台灣明星戲院大小。

我們在甲板上以海為背景或以大煙囪為背景攝了些照片，船上並試放一次啟行時的喇叭，我們剛巧在揚聲器旁，用手帕掩了耳朵，還覺得很響。在甲板上四眺，海水粼粼、海鷗飛翔，直昇機起落，小汽艇載的遊客表演特技，在海浪中鑽進鑽出。對岸有一小島，上面有二幢高房子，島那面就是隔岸，一排高建築，以海為背景，有扁形的、有長方形的、有圓形的，看上去氣象萬千，港面小艇很多，看上去都很忙碌。

船上旅館今天有人結婚，我們遊畢出去時，看到好多賓客，一對對夫婦挽著手進來，無論年輕的或老年的都打扮得漂漂亮亮，穿著自己認為最好的衣服，有人還掛著貂皮的披肩，儘管天氣並不冷，也是派頭而已。

遊罷郵輪，再到長堤市區藍天 餐館吃了晚飯，才踏上回程。

錫安國家公園

美國的錫安國家公園在猶他州，和加州中間隔了兩個州，我們早上從洛杉磯啟程，循十五號高速公路，向西北方向行進，經過了內華達州和亞利桑那州，在亞州和猶他州的邊界，是火山脈，車子在山谷中盤旋，轉彎曲折，頗有些像台灣的橫貫公路，祇是這裡都是風化石，比較好施工，過了山脈沒有好久，就進入猶他州，時間也以此為分界線，要將時鐘撥快一小時，在兩州交界處，車子停下來，繳納通行稅，大約晚上六點多，到達錫安國家公園的外圍，看到四週的山峰，群山形狀很奇特，有些山頂像石頭疊成的城堡，平平整整，也有些怪石矗立其間，都是屬於風化石，一般是土黃色，偶爾間雜有紅色，從山與山的形狀看來，很可以看得出上古時一定是平坦的高原地，以後經河流沖刷，把地層沖成一座峽谷，然而山頂還是保持平整的。

到了錫安公園門口，天色已晚了，住在Spring Dale小鎮旅館裡，是木造的二層樓房，處在兩座山峰中間的平地上，風景還不錯，同行的朋友說，此旅館的建築，兩面兩排房子，中間一塊大空地，很像我國北方的大園子，他是北方人，所以有一種親切感。

第二天八點半出發，穿過一座火山，在山的底部，開鑿不算短的隧道，過了隧道，豁然開朗，已進入山抱山山套山的另一景象。車停在旅客訪問中心的門前，到中心去，看他們放映的介紹公園的電影，據說在一七七六年，有一位史密司的探險家，和十六位同伴，到此地來探險，帶回許多資料，世人才知道有此山峽，以後摩門教的楊百翰在東部帶了一百多人到西部移民，經此地停留了一些時間，再到鹽湖城定居，那時已是一八四七年了，直到一八九五年正式核准成為國家公園。

峽谷的成因，是在二百萬年以前，有一條大河流通過峽地，將岩石沖開，再經百萬年以上的風化，形成奇景，現在此大河流已經不存在了，可是山峽明顯的看得出沖積層。訪問中心放的電影，非常精彩，自然界的奇景，平常想像不到的，台灣野柳，由海水沖刷成的各種奇岩，那也很奇，但太少，格局也太小，不能和此相比。橫貫公路的燕子口，山勢壯偉，但奇景不多，此地之山奇在高而矗直，像屏風一樣，筆直上伸，無路可攀，人在下面，顯得渺小。導遊說此地山勢固然很奇，但和大峽谷相比仍是小巫見大巫。此地海拔是四千英尺，山的最高處是七千五百英尺，山的平均高度是二千五百英尺，而大峽谷雖然地勢低，祇有海拔二千五百英尺，而最高峰卻有八千三百英尺，山的平均高度達到五千八百英尺，當然比這裡為高峻，但就地論景，此處叢山聳列，已是不錯的了。

接待中心旁邊是文物館，把此地的風景片、動植物化石標本都陳列在一起，大廳內另外有峽谷模型，可作為遊覽的指標。

離開訪問中心，進入深地，觀賞山容，真是愈深入，愈奇妙，有一座山，平削的一面，石塊與石塊之間，有很多有規則的線條，將一座山畫分為很多有規則的線條，將一座山畫分為很多格子，遠看好像天公佈下的棋盤，所以稱之為棋盤山；那時天色晴明，上午明亮的陽光，照射上山岩，反映出紅色的山石，碧綠的樹木，非常美麗，有些深谷幽處，仍是黑黝黝的一片，岩頂有尖峰，有圓峰，山間奇石也很多。

最後開車到峽谷車道終點，在四面環抱的高山中，有此一片廣場可以停車，就是山腳，有溪流淙淙，水清澈而冷，從遠處高山瀑布沖下，轉過山灣，向下奔流而去，任何一面的山，都高聳入雲，仰頭上望，有些見不到頂，心中自然地發生對大自然敬畏的心理。車道盡頭有登山的小路，路旁有木牌，上貼告示，勸告登山的人，要先與訪客中心聯絡，瞭解山上情況才可上去，否則有時遇到陣雨，山中急流，會把登山人沖下山溝來，是太危險的。

我們大家在此山谷平地上，紛紛選擇最喜愛的角度，攝影留念，有的站在溪邊，有的站在山崖脚下，都是以插天高峰為背景，我們是團體旅遊，個人不能脫隊去尋幽探勝，在電影中所介紹的懸岩拱門，石梁飛橋，以及瀑布等等勝景，要深入山區，才能看到的，也衹有望山興嘆了。

在群山中，有一處直立的高岩，氣勢雄偉，很有點像我國大陸上的黃山奇景。

歸途轉到哭崖去參觀，我們知道在「耶路撒冷」有一座哭牆，以色列認為是聖地，此地卻有哭崖，是一處滴水的懸崖，高山上的水流到這裡，廣闊的分散開來，不能聚成瀑布，變成為零零星星的雨點落下來，很像哭泣的人不斷掉眼淚一樣。崖壁門凹進去，山水在上面滴下，不會落到凹處的山崖下，所以遊客都進入崖凹處向外觀賞，此崖終年滴水，地上長滿青苔，路很滑，有十多分鐘路程，如不小心會滑倒。公園為了旅客安全，在路邊蹬道上裝了木欄杆，人可以扶了欄杆上去。有些老年人，為了謹慎起見，還是不上去，老美遊客都上去了，在那裡照相。

哭崖下來，開車到公園餐廳吃飯，然後離開公園，仍走十五號高速公路，一路上除了遠山外，都是平沙漠漠，矮樹叢叢，不久，就離開山區了。

丹麥城

美國是世界各地民族移民混合而成的國家，每個民族都有他文化的特性，當他們聚族而居時，遂成為具有特色的社區，如我們的華埠、日本的小東京等等。在洛杉磯西北方約一百四十哩，過了雷根總統故鄉的聖塔芭芭拉不遠，有一處地方，名叫莎菲鎮(Solvang)，是一個丹麥人聚居的社區，俗稱丹麥城。

小時候讀泰西五十軼事，其中第一篇就講到丹麥人入侵英國，迫得阿爾弗萊特王到處逃生，在書中描寫丹麥是一個驃悍的民族，有些兇悍的人，常常做海盜，橫行海上，侵略鄰國，可是現代的丹麥，卻已截然不同，其人民的生活水準和福利享受，已列入世界各國的前排。

加州在美墨戰爭以前，原是屬於西班牙和墨西哥統治的，那時北歐人渡海來此，不乏海上豪士，莎菲鎮靠近太平洋海濱，又是在聖他艾尼茲山谷裡，正好藏身，自然成為落腳地點，以後人數日多，丹麥來的移民，又很自然地集中到家鄉人那裡，於是由零星散戶而成村落再成為市鎮，但正真建設成有組織的充分表現丹麥文化色彩的社區，是從一九一一年開始的，那時有三位丹麥籍的美國學者，自愛荷華州來到此地，看到丹麥人定居在此地的已很多，生活習慣，大體與故鄉差不多，他們認為有重新創建丹麥文化的必要，因此首先建立了丹麥族裔的學校，從教育著手，以後社區陸續增建具有北歐色彩的大批建築物，遂成今日南加州一處有名的觀光區。

丹麥城，全部是丹麥式的建築，有風車、尖而斜的屋頂、鐘樓等，全部是木造房屋，房屋的顏色，完全是北歐風味，看慣了美國式的建築，到此截然不同，使人有耳目一新的感覺，商店門口，大都掛著美國和丹麥的國旗，街道相當整潔，有幾處堡壘式的尖頂屋，上面裝了大風扇，沒有風，也在轉動，大約是用電發動，目的在吸引外來的觀光客。城中有一輛老式馬車，裝扮得很漂亮，用兩匹馬牽拉，車上擺了好多椅子，供遊客乘坐。馬行時很穩，踏步之間，有一定的節奏。

城的區域，四方形，有幾條大街，其中以哥本哈根街和阿立索街最為熱鬧，兩旁店舖，以飲食、點心店為最多，其次是出售北歐特產的商店，丹麥的商店當然最多，其中也雜有其他歐洲人的商店，看到有一家是荷蘭店，專門出售磁器製品。我們去的那天是星期六，遊客特別多，我們選擇了一家顧客特別多的店家，吃丹麥式的午餐，在我們外行人看來，和一般西餐無甚大區別，祇是他們拿出來的餅干，特別乾而脆。我也在路邊向點心店外購丹麥點心，是一種烤焦的麵包，一客三個，好像小的馬鈴薯這樣大，吃起來又像台灣的發糕，上面澆了草莓醬，撒了些糖粉，味道也還可口。丹麥餅干，是很出名的，台灣也有進口，售價還不便宜，此地所做的丹麥餅干，樣子很多，價錢公道，改良的容器，是一種手提筒式，看上去很輕巧，容量又多，旅客買了，可以提著拿走，不像以前圓罐或方盒，不太好拿，買的人也很多。有些商場是二層樓，從木樓梯上去，很有些古典的味道，歐洲製的毛棉等衣服，顏色花樣，都很大方，祇是價錢貴了一點，特產商店裡，玻璃製的小玩具特別多，五金的手飾、鑲假鑽石假寶石的女用裝飾品也花樣繁多，形式精巧，價錢不算貴，有出售掛鐘台鐘座鐘為主要內容的商店，牆壁上掛滿了各式各樣的鐘，鐘的頂上裝飾有各種動物和鳥類，到時候會自動報時，或發叫聲，或伸展翅翼，或自動打開鐘門露臉，很好玩，價錢也公道。

此地也有些古蹟，如教堂、古堡、學校等等，因為逗留的時間不多，又缺乏嚮導，所以祇在外面看看而已。

美國和北歐隔了半個地球，雖然未能實地到北歐去遊歷，在此領略具體而微的北歐風光，也很值得。

蒙得瑞水族館和聖荷西酒廠

靠近聖荷西以南，有一個海灣，名叫 Monte rey Bay，巧得很，和洛杉磯號稱小台北的蒙得瑞市同名，那裡有著名的十七哩風景線，原來是吸引遊客的地方，在一九八四年，更建造了一座水族館，據說這座水族館建築和設備，共花了七千萬美金，真是不惜工本，裡面有五千種海洋生物，洋洋大觀，可稱為海洋博物館了。

我們從洛杉磯出發，在高速公路上行駛了八小時才到蒙市(包括午餐時間在內)，水族館建在海邊，從蒙市前往，要通過一個不算短的隧道才到達。該館每天開放到晚上六點鐘，遊人很多，都是從各地去的，盛名之下，自能吸引人們的好奇心，不遠千里而往。

水族館是一座三層樓建築，進門後，首先看到的是懸掛在空中的魚類標本，看上去是用塑膠製作的，巨大無比，進入水族室，兩邊是高大的玻璃水箱，從地面直通到二樓，各種魚類游棲其間，遊客站在兩邊水箱中間，宛如置身海洋中，四週游魚在移動，有些地方水箱上玻璃面故意遮蓋了，留出幾個圓形的觀察孔，遊客可就孔內察看魚類的生活，因為水箱空間很高，有些水藻如海帶之類長得高高的，好比陸地上的高樹一樣，有時魚群游過，數目不少，有些專箱是飼養海豹、海狗之類，和主箱是分開的，如將他們和魚類養在一起，魚會給他吃光。

有一間幻燈片放映室，介紹本館的生物資料，二樓有一處放電影，拍攝如海生物進食的情形，樓上樓下都有出售紀念品和圖片書籍等的商店，在商店外特製一只長長的水櫃，裡面放置了海星、海膽、海參、蚌類等海生物，允許遊客中小孩去捉摸把玩，旁邊還有專人解釋給孩子聽，增加他們海洋生物的知識，水族館屋外靠海邊，建築了水泥平台，遊客可以憑欄看海，很多人選在此地拍照留念。

此地純粹是飼養海生物供人展覽的地方，就我個人的觀感，其娛樂性比不上聖地牙哥海洋世界的多彩多姿。樓上樓下參觀了一個多鐘點，已全部看到了，也無何出色之處，祇是水箱高大，海生物多而已。

離開水族館到聖荷西去，住在聖卡勒斯市場的希爾頓旅館，聽說此旅館已由台灣來的資本家買下來了，歡迎中國同胞前往住宿。

第二天上午遊聖荷西，聖市是一個富足而繁榮的都市，工業發達，很多尖端科技的製造工廠，聘用了無數的高薪工程師，消費潛力很大，所以房價很貴，高級娛樂場所特多，在旅館附近，是銀行集中地，另有歌劇院、博物館和很有名的教堂，有一處建築物原來是加州的州政府，後來遷移到沙加緬度去，此地就改為郵政局的辦公處，聽說有一座玫瑰花園，裡面栽植了七千五百多株玫瑰，共有一百五十八種品種，可說集世界的大成，可惜因時間關係未能前往，祇是到埃及歷史博物館去參觀，該館是美國西部首屈一指的埃及文物收藏處，最寶貴的有真的木乃伊，博物館外面佈置得像花園，裡面有很多埃及古代形式的石像，石像都很古樸雄渾，以往在各圖書雜誌上看到介紹埃及文物時常有此種雕像，此地是些複製品。

參觀了埃及博物館後，去 Almaden Vineya rde 酒廠，此廠專釀葡萄酒，是美國最有名的酒廠之一，出品行銷全世界，在美國各超級市場和酒吧店都能買得到，原先廠主是在一八五二年開始在此建築，當時的辦公室到現在已經歷了一百多年，仍然保存得好好的，現已改為貴賓室。

酒廠派人引導參觀，先到酒庫，密封式的庫房，進庫時是一扇小門，做成酒筒的形狀，上面標明建築的年代是一八七六年，進門後立刻將門關上，以免外面的空氣侵入，庫房內擺滿釀酒的木桶，酒香撲鼻，有一具釀酒桶，上部裝了塑膠片，可以看到內部釀酒過程，一面供釀酒專家隨時觀察，同時遊客也可湊著眼睛去看，酒庫裡有一只特大的木桶，可裝三千四百四十七加侖的酒，是該廠的標誌，在美國一百週年紀念時，曾運到費城參加展覽，到二百週年國慶紀念時又拿出去展覽一次，如此龐然大物，是拆開來運到展覽場地再拼裝起來的，廠方宣傳的標語，是說向第二個二百週年進軍。

釀酒完全自動化，在此酒庫內釀好的酒，用水管送到門外廣場上豎立的巨大金屬筒中加壓，每個筒都有二層樓高，一望無際，經過加壓的酒已完成了，再由金屬水管輸送到裝瓶工廠，裝瓶加蓋、貼標籤、裝紙箱、加綑，都是一貫作業，完全不用人工，紙箱由輸送帶送到門外貨櫃上，貨櫃裝滿立即開行，分別到空運、陸運、海運等地點，轉送美國和世界各地。工人不多，效率非常高。

廠中面積廣大，設有花園，花卉樹木很多，佈置也很幽雅，還有示範葡萄園，種植法國名種葡萄。

嚮導領我們到品酒室，室內有一排長桌子，上面擺滿了小杯子，每一份三杯，分W、I、N三類，都在杯子上標明，遊客可隨便取飲，看各人喜愛，如喜歡W類酒的，就坐到另外W的桌子上，如喜歡I的，坐到I的桌子上，於是有服務人員將此類各品種的酒送到桌上請遊客品嚐，都是現開瓶，現倒大杯內，如喝不完，可倒入桌子中央的桶子內，無論那類酒都分紅酒、白酒、玫瑰酒、香檳酒等四種，每種酒中又分開好多名稱，祇要是此廠出品，每一牌子的名酒都嚐到，喝完酒，送我們每人一張精美的卡片，上面標明各種酒的名稱，看遊客是喜歡那一類酒，分開送W、I或N的卡片，遊客自已簽名在上，留在身邊，供以後選購酒類的參考。也是酒廠宣傳的一種方法，最後到廠中特設的商店，陳列有各種酒及副產品如葡萄果醬、葡萄醋、酒皂，各種酒味的糖果等等，遊客根據品嚐的印象，在商店裡選購自己喜愛的酒，當然價錢比市場上便宜得多。在品嚐時，開了好多瓶酒，往往在售酒時得到補償。

我們午餐是在聖荷西「楓林小館」吃的，此楓林小館格局，和洛杉磯好萊塢的那家差不多，佈置有垂柳水池，池中有各色金魚，假山流水，朱漆欄干，黃色琉璃瓦頂，具有中國庭園的特色，很能吸引老美光顧。可見我們新一代的移民，做生意能夠成功，確也是花了一番心血，精心設計的。

納氏漿果農場

納氏漿果農場，是一個僅次於迪斯耐樂園的有名遊樂場所，地點在洛杉磯的 Buena park，範圍相當廣大，內容包羅萬象，尤其兒童遊樂的玩意兒特別多，另有表演歌舞劇的歌劇團，相當於一般電影院大小，供大人們玩賞。門票分三種，一種是大衆化的門票價錢最低，一種是附有各部門遊樂券的，參觀各部門遊樂區時，每處撕下一張，另有最貴的一種是有導遊的。

朋友一家和我們帶了二個外孫去玩，一個外孫先玩四面轉動的騎木馬，另一個是玩上下升降四面轉動的飛機，玩過後到撞車遊樂場，四四方方的場子，裡面有許多用電控制的電動小汽車，人坐上汽車，把握方向盤，自己會轉動，在場子內四面任意行駛，車子和車子時常相碰，一碰後互相向反方向駛開，因車座底下是橡皮，不會翻，也不會受傷，小外孫在欄干外面看得很開心，就是不敢下場。我看他很喜歡坐玩具汽車，就帶他去坐行駛在山道間的雙人座汽車，因為有大人相陪，就安心的坐著玩了。汽車底下有軌道，方向盤在轉彎時起作用，但如不及時轉動，車子仍會跌跌撞撞的自動轉彎，在山道間，轉彎曲折很多，好像很驚險，其實非常安全，外孫把握方向盤像模像樣的，自以為學大人們開車。

歌劇院演花式溜冰歌舞劇，各種節目，都以溜冰為中心，兩面牆壁上，掛上銀幕，當歌劇更換節目時，銀幕上就放映小故事或花卉風景等短片，免得觀衆冷場，設想非常週到。

出歌劇院坐老式火車，穿行在遊樂園間，看得見園中的降落傘，和高空下滑等遊戲，高空下滑遊戲比較危險。火車穿行入山洞中，洞中別有天地，是模擬成一個礦區，礦山間處處危石，有好多電動的蠟製人像在做工，有鑿石的，丁丁有聲，不時爆出火花，有推車的，上面堆滿礦石，有鋸木的，拉繩的，種種不一，總是以像真為主，等於遊客自己歷身在礦洞中，每隔一段就有驚人場面，如大霧、大火、大水、礦石滾落等，隆隆之聲不絕於耳。博得遊客的驚呼。

穿過礦區山洞，進入另一山洞，安置有千奇百怪的花草、樹木、人物，傀儡人表演的各種動作，有滑稽的，有恐怖的，有喜樂的，都有音樂配合，壁上裝置燈光和實景相配合，增加其緊張的氣氛，彷彿是迪斯耐樂園中鬼洞和小小世界混合一起的景象，有恐怖的一面，也有歡樂的一面，孩子們尚能接受，不怎麼怕。

孩子們要去坐馬車，轉到馬車驛站邊，那裡是一處古老的街道，街道兩旁是些古老式的商店，有一家標明中國洗衣店，蠟像是一個乾瘦的老頭兒，正在燙衣服，隔壁是一家銀匠舖，店員在煉金子，又有一處是皮鞋店，用手工在做鞋，架子上各種老式的皮鞋，也有顧客在櫃台邊和店員看鞋子，做出正在購鞋的情形，在桌子上還擺有水果等。走了一段路，到一處住家房子，有男女主人和孩子，房裡是一只老式木床，孩子在舊木地板上玩他的玩具，桌子上放的是煤油燈，所穿衣服也很陳舊破爛，以上所見，都是蠟像。門外卻有真的老婦人在表演老式紡紗，問她年齡已八十二歲，應該是那些蠟像時代的同一輩人，轉過去有一對老夫婦，在街頭演歌唱，看上去也八十多歲，可惜我們走過去時，已表演完了，沒有聽到歌聲和音樂。

此時聽到幾響鎗聲，遊客紛紛圍在一幢一層樓舊木屋左右，屋頂上有二人，穿了牛仔褲，一個人手裡拿著長鎗，兩人瞄準了互相射擊，在表演當年西部牛仔打架，隨便動鎗的情形，現在可說是特技表演了，互擊的結果，最後屋上那人被擊中，由二層樓跌下來，表演結束。他們稱此一地區的一切，為西部淘金時代的老樣子的城市。

附近有出售糖果和紀念品的商店，我買了些乾果，朋友的孩子喜歡帽子，挑了一頂墨西哥式帽子送他。出了糖果店到露天照相館，路邊凳子旁，擺好兩個沒有頭部的畫像，女的穿泳裝，男的穿老式衣服，任何人湊上去露出自己的頭部，畫像就代替自己的身體，配合了照出來，也很滑稽，另外一處路邊，凳子上坐著兩個外國人的塑像，中間留一個座位的空隙，要照相的坐上去，就成為和兩個外國人合照了，這些都是照相館的噱頭，可是在此地照相的人很多，或是自己用快鏡照，或是請照相館照，留下地址，將來寄給家人，大家的想法，是留一個紀念照相而已。

其他還有可玩的地方很多，由於時間已晚，都是走馬看花，匆匆而過，浮光掠影式的一瞥而已。

幽勝美地賞雪

美國西部陽光地帶，終年不見霜雪，孩子們對雪，沒有概念，祇是書本上看到的名辭而已。聽朋友說，幽勝美地已下大雪，東北部並已關閉，祇有西南部可通行，我們決定去賞雪。

先一天晚上，住在幽勝美地附近的一個城市名叫 Fresno，是加州的農業中心，所有加州的農產品泰半集中該城，無論舉行何種農業性會議，也都在該地集會。住的旅館名叫 Trave Ladge，價錢既便宜，設備又好，客房裡還準備了咖啡讓客人自己沖喝，並免費供給早點，大約這是農業社會的作風，人情味比較濃。

第二天一早出發，在平地上大約行駛了一個半小時到達靠近幽勝美地最後一個市鎮 Oakhurst 打尖。然後進入山地，穿行在山石和樹林之間，路面不寬，又多彎曲，樹根和山坡地已見微雪堆積，有些正在溶化中，愈深入雪愈多。

雪霽後的晴天，陽光高照，最是理想的旅遊天氣，空氣特別清冽，使人精神爽快，全車的人都精神抖擻，目睹窗外美景，一幕一幕隨著車輪滑動而過去，真是美不勝收。原計劃是先到紅木區去參觀千年古木和叢林雪景，那知由於安全的關係，該區已經封閉，面對著佈告牌，祇能在外圍看那些並不參天的中型紅檜林，僅能說到此一遊而已。

過了紅木區，進入一個高爾富球場，想不到不僅沒有積雪，而且仍是綠草如茵，球場對面的高爾富俱樂部和旅館，古色古香，建築雖然古舊，卻仍裝飾得很美，門外車輛停得不多，冬季，會員們來玩的興趣，畢竟要差一點。踏雪尋梅，是我們中國人的雅興，美國人缺少此種含蓄而富有詩意的情趣，在現在的季節裡，他們直接去玩滑雪了。

在雪林中穿行了很久，到了一處開曠的地點，兩面山坡上的建築是古典式的木屋，斜斜的屋頂積滿白雪，襯著背後覆蓋著積雪的樹林，渾然像跑到聖誕卡裡來了，有一座木屋，門廊裡堆滿了木柴，屋頂煙囱裡冒出裊裊白煙，那必然是燒火爐所冒的煙，如在我國農村裡，煙囱裡冒的準是炊煙。

門前廣闊的路面和廣場，雪已鏟平，全部堆集到路邊屋角及山坡上，雪深而厚，車停下來，大家去玩雪，兩個小外孫看到雪，很是新奇，站到雪堆裡，本能地互擲雪球，妻也參加他們的遊樂，不怕手冷，也握了雪球，高高的投擲空中，玩了一會，又以雪屋為背景，照了一些相片，妻為了遊覽方便，特地穿了布底鞋，利用其走路輕便，那知在雪地裡玩，鞋底全部溼透，冰水透骨而入，趕緊上車去換鞋襪。

玩過雪，再向前行，穿過一個很長的山洞，到了有名的方柱形奇岩，(EL Capitan)有人說好像是上帝將一整塊巨大無比的大石塊，平放在地上，供人欣賞，岩石四面壁立，都是峭壁，週圍不生樹木，襯著重疊的遠山，陽光反射，氣象萬千，很多老美遊客，以奇岩為背景，選取各個角度，照相留念。兩面山坡上有些黃葉樹木，經山風吹動，黃葉紛飛，不由使人想起黃葉舞秋風的歌曲，又構成一片美景。四圍山峰、岩壁、以及樹木間，紛紛呈現有不規則的堆堆白雪。

奇岩看過，到幽勝美地瀑布去，幽勝美地瀑布是三疊段瀑布，上段有三十六英呎，中段十八英呎，下段九十八英呎，平常水盛時，水勢直如萬馬奔騰，噴珠濺玉，現在卻成懸掛的一串細流，差點沒有斷流而已，也無甚可觀，我們在瀑布下面照相，有老美自動的來搭訕，代我們照了全家福的照片，另有一處路邊的瀑布，滴水全無，有些經過多年水沖成的巨型圓石，禿禿地呈現在遊人眼前，衹有石隙處嵌滿了白色的雪花，表示這是水枯石出的冬天了，賞雪過程到此結束。

記得去年夏初來時，正是萬木爭綠，千嶂懸瀑，而今卻是黃葉舞風，寒岩敷粉，景物雖因時序不同而有變化，但各有妙處。蘇東坡曾讚西湖之美云：「若將西湖比西子，淡妝濃抹總相宜。」真的，風景秀麗的地方，確實是一年四季都美，隨時都值得去遊覽的。

從胡佛水壩到鬼鎮

胡佛水壩是美國科技進步的象徵，當他建築完成時，在全世界中，可稱為最大的水力發電設備了。此水壩是在胡佛總統任內所批准建造的，為了紀念胡佛總統，所以命名為胡佛水壩。

水壩的形狀是採用弧形的，壩面很寬，上面汽車往來不絕，此壩築在科羅拉多河下游，大峽谷最狹處，在一九三一年開始建築，一九三五年完成，一九三六年正式啟用，共化掉建築費一億六千五百萬美元，依照當時的幣值，是很可觀的一筆支出。壩的高度是七百二十六英呎，長度是一千二百四十四英呎，壩面寬度是四十五英呎，南端在內華達州，北端在亞利桑納州，在伸入水庫中兩端的圓形建築物上，都掛有一只大鐘，時間相差一小時，此是因為兩州有時差的關係，隔一道壩路，就差一小時，想來也是不可思議，遊客可從內州乘電梯下去，到那邊上來就是亞利桑納州了。

胡佛水壩，是多目標的水壩，而以發電為主，三分之二的電力供應加州，其餘三分之一由亞州和內州平分。其他如防洪灌溉等，當然也起作用，在水壩下遊，還有幾個小水壩，供發電之用，可說已充分利用水力了，水壩上遊是 Lake mead 湖，經水壩欄截後，成為蓄水庫。

在一九八二年七月間，美國國慶假日，有一位美國陸戰隊技術專家耐普，和八位同伴，在胡佛水壩表演了一場驚險的鏡頭，他用一千二百呎尼龍繩子，綁在兩州之間的水泥柱子上，另一端綁在身上，迅速的越過水壩欄干，向陡削的水泥壩壁向下爬，一直爬到五百九十八英呎壩底座的欄水堤上，很多在壩頂和路邊的遊客圍成一圈，摒息靜氣的看著他在安全下降時，大家為他鼓掌歡呼，結果警察已在發電廠的屋頂等他，一等落地不客氣的將他帶走，遊客大家不滿意，對警察大嘘。

我們向下看，確實很高而陡，這表演是非常驚險的，老美喜歡出奇，據水壩服務人員說，這是五十年來的第一次。

進入參觀，門票一元，兒童減半，老年人免費，他們並給我們一張免費參觀證，無論到美國任何國家公園，都可憑證免費。

坐電梯下降，很深，抵達發電室，先經過長長的隧道，由管理員引導參觀，室內左右面共有十七部巨大的發電機，平常祇開動三部，輪流發動，水庫出水量，達七十六億平方公尺，總發電量達一百三十四萬餘基羅瓦特。

出了發電室，過山石鑿成的過河隧道，通到另一邊掛有圖表等的大房間內，管理人員解釋發電情形，上下水位相差一百六十公尺，所以能發生此巨大的衝擊力。

在發電室過隧道時，要走下三層樓梯，凡老年人走不動的，可以乘電梯上下，人多電梯容量不夠，管理員要排隊的人自己報出年齡，由他指示搭乘電梯。

回到堤頂，重新領略湖光山色，想起台灣的石門水庫，雖然大小不能相比，而其氣勢是差不多的，水庫靠近公路邊的水域比較淺，長了好多水藻，有很多魚成群的迴遊其間，體型也不小，可是沒有人在釣魚，大約是不允許垂釣的，遠山倒映在平平的湖面，襯著藍天白雲，風景確實很美，水壩的出水口，水勢衝激，俯視之下，也覺得很夠刺激。

我們是上午九點半到達，全部參觀過程一小時半到十一點離開。

中午到 Boher 小鎮午餐，然後開車去鬼鎮。Callce ghost twon 卡利可鬼鎮並不是有鬼的市鎮，而是一處廢棄礦山的廢墟，該處山區發現銀礦，採礦的人蜂擁而來，在一八八一年建立了一個村莊，一度甚為興旺，居民達到三千多人，擁有相當規模的許多商店，以後銀礦採完了，鎮民無以為生，棄屋而去，另覓生路，遂成為無人居住的空鎮。由於當地天氣炎熱，礦山沙石地，不適宜耕種，也不能畜牧，無礦可採，自然衰落，其後贈與地方政府。政府也想大力開發為觀光區，可惜因地型及氣候的關係，遊客不多，振興不起來，雖然如此，有些為了適應觀光客的需要，在那些古老破舊的房子裡，仍有許多出售土產的商店，大都賣手工藝，小巧的玩具類，山產礦石，以及銀製品等，那些廢置的房屋仍保留當年原狀。我們曾一路進去參觀，有藥房、煉銀工房、旅館、小商店等等，當時使用的工具還保留在那裡，運礦沙的舊車和洗礦沙水槽仍橫七豎八的堆滿在路邊。鎮上樹木很少，在烈日下走來走去，上坡下坡，也確實熱而累，正想離去，鎮上有人為吸引旅客，表演當年西部採礦工人惟力自恃，不受法律拘索的街頭劇，由三個男子和一個女子穿著當年的服裝，為了一點小事爭執，先後遭鎗殺，女子呼天搶地的痛不欲生，鎗械和開鎗的鎗聲都很迫真，當然是空鎗，其中還穿插些女子向他們哀求，以及爭吵的互罵，我們也聽不懂，表演完了，遊客大家鼓掌，在一陣掌聲中，已中鎗倒地的三個死人，統統爬起來了，向遊客做一個鬼臉，這是美國人的玩意兒，讓遊客在玩樂中激發思古之幽情。遊客報以更多的掌聲，夕陽西斜，我們踏上歸途。

孔雀園

孔雀是美麗的禽鳥，有彩色的羽毛，雄孔雀尤其美麗，尾部的長羽，能張開作扇狀，名為孔雀開屏，每枝羽毛上有圓形的花翎，清代官吏，視官職的大小，帽子後端，裝有孔雀羽翎，稱為戴幾眼花翎，官職大的，花翎多。

記得在台灣時，曾到阿里山孔雀園去玩過，當地土產商店，出售有眼翎的孔雀羽毛，眼翎花色，金翠相間，又像眼，又像鈴，買回來，插在高花瓶內，放在客廳做裝飾品。

在洛杉磯附近，有一處植物園名叫 Arboretum 中文譯音可翻譯為「矮不弄冬」我們譏笑身材矮小的人往稱之為矮不弄冬，所以聽來是怪怪的，園裡飼養了許多孔雀，我們中國同胞就直接稱之為孔雀園。

孔雀園原來是一處大農莊，農莊主人過世後，他的後人捐獻給州政府，作為公共遊樂場所，以前是不收門票的，現在因為加州減少房屋稅收入，為了開闢財源，公園也要賣票了，祇是對老年人還是優待半價。

植物園面積很大，備有遊覽車可以搭乘，遊覽車是兩輛無窗敞車連在一起，遊客看外面既無阻礙，可以一覽無遺，司機兼導遊，每到一處，他都報告，請遊客注意看外面，說明該地的特點，在重要地點，他也會把車停幾分鐘，讓遊客攝影或下車參觀，如遊客有興趣留在當地詳細觀賞，車子不會等待太久，那祇能自己走路回到出口處去了。

我們參觀了主要農莊建築物，除主建築外並有馬廄、牛欄，馬廄裡還停著當年載人裝貨的馬車，主人室內，用蠟像塑造女主人像，所有室內家具擺飾，大概是照女主人生前所安置的方式排列的，有鋼琴、豎琴等，餐桌上還用蠟像複製當年的食品，在主人屋對面，有一座大水塘，塘中養著鵝和鴨，岸邊有木製小碼頭，繫有遊艇，如從以往的年代來看，主人的生活是相當豪華愜意的，在此優閒的環境中，農村氣息很重，與目前園外現代洛城的車水馬龍，截然是二個世界，以前看過一部西洋小說「飄」，很多處描寫農家生活的景象，看到蠟像的裝扮，不由發生思古之幽情，彷彿神遊到郝思嘉、白瑞德(按即飄中主角)的時代中去了。

園裡分好多區，有一處完全種植仙人掌，高大得和樹一樣，各種形狀都有，有些區域栽花，也以熱帶花木較多，孔雀到處走，也不避人，看到遊客中衣服穿得花俏的，牠就動興，展開孔雀屏來媲美，我們入園時，買了一大包玉米花餵孔雀，先是少數的孔雀來吃，我們一面走，一面撒，結果引來大批的孔雀和鴿子，跟在我們後面，好像隊伍一樣，走了好一段路，看看我們不給了，也就自然的散隊了。

在牛欄附近，有印地安人住家的示範屋，大約也是當初農莊主人雇用印地安僕人的住處，裡面放了好多農具，一切生活日用品，都是印地安人常用的東西，門外還留有大石臼，不知道是貯水或是舂米用的，也有石子圍成的井欄。

我們不知道園中規定是五點關閉，這樣到處瀏覽，已是六點半了，剛巧有一位黑人園丁到印地安住屋來取腳踏車，看到了我很驚訝，告訴我們園門已經全部關閉，如沒有遇到他，我們可能在園凍餓一夜，他說為了謹慎一點，他想騎車子全園去打一轉，看看有無其他遊客逗留，要我們先去出口處等他開門。

走到出口處，路上已無人，聽到門外有人在發動汽車，就隔著門和他們打招呼，是兩個年輕白人，據說他們是爬大門翻過去的，我們家人老的老小的小，無法爬門，祇好耐心等待，在等待時，兩小孩吵著肚子餓了，幸好園內有投幣售貨機，投了錢幣買了雪糕給他們才不吵，不久園丁來了，開了門，才解除了困境。但這一趟玩得還是很盡興，此園也是可遊樂的去處。

迪斯康莎花園

在大洛杉磯北面的邊區，有一個城市名叫 Lacanada，該市有一個很大的花園，就是迪斯康莎花園（Descanso gardens），花園內包括有茶花、玫瑰、罌粟等花區，和日本茶座，以及其他園景，而以茶花為最多，號稱有十萬多株茶花樹。

茶花是一種清雅的花卉，雖不香，而顏色秀麗，花型也好看，法國小說家小仲馬所寫的茶花女，以喜愛茶花出名，小說的情節固然賺得全世界人的眼淚，而茶花卻因此更出名。

我國大陸上，以雲南省所產的最多，有很多名貴的品種，武俠小說作家金庸，在他寫的天龍八部中，曾描寫茶花的品種和其栽植的方法。茶花不喜陽光太強，也不宜施重肥，在台灣所見的茶花，大都是栽在花盆裡，很少見大枝的，價錢也比較貴，到了美國，洛杉磯居民都喜歡在屋外栽種花卉，在住宅區隨便走走，就可看到屋角庭園常有茶花，而且高大成樹，開花幾千朵，不足為奇。此花結蕾為時甚久，記得我們庭院中初次看到茶花樹時，不知道是茶花，衹見滿樹花蕾，好幾個月，沒有開花的朕兆，然後到了冬末春初，滿樹花朵，美麗可愛，可惜每一朵花的花時很短，幾天後就凋落，前花謝後花開，大約要經過二三個月才開完。

迪斯康莎花園這樣大規模的栽植，以前還沒有看到。

從蒙市去花園，是走十號高速公路轉二號高速公路向西北方向行進，大約四十分鐘的車程可到。

我們去的那天，正趕上南加州茶花展覽在花園裡舉行，愛花的遊客特別多，門票是一元五角，老人票減半。

購票進園後，先去東方式建築的展覽館，看茶花比賽，滿屋子都是茶花，用幾道長方形條桌放置展覽品的，每一品種，都用塑膠匣裝起，上面插牌子，寫名品種名稱，出產地，得過何種獎狀等等，花色有紅、白、黃、雜色等，紅色中由深紅到淺紅，又分了無數類，紅色鮮豔，白色高雅，雜色的五彩斑爛，更是美豔無比，花型有大有小，大的有類似我國的芍藥花、小的像圓珠子，有些花含苞待放的情形又有類似蓮花，遊客排隊欣賞，祇聽到咄咄稱奇之聲不絕。

出了展覽館，到花圃，迎面是一畦罌粟花，迎風搖曳，各色俱全，美麗吸人，在一般草本花卉中，很少有花能比得上此花美麗的，想不到這樣美麗的花朵，會結出含有毒質漿果，用以提煉鴉片煙。很多人從來沒有見過此花，祇是在報紙上常常看到，緬甸邊境的金三角出產煙土，罌粟花的名字，耳熟能詳，現在有實物對照，正好仔仔細細的觀察，在開花期還看不到鴉片原料的漿果，美國畢竟是自由國家，一切放任，在別的國家，此一大片罌粟花早已剷除掉了。

轉過罌粟花圃，是玫瑰花區，現在是生長期，開花還不多，有一個小水池，蓄養有大型的金色、紅色、白色的大鯉魚，四週花樹，桃花梅花都盛開，綠樹叢中雜以紫色辛夷，更顯得彩色的豔麗。

到一處名為鳥類觀察站，是一座木屋，木屋後面是一座池塘，四圍都是高聳的喬木，鳥類棲息其間，水池中飼養白天鵝及水鴨，遊人投餌，鵝和鴨都游來啄食。

茶花林，是無數茶花樹構成，在林間開闢道路，沿路邊兩旁都是盛開的茶花，各色相間，時見有人停下來，在某一株茶花樹下欣賞和觀察，有的欣賞大型花，有的欣賞小型花，各就所好。

茶花林很長，出了花林到園中最高處的 Hospitaltiy house（迎賓室），此處原來是園主人的居室，現已開放，裡面牆飾掛滿了藝術品，有很多稀有動物的照片和畫片，庭園內還有假山石，此種佈置，有類似我國庭園格局，在別處還很少見。

花園中有一處日本茶座，完全日式庭園佈置，小紅橋架在曲曲水流上，古典式木屋，可以飲茶。我們去時，恰好有新婚夫婦在那裡拍結婚紀念照，以紅橋為背景，幾對伴郎和女儐相，都穿了禮服，打扮得花枝招展，引得遊客圍了看熱鬧。

三點以後，花園裡有遊覽車出動，車上並有導遊介紹幾處風物，我們因為預定的回程時間已到，來不及搭乘了。

卡塔琳娜海島一日遊

加州靠太平洋海邊的離島並不多，而此少數離島中開發成為觀光區的，也祇有卡塔琳娜島(Santa Catalina)，物以稀為貴，加州有錢的人很多，大陸住久了，想去海上換換環境，就到此島上遊覽，此島距長堤海港祇有二十一哩，島的形狀是狹長形，最長處也不超過二十二哩，面積不大，可是有山有水、有樹林，有野獸，海上還有飛魚，島上居民不多，祇二三千人，而每天遊客卻超過居民幾倍。在以往未開發時是海盜和走私者的樂園，到一八八七年，島上唯一市鎮—阿發龍(Avalon)對外開放，逐步建設成現在的規模，島上與大陸之間的交通有飛機及船運，主要航道有三線，東邊是新港灘(New Port Beach)，西邊是聖彼德魯港(San Pedra)，中間是長堤港(Long Beach)，而以長堤港航程最近。

我們是在長堤搭遊艇前往的，遊艇是上下三層的大型豪華遊艇，可容納六七百人，搭客以老美為多，其他民族尤其東方人更是不多，船上具備有出售零食和飲料的小商店。

上午九點一刻開船，最上層甲板，視界寬，又可曬太陽，最初遊客都湧向上層，坐得滿滿的，祇是海風太大，有些人受不了，還是回到房艙裡去。

船離開長堤時，瑪麗皇后號郵輪和大飛機場的圓頂屋，反射看耀目的陽光，在海波中閃閃發光，而後船乘風破浪前進，長堤景物逐漸模糊遠去，祇是一色的海天茫茫，時有陣風，吹得海浪昇高，迎著急駛的船，萬千碎珠，沖打在船艙的玻璃窗上，有暈船的，顯得非常痛苦，但年輕的男女洋人卻不在乎，更有人特地坐到船沿邊，相依相偎，享受海風和海浪的刺激。

十一點到達卡島，船靠岸後，進入旅客服務處，有 Information 可供諮詢島上的遊程，我們是團體旅遊，自己有導遊，所以並沒有去麻煩老美。

中午吃過自帶的炒麵，在碼頭附近溜達，沙灘上有很多人裸體在曬太陽，島上的遊樂中心，是一個圓頂堡壘式的建築物，遠看很像北京的天壇。

我們主要的活動，是搭乘島上的玻璃底的小艇，參觀海底公園，玻璃船每船坐四十二人，都圍著船的四週坐，中心是玻璃的船底，可以看到海底景物，船緩緩行駛，馬達聲音也開得很低，以免驚動魚群，也可讓遊客看個仔細。

海底公園，宣傳的名稱很吸引人，而實際卻言過其實，祇是在沿岸上山腳邊一二里路的淺海灘處，清除雜物，舖滿平沙，放置了無數珊瑚石和其他岩石塊，人工栽植各種顏色的海藻，造成適於魚蝦蚌蟹等類海生物居住的環境，和可以觀賞的景物，可能每天還投下不少的魚餌，至於放下去的各種魚類，是否樂意安居，會不會隨著潮水遊到外海去，就沒有把握了。旅客們靜心的看著玻璃船底，照相機都準備著待拍的姿勢，希望能看到美麗的海生物即刻攝取，可是並不理想，都是些小魚出現，雖然也有彩色熱帶魚出現，但為數不多，有些大魚潛伏在石縫中或濃密的海藻叢中，偶爾有魷魚噴水前進。各色海藻則是很惹眼，船底下有照明設備，照得海底很清楚，海水也清澈不混濁，有一次船上放出魚餌，魚群來爭食，可惜事先不知，又加船行太快，來不及攝入照相機內。船繞山邊行駛到轉角處折回來，大約海上遨遊不到一小時。

遊過海上回到巴士站，港口當局，置備有遊覽車，兩輛成一組，供遊客遊覽，前車坐二十五人，後車坐三十一人，坐滿即開行，向山上行駛，盤旋曲折，到達山頂，看到大海浩浩，風帆點點與海鳥齊飛，頗有些和舊金山登山看海的景致相仿，祇是此地比較單調，不及舊金山的多彩多姿，山間築有許多別墅，據說是隔海大陸有錢人所建的，以供週末度假之用，房屋的樣式大都很古老，也可由此引發思古之幽情。

回程時，碼頭上旅客分列二行，排成長龍，一邊是去聖彼德魯的，一邊是去長堤的，四點多開船，回到長堤剛好六點整，夕陽尚未銜山，傍晚的長堤，另有一番風光，也值得遊覽。

洛城看賽馬

每年春季當美國東北部各地仍然處於冰雪寒風之中，而洛杉磯得天獨厚，已是風和日麗，春暖花開、有一天週末，我帶了外孫愛倫和朋友費先生的家人，共六個人，去看賽馬，開賽時間是午後十二點半，我們十二點到那裡，已是人潮洶湧，車如流水，馬場範圍廣大，四週寬闊的停車場，約略估計，可停一萬多輛汽車，無數服務人員，在場指揮停車，停車費分前區和後區，靠近馬場大廈的是後區，停車費二元，距離遠一點的是前區，停車費一元，少出錢多走路，也是公平。場地中心，有高架的瞭望塔，有警員在塔頂值勤，看得見全場，以防止意外事。賽馬要連續幾個月，每天都印有一份賽馬資料，售價五角，內容介紹本日賽馬各場中，每場是那些馬參加，騎師的名字，馬的編號、特徵、以往的成績等等，供觀衆參考。門票每人二元二角五分，孩童免票，進場後，先經過很寬很廣的過道，很多人就在過道內憑欄看跑馬，觀衆座位是在大廈裡面，座位票每人一元七角五分，用電動扶梯送人上樓，樓門口有人負責收票，將票根用大頭針別在觀衆的胸前，上面有座位號碼，自己對號入座，如離座外出，回來時也可識別。

馬票分普通場和特別場，普通場每張票起碼二元，然後隨顧客的意思也可增加，都是按偶數計算，例如：四元、十元、一百元、二百元等，總數沒有限止，票上記明選定的馬號，另外還有兩種選擇，Win 是指該選定號的馬要跑得第一名才能獲獎，Place 是指該號馬跑得第一名或第二名才能獲獎，Show 是指該號馬跑得第一、第二、第三名都能獲獎。當然，任何一匹馬，在三名以後是落選了。馬身上掛的號碼牌，觀衆坐得很遠，也看得清楚，每場最多十二匹馬，有時只有七匹馬，每匹比賽馬，有一匹伴馬相隨，也是一人一騎，和與賽的馬同時緩緩的走過觀衆台，讓觀衆察看牠的體格、氣勢，決定選擇購票，另有高大的電動標示牌，上面標示參加與賽各馬的號碼，在每一號碼下顯示出購票的數目，隨著票的進度，陸續變動，很明顯的看得出那一號馬是熱門，那一號馬是冷門，同一號馬之下，仍分列購 Win、Place、Show 票的各有多少，以及按購票的比率如得獎時，估計可得獎金的成數，供觀衆參考。大概穩當一點的人，都購熱門票，存僥倖心理的人購冷門票。

賽馬亮相完畢，進入起步欄內，是活動的鐵欄，共分十二格，上面也標明號數，同號的馬進入同號馬欄，時間一到，欄門開放，十二匹馬奔騰而出，觀衆大聲歡呼，騎師拚命賣弄他的本領，各馬都竭其全力向前衝刺，氣勢很壯觀。每場跑的距離，不相同，我們那天，最短的一場是一千二百米，最長的是二千米，電動標示牌上也隨著馬匹奔跑的先後變化，隨時亮出跑第一到第三名，選為跑第一Win 的，得獎時，獎金比其他二種為多，選 Pleace 的，又比 Show 的獎金為多，獎金的金額，是根據全場購票總金額計算，如該號馬選購的人多，那獎金就得少，有些不出名的黑馬，很少人選牠的，一旦中獎，分享的人少，獎金就特別的多，所以有時熱門名駒的 Win，所分得的獎金，反而不如黑馬的Show，可是黑馬得獎的機會少，所以一般觀衆，還是選定名駒為多。又有特別場，輪到該場賽馬時，註明此為特別場票價起碼五元，可選二匹馬，註明第一及第二，例如指定三號為第一，六號為第二，跑的結果猜中了，就得到特別獎，我們這次看到的特別獎，按票價一百一十倍計算，每五元票，得五百五十元。

賽馬準備前先吹號，然後有洒水車在跑道上洒水，跟著有拖拉機拖著鐵耙犁，在沙土上拖過，使得全部跑道平平整整，沒有高低不平，乾濕不勻的毛病，再由馬場監督人員，坐了馬車繞場一週巡視，看看有無不妥之處，全然是求得公平決賽，不使有一點兒偏差。

準備工作完成了，參加比賽的馬和騎師出場，每匹馬都有很明顯的馬號，先後變化很大，有的開始奔跑第一的，最後會落選，觀衆根據自己所選的號馬，對照著標示牌上的次第，心理上也有患得患失的感覺，跑道是橢圓形，跑到半途轉彎處，靠近看台，觀衆紛紛起立看個清楚，大家不自覺的為前面幾匹馬大聲加油，馬過看台，已近尾聲，輸贏大致已定，觀衆歡呼和嗟歎之聲，此起彼落，不久標示牌上顯出正確的名次，再等待一會兒，標出得獎金的數額，這一場就算終了。

為了使觀衆看得更清楚，起步欄，每場都變更地點，有六匹馬拖著走，東南西北都換到。在九場中，賽馬不在跑道上跑，而是在靠近跑道的草地上跑的。

觀衆實在太多了，我們未等終場先離開了，從賽馬到市區這一段路交通管制，僅 Holly 這一條街是單行道，沿路隨時看到警察在站崗，可見賽馬也是洛杉磯一件遊樂盛事。

我們雖然每場都買票，輸輸贏贏，出入不大，勝固可喜，敗亦欣然，最值得的是輕鬆愉快的度了一個週末。

世界聞名的二批古物展覽

埃及和我們中華民國，都是有五千年以上歷史的文明故國，古代所遺留下來的文物也特別多，由於考古學者的努力，在近代發掘出好多古物，在公元一九二二年，埃及發掘出 tutankhamun 皇朝 lying 皇帝的古墓。最近我國大陸上在西安附近掘出了秦始皇龐大的陵寢古物。兩者在世界各地輪流展覽，也先後到了美國，筆者有幸都能參觀，真是眼福不淺。

一九七八年，我第一次到美國來探視女兒和兒子，先到女兒處住，住在洛杉磯蒙特利市，那時並沒有像現在那麼繁榮，不久到華盛頓州兒子處，他是住在哥倫比亞河附近的一個縣城名叫 longvuW，那時是秋天，正好埃及皇墓古物在西雅圖展覽，我和兒子、媳婦、孫兒、和兒子的同事趙先生一同去參觀，由趙先生開車，早晨七點出發，在高速公路上行駛了三個多鐘點，到達西亞圖，途中遇霧遇雨，其後雲開日出，大家心裡很高興，出門旅行遇上壞天氣，總不是好事，西亞圖天氣是陰而不雨，進入市區，找到展覽會場地，那是一九六二年世界博覽會會場的舊址，現在已改為公園，也是遊覽必到的觀光區。

King Lying 皇帝執政期間，是在公元前一三二四到一三三四年之間，距今有三千三百年，相當於我國商朝小乙時代要再過二百多年，才是周武王伐紂，真可說是時代遙遠。

展覽場地，完全照埃及墓地建築，內部分隔和外間內陳列古物，也完全照挖掘出來時的位置安放，除了外面大環境外，等於是到埃及去實地參觀一樣，由於場地有限，每日售票有一定限制，據說已展覽好幾個月，各州來的遊客很多，大都慕名而來，我們停好車，媳婦瑞玲先去會場接洽購票，那知票已售完了，瑞玲找了主持人和他情商，說我們是從臺灣來美觀光，不久即將回去，沒有時間等待，可否准予參觀，主持人同意通融，可不購票入場，但必須捐獻，數目不拘，我們照票價，將錢投入捐助箱內。

在進口處，掛了好多放大照片，下加說明，列明開挖經過，墓道的情形，以及年代考據等等，此死去的皇帝是一個未成年的孩子，照墓道內所留下來的雕像看來，相當漂亮，凡是埃及當地墓道中太大的寶物，無法搬運來的，就用放大照片替代，四壁懸掛，說明此物是安置在墓道的何處地位，參觀的人可聯想到這些寶物堆放的地點，墓室正中是皇帝的木乃伊，戴有黃金面具，雕刻皇帝的面貌，和真人一樣，最可貴的是有幾間珍寶室，放有珠寶箱，難得沒有經過盜墓，所以相當完整。

展覽物品中，有皇帝的木雕像，面貌和木乃伊上金面具的形象相同，當時坐的椅子，是用木和象牙及寶石鑲製的，用黃金做的裝飾品特別多，有金劍、金盒、金雕像，雕刻皇帝出獵騎在虎背上，有的是雕刻皇帝站在獨木舟上，有四個金甲保護神，都是用金子作底，鑲嵌彩色玻璃和寶石等，非常華貴，而雕工鑲工的精細，以現代技術眼光看，也是上乘的精品。墓道牆壁上用整片黃金雕刻人像，也有木雕的女像，刻工細緻，立體化，每座雕像上刻有古埃及文字，講雕像的含意，和皇帝的關係。

有很多玉石做的杯子和花瓶等等，有一對玉杯磨得很薄，差不多近乎透明，上面刻字，意思是祝皇帝萬歲，大約是皇帝生日時臣民送的禮物。

珠寶室內真是淋瑯滿目，美不勝收，有孔雀、鷹、羽毛是用金絲縷成，眼睛則嵌寶石；有珠寶項鍊、鑲紅藍寶石的戒指，以及其他各種名貴的飾物。四壁牆上，對每項珍貴的東西都拍有照片，下面加註說明，使參觀的人看了實物後加深了解，此外如各種用具、食品、耕作器具等等，或是用實物，或是用照片，可以看出三千多年以前的文化已接近文明的階段，可惜以後停滯了，很少進步，實在值得惋惜。

展覽場內，四周都有警戒人員，包括武裝的和便衣的，保護這些古物，因為每件都是無價之寶，恐怕參觀的人順手牽羊，損失不起。人很擠，但有秩序，排隊輪流看，參觀大約三個小時完畢，走出墓道，恍如從三千年以前埃及古代回轉到現實世界。

一九八一年五月三日，蒙特利市的老人金齡會，舉辦集體旅遊，到洛杉磯市立藝術館參觀中國古代青銅器和秦始皇墓出土的古物，上午九點出發，到達時門口已排成長龍，領隊買了票，全體站在排尾，陸陸續續的進入會場，在進門口，有人出租錄音帶及耳機，配合展覽文物加以說明，帶上耳機不致干擾別人。藝術館場地比較寬暢，但因人多，還是覺得擁擠，參觀者，差不多都是老美，東方人參觀者不多。展覽的青銅器自商、周以迄秦、漢，種類非常之多，每件器物都標明出土的時間和地點，以及考據所得鑄造的年份。商朝建國，是在公元前一七六六年，到現在已有三千七百多年，青銅器因埋在地下，除了極少數例外，大都有銅綠的斑點，看上去也古樸可愛，最多的是大小的鼎和飲酒器的爵、尊、觥、斝、罍等等，每件物品上的花紋，都拓片放大，掛在牆壁上，有些紀功鼎的銘文，也用現代文學翻譯出來，我很幸運，正巧有幾位美國學者來參觀，由大陸隨同古物來的專家陪同，用中文解釋每件器物的用途及其可能有的掌故，另外有一位小姐做翻譯，他解釋鼎有四種用途，一種是寶物，例如禹鑄九鼎，象徵統治的九州，二是紀功用的如周公鼎、毛公鼎等，三是炊具，四是用來烹煮敵人或罪人的。記得史記上記載：「項王怒，烹榮陽守將周苛」，「項王告漢王，不急下，吾烹太公」

，「齊王廣、相橫，怒，以酈生賣己而烹酈生」，不知此類大鼎中，有無名人被烹過。另外還有各種應用工具及武器，看到銅製的鉞，想到史記上記載周武王滅商以後，以勝利者的姿態，進入紂王宮，周公旦把大鉞，畢公把小鉞以夾武王，不知此鉞是不是周公旦所執持的。有一套銅製的爐灶，雖然殘缺不全，仍可看出當時的規模，還有一套音樂器具，名叫銅編鐘，架子上排列有幾十個大小不同的銅鐘，每個鐘發音都不同，是當時的敲擊樂器，解釋的人特別指出二件銅器，告訴參觀的美國學者，說此二件是中國國寶中的國寶，他說我們對於歷史的記載，因為時隔數千年，所載是否真實，大都存疑，而此二件古物上所刻的銘文，證明中國古史記載都是真實的，一件是記載武王伐紂的年月日，按照史記上推算，公元前一一二二年武王伐紂，率領八百諸侯，在牧野地方大戰，打敗了紂王七十萬軍隊，紂王自焚而死，銘文上所記載的年月日和史記完全相同。另外一件是記載周公討伐蔡叔管叔的事跡，史記上記載，周公以成王年齡太小，自己攝行政事，他弟弟管叔和蔡叔，對周公起了疑心，聯合商朝遺族武庚作亂，周公奉成王之命，加以討伐，殺掉武庚和管叔，流放蔡叔，銘文上是平亂以後記載討伐的經過。由這二件出土的古物，證明歷史記載，完全正確，足以使我們具有五千年以上文化的歷史而自傲。

此次展覽最精彩的還是秦始皇墓出土的古物，秦始皇稱帝是在公元前二二一年，距今年有二千二百多年，有一間屋子，專門陳列秦墓古物，古物當然很多，其中最為人所注目的是陶俑武士和陶馬，做得和真人大小一樣，面部表情，栩栩如生，可看出當時軍人的裝備和武器，武士拉著馬疆繩，大約是騎兵，另外有武士好像是步兵。據說此次挖掘到的墓坑，其大無比，計有八千偶像排列成行軍的隊伍，面部表情，無一相同，據考古家說，是按照秦始皇軍隊每個人實際面貌塑造的，選出幾個樣品，送到國外展覽，大陸還在繼續挖掘，而且陸續有新的發現，據估計徹底的完成秦墓全部挖掘及整理考據等工作，約需千百年時間，此八千人僅是其中一部份而已，秦始皇的正穴還未發現，我們想，就此八千人而言，在地下排列成隊伍，該有多大的面積，要有多大的工程，真是不可思議。按秦始皇開始執政，是在公元前二四六年，那時他僅十三歲，到公元前二一〇年死亡，在位共計三十六年，史記說他執政之初，就命令在酈山建築墳墓，以後滅了六國，又征集天下民夫和罪刑人七十多萬人在酈山做苦工，深入地下，建宮殿，塑造百官，裝滿了奇器珍怪，再叫匠人做發射弩矢的機關，防止後人盜墓，以水銀灌輸做江河大海，上至天文，下至地理，無所不備，實實足足做了三十六年，到秦始皇埋葬後，把一批工匠一併封閉在墓內，以免泄漏機關。如真如史書記載，全部挖出來後，可能繼長城之後又將成為世界奇觀，也將使意大利的龐貝古城，相比失色。看到那些陶俑武士精悍的面貌以及犀利的武器，可以想像得到秦滅六國，一次活埋趙國四十萬士兵的威風，而焚書坑儒，偶語棄市等暴政，自以為已奠定了萬世基業，不料傳到二世，在位三年就滅亡，留下遺物，徒供後人憑吊而已。記得清朝有位宰相，告誡家人不要與人家爭地，有一首詩：其中二句是：「萬里長城今猶在，不見當年秦始皇」，世事都可以作如是觀。

麗浪多海灘吃螃蟹

洛杉磯西南面靠太平洋海邊，有三個海灘最出名，一個是聖塔摩尼卡 Santamonica，沙灘廣闊，是海水浴最好的地方，一個是長堤 Long Beach 以遊覽瑪麗皇后號郵輪和參觀大飛機為主，另一個就是麗浪多海灘 Redondo beach，遊客大都是去釣魚和吃海鮮的。

秋天菊花盛開時，洛杉磯的華人超級市場和中菜館，向大陸進口了大閘蟹，價錢貴得驚人，我們去菜館吃，中型的每只十元，小型的八元，雖然是活的，可是從大陸運來，時間比較久一點，蟹肉已消瘦了很多，所以吃起來並不飽滿，無非震於往日的盛名，聊以解饞而已。

朋友們談起，認為花大價錢吃半死不活的蟹，實在不值得，於是發起到麗浪多海灘吃螃蟹。

從蒙特婁市到海灘，車行約一小時，那裡停車場收費非常便宜，起先一小時免費，以後每小時僅收二角五分，和中國城停車費之貴相比，簡直不成比例。

麗浪多海灘有二道碼頭，深入海中，遊客可在碼頭木欄干內釣魚，如想出海釣魚，堤邊有漁船，裝有雷達，可以探測魚群，每人花五元購票上船，漁具另外租，祇要不怕風浪暈船，大都可以捕捉到一些海產品回來。

在碼頭防波堤邊，豎立有首先開港那位先生的半身銅像，在週末和假日，遊客幾乎是擠滿的，我們那天不是週末所以遊客不算多。

海灘海鮮店很多，大一點的有四家，另外有一處海產市場，放置了好多生猛的魚、龍蝦、蟹，以及其它海星、海膽、魷魚等海產品，有一家西餐館名叫東尼，對面一家名叫老東尼，也都帶賣海鮮，美國人生意競爭，好像我們中國人一樣，有所謂苟不理，老苟不理之類爭取顧客。在各海鮮店比較了一下，最後選了海堤沙灘邊的一家，是中國人經營的。蟹有好多種，如阿拉斯加蟹、大肉蟹、小藍色蟹、本地蟹、海臭蟲蟹等，我們共去五個人，選了五只大肉蟹，承店家優待同胞，以八折收費，共花三十多元，就坐在店對面，臨海搭成的看台上吃蟹，一面可以觀賞海景，海鷗在木欄外飛翔，那些鳥，見慣了人，也不怕人，時常飛來停在木架上，我們伸手即可抓到牠的地方，一動不動的像一只標本鳥，飛去了一隻，又來一隻，大概遊客常投食物給他們，所以偏著頭以戀戀不捨的眼光，看我們吃蟹。

美國人吃蟹的配料和我們不同，中國海鮮店，為了適應國人的習慣，備有兩種配料，都用小塑膠盒裝起，一種是醋和薑，一種是醬油和薑，吃蟹的工具是一柄木槌子，很管用，以往在家裡吃蟹，都是用美式的不銹鋼夾子，費力不討好，不如用木槌子一敲，蟹殼應聲而碎方便得很，桌上舖了幾層厚紙，也不怕弄髒，這一餐既飽眼福又飽口福。回家以前，又在海鮮店購買了幾磅煮熟的蟹螯，帶回家給家中人吃，大家對此遊很感滿意。

赫斯古堡

在洛杉磯和舊金山之間，有一處地方，名叫聖西蒙，那裡有一座很出名的收藏藝術品的古堡，名叫赫斯古堡，其實他並非真的古堡，而是仿古堡形式的現代建築，主人威廉赫斯特，是有名的報業大王，他孫女就是給共生軍綁架參加打劫銀行，後來獲判無罪，嫁給保鏢的那位蓓蒂赫斯特。

在十八世紀年代，威廉的父親喬治赫斯特由外地移居到此，擔任參議員，開始辦報，又購買了聖西蒙的白石農場，到了威廉手中再加擴充，在他事業最盛時，擁有二十九家報紙，十五家雜誌，八家廣播電台，每天可賺進一萬多美金，於是又大購土地，達到十七萬五千英畝，從古堡上眺望，凡是看得見的土地，都是他的產業。

古堡開始於一九一九年動工興建，到一九四七年才完成，建築師名叫摩爾根，是他女朋友，很有名，赫斯非常尊敬他，每逢星期六和星期天，摩爾根就坐了直昇機到赫斯那裡研究各部份的建築，共計建造了二十八年，到一九五一年赫斯去世，那時已八十八歲了。他和妻子感情不好，因為都是天主教徒，不能離婚，其妻子就分居住在英國的家產上，比赫斯古堡還要大。赫斯另外結識了情婦，不居名義，但事實上是女主人，是默片時代有名的電影明星。共同生活了二十多年，比正式夫妻生活在一起的時間還長久。

赫斯特喜歡藝術，是受他媽媽的影響，古堡內各處都有美術雕像，他又喜歡蒐集古董，每遇歐洲拍賣古物，他必親自前往購買，到老年時不能長途旅行了，仍用電話去購買。他又好客，常常邀請貴賓到古堡作客，祇登記進堡日期，賓客來堡後，供給吃住，不問何時離去，如願意長住在那裡，也不下逐客令，祇是沒有僕人侍候，要自己到餐廳吃飯。

以前古堡還附設全世界最大的私人動物園，現在已取消了。威廉去世後，古堡產業原擬贈與加州大學，因為維持費和稅金為數太大，不敢接受，最後捐贈給加州政府，於一九五八年正式開放，供人民參觀。

到古堡山腳下的遊客中心，有停車場，無論大小車輛，都不能上山，古堡有大型交通車，大約每小時一班，從遊客中心到古堡大門，車行要十五分鐘。

古堡裡分四個遊覽區，每區都要買票，每個遊覽區可參觀兩個小時，有導遊用英文解釋，每車是一個參觀團體，前面有導遊領隊，後面有安全人員押隊，因為堡內都是古董，怕遊客破壞。參觀者有幾項規定，可以照相但不能用閃光燈，不可以吸煙，不可以吃口香糖，怕粘住古董。所謂四個遊覽區，都是遊覽古堡的房屋和設備，他們將房屋按使用性質分成四大系統，第一遊覽區是花園、室外游泳池、客房和古堡的主樓，其餘是圖書室、廚房、酒吧等等。

進了古堡，要爬一百五十石級，才到兩座鐘樓式的主樓，在爬石級時，每上去幾十級，就有平坡，建築了房屋雕像或其他建築物，導遊就講解此處建築物的特色。有時到內部去看。客房有好多間，每間房裡擺有老式木或銅床，導遊說這都是十六、七世紀的古物，華麗結實，每張床都有來歷，想來客人住此房睡此床，都會發出思古之幽情，有一間房間，壁上掛著赫氏情婦的油畫像，很漂亮。

在未到主樓前，經過一處室外游泳池，是仿照古代羅馬形式建築的，有些拍攝古代羅馬的影片，常常以此為背景，泳池前面門台，那六根大理石柱，據說是購買羅馬古物，運到美國內裝置的。泳池四週，有羅馬式的長長迴廊，建立了很多美術雕像，池底用大理石鋪上黑色花紋的圖案，泳池清澈見底，配合四週環境，古意盎然，其間有一顆大樹，也是由羅馬原地挖下運來的，總之求其與羅馬古代游泳池迫真，花錢不在乎。

古堡花園內有八十五種玫瑰花，都是名貴的品種，還有從埃及運來的戰爭虎面女神坐像，已有三千五百多年的歷史了，輪廓仍清晰可觀。

古堡主樓，是左右並列的一座鐘樓式建築，共有七層，上下用電梯，遊客僅在底下一層參觀，底層的客廳最大，另外有三個客廳，則在樓上各層間，正屋有一百十五個房間，最盛時，每個房間都住滿貴賓的。

正屋大門不開啟，我們是從側門進去的，建築氣魄確是不凡，大門兩側有鍍金雕刻石柱和石雕像，進門後就是大客廳，意大利式圖案的天花板，四週掛滿大幅彩色壁毯，上織各色圖案，很古樸，在壁毯中間，雜有兩幅名畫，正中有一座長長的木檯，上面擺滿裝飾品，都是古董，有一只禮盒，導遊說這都是五百多年以前的東西。

過了客廳，到餐室，餐桌是長長的T字型，牆壁上掛滿歐洲中古時代各國王公貴族的族旗或國旗，五彩繽紛，看上去放在餐室內，有些不倫不類。餐桌保持赫斯特生前用餐的形式，中間擺餐具，還放了二朵鮮花，大約每天更換的，盤子、刀、叉、玻璃杯、調味品和酒，一應俱全，共有四個座位，擺好餐具，正中是原來赫斯特坐的，對面是他情婦的座位，右面是建築師摩爾根女士的座位，左面一位是空起來不固定的客位。其餘各座位沒有擺餐具。長餐桌上放了銀製的雕花燭台，共十二台，是法國的古董銀器，在餐桌對面靠壁，有一排玻璃古董櫥，裡面放滿了各式古董，正中一個裡面放置一根銀色的權杖。

餐廳隔壁是早晨休憩室，赫斯特每天早晨就坐在此室看報和休息，房屋的天花板和擺飾，都是西班牙式。

再過去是娛樂室，有兩座綠絲絨的彈子台，上面放了球和打擊桿，牆上掛出獵圖，是五百多年前的作品，另配以彩色瓷的拼花圖案。

離開娛樂室到電影放映室，播放十多分鐘的電影，都是赫斯特生前各項遊樂活動，其間他的情婦也在電影中出現，當時的動物園，許多動物穿插在生活節目中，現在動物園已廢掉，祇能作為歷史上的陳跡看待了。

最後參觀室內游泳池，裝飾得富麗堂皇，牆壁是用深藍色賽璐珞和K金薄片貼成圖案，泳池底部也用K金片鋪成，跳水台也嵌有K金片，在泳池外邊，矗立了許多仿古希臘、羅馬的雕像，梁柱上也用金片嵌成花紋，沿著池邊四週放置白石大理石柱的燈台，在晚間游泳時，燈光照明，更顯得瑰麗華瞻。

下山後回到遊客中心，買了些禮品，順便買些麵包，坐在廣場木椅上餵飛鳥，一時間大小飛鳥群集，斜照的夕陽，將飛鳥群的影子照在地上，別有悠閒的情趣。

多彩多姿的亨廷頓花園

在洛杉磯城中心東北向，大約相距十多哩，有一處有名的聖瑪利諾市，那裡有一座冶藝術、文化、自然於一爐的亨廷頓花園，包括三個主要部門：圖書館、藝術陳列所、植物園。這是已故鐵路大王亨利．亨廷頓所建的花園，面積有二百零七英畝，此地原來是他的牧場，因為他喜歡讀書、喜歡歐洲文化和收藏圖書及藝術品，乃以其豐厚的財力，予以改建。

亨利．亨廷頓的叔叔柯里斯亨廷頓，是創建鐵路的主要人物，他從旁協助，柯里斯因此發了財，叔叔死後，他分得遺產，又因他嬸母艾黎芭拉也喜歡歐洲文化和收藏藝術品，兩人嗜好相同，相互之間具有吸引力，在他叔叔死後十三年，娶嬸母為妻，艾黎芭拉原住紐約，早已收藏了十八九世紀歐洲的繪畫、雕塑、瓷器和文藝復興時代的銅雕像等，嫁了亨利以後，兩人共同移居洛杉磯，將牧場改建住宅，安置珍藏品，艾黎芭拉更有意鼓勵亨利向文學及藝術收藏方面發展，亨利到六十歲時退休，從此一意進行改建牧場計畫，創立圖書館等，到一九一九年開放寶藏給來訪的學者共享。

如就文化價值而言，無疑圖書館要居第一位，其次是藝術陳列所，最其次是植物園，此是對每年來此研究的一千四百名學者的價值而言，如就一般人民遊覽者而言，其次序剛好要顛倒過來。

圖書館是一座開敞的大廈，大廳裡陳列了歷史上名貴的各類書籍，圖書館藏書有六百萬件，其中包括六十萬稀有藏書，五百萬抄本，五千四百件印刷術剛開始時所印製的版本，最名貴的有第一本用印刷印在羊皮上的聖經，全世界僅有十二本，又有國父華盛頓的親筆書信，開國元勛富蘭克林手寫的自傳，英國文豪莎士比亞所寫哈姆雷特劇本的第一二印刷本，這都是無價之寶，旅客在圖書室內匆匆瀏覽，除能發思古之幽情外，其實無甚可觀。

藝術陳列所是二層樓多房間建築，到處佈置有精美的雕像，有銅塑、銀塑、大理石塑、石膏塑等種種不同，形象也大小不一。圖畫特別多，都是世界上有名藝術家的作品，有油畫、素描、水彩畫等，亨廷頓家屬有很多繪像在內，最有名的畫是兩幅人像，名為「藍少年」和「粉紅少女」，瓷器、銀器、家具等，都用專室陳列，每一件藝術品，都有說明的牌子放在前面，介紹他的特點，有許多幾百年以前的座椅窗帘等，寫明不可觸摸，要遊客自重，其中有一處陳列中國瓷器，用欄干圍起，不能接近。

藝術陳列所共有十六個場地，據說明，該處原來是主人的住屋，安置有主人銅像，說明上列明他在七十二歲時去世，距今已四十多年了。

植物園共有一百零三英畝，分成若干區，各區栽植花木都不相同，有：玫瑰杜鵑區、茶花區、百合香草區、澳洲區、亞熱帶植物區、沙漠植物區、棕櫚區等，另外特別建立了日本園。

在通道外，都是碧綠可愛的草坪，平坦、寬闊，沒有一根雜草，通道樹木中，常見到藝術雕像，參雜其間。

在藝術陳列所後面，有一小塊園圃，稱為莎士比亞園，表面豎立了莎士比亞的塑像，在塑像四邊，栽植各種花木，凡是莎士比亞所寫劇本裡引用到的花木，都已找全，在每棵花木下，都標明花木的名稱，並引述是在沙翁那一個劇本裡出現的，確實費了很多的心力。

在到玫瑰花區去的通道中，有一道很長的花棚，在花棚兩面栽滿了各色玫瑰形的木香花，木香花是籐形的攀懸植物，爬滿了花棚，顏色既豔麗，又是花香馥郁，很是醉人。

日本園，有日本房屋的建築，裡面還放置了榻榻米，道旁涼亭中掛了一只大銅鐘，用木槌撞擊時，發聲很清脆，水池疊石，建有小紅色木橋一座，成弧形，側影入水，就成為圓形的橋洞，和台灣溪頭大學池的竹橋，形狀一模一樣，橋旁有垂柳，水中有金紅色錦鯉，見人不驚。

有一處竹林內，有名貴的紫竹，我國佛經上說觀世音菩薩在南海紫竹林內修道，紫竹是罕見的品種。

沙漠區所栽的熱帶植物，比較特別，此區共有二千五百種需水較少的熱帶植物，仙人掌的品種最多，有直立型、輻射型、圓球型等等，大的比一般大樹還高，小的如小手指那麼大，成球成叢，遊人最好觀賞而不去觸摸，否則花枝上的刺，會刺痛人。

亨廷頓藝術陳列所，在一九八五年內，因電梯失火而封閉，花了一百多萬元整修，現在已於一九八六年十月重新開放。

喜拉英湖

在洛杉磯最靠近西界的海邊，是聖塔摩尼卡區，那裡海灘沙質細軟，是最理想的海濱遊樂區，就在離海不遠有座印度的甘地紀念堂，名叫喜拉英湖(Lake Shrine)，屬於印度的自助會(Self-Realization Fellowship)因為會堂的園子裡，有一個小湖，遂以此命名。風景非常優美。

我們是在端午節前一天去玩，從蒙得婁市開車四十五分鐘到達，先是循一號公路的海邊行駛，左邊是海，右邊是平平的土山，從公路旁看去，像峭壁似的平直，祇是很矮，好像我國西北的黃土層，我問同行的，曾在西安住了很久的朋友，問他是否有些像黃土層，他說具體而微，我們黃土層，千里平原，堅直細緻，富有黏性，在土層中挖洞居住，就是所謂窯洞，王寶釧苦守寒窯，就是在土層中挖的小洞，此地房子蓋在土山頂上，不能相比。聖塔摩尼卡海灘很長，路邊停滿了汽車，海灘上到處都是穿了游泳衣的弄潮人。

車在日落大道 Sunset Blvd 轉上山坡，到 17190 號就到了，路並不遠，可是因為有山隔離，已看不到海了。

在喜拉英湖的門口停車，進門處，植有一塊告示牌，歡迎旅客來遊覽，但希望遵守一些規則，如在園內不可吸煙、不可赤膊和赤足、不可賭博、不可吃東西等等，目的保持清潔和肅穆，進門後是一道窄徑，兩旁種了好多花卉，開得很像繡球，一望無際，路旁放置宣傳品的木箱，有好些印刷精美的宣傳品供人取閱，有些是介紹印度自助會的歷史，有些是各地自助會的聚會時間，有些是甘地的名言，有些是此地景物的說明。

進門走完花徑，豁然開朗，一片湖水，面積並不太大，可是佈置得景色幽雅，湖上安置有葫蘆式的圓形建築物，好像是印度建築的特色，湖中有白色的船屋，有兩層，在清澈的湖水中，倒影明晰，使人耳目一新，也有些從岸邊伸入湖中的小船屋，以及幾處碼頭式的平台，從路邊走下台階到接近湖邊，用木欄圍起，供旅客瀕臨其間欣賞湖景，並且是最佳的攝影留念處，湖中有白鵝成對的悠遊其間，四圍無數紅花綠樹，在樹林深處，一泓瀑布，穿沖而下，瀑布邊有白石雕像，好像是虔誠的教士，微風輕漾，花朵搖曳，鵝頸伸入水中，姿勢優美，水聲淙淙，流連其間，頗有出塵之想。

遊客沿湖邊小路前進，每處景物都可看到，有一座荷蘭式風車，似乎和其他景色不相配，但映入湖水中，也有其特色，湖邊的草地上，大概遊客都喜歡躺在那裡看湖景，或是站在那裡照相，以致草色枯黃，因此立有牌子，希望遊客不要踐踏草地。

此處有一間出售紀念品的小店，其中手工藝品為多，頗具印度風味，祇是價錢並不便宜，由於禁止在園內飲食，也無飲食品可買，所以遊客到中午時自動離開湖邊到外面去吃飯。

我們也是開了幾里路的車，到 Pacific Palisades 公園去吃野餐，由於是端午節前夕，所以很多人帶了粽子和鹹蛋等應時食品。

此公園靠近海邊，名為公園，其實名不符實，面積太小，所以植立的牌子稱為休閒中心(Rrcreation Center)有一個網球場，玩網球的倒是很多。午餐後已無可遊玩之處，再度開車回湖邊，有些人去照相，有些人在湖邊石凳上看湖景晒太陽。

我發現在樹林底下有些石雕物，走近一看，在半圓形的地壇上，放置有一只大的石鼎，兩旁分立著兩個女雕像，好像是仙女的塑像，地壇外圍一圈都栽種花卉，很有些肅穆氣象，原來是印度聖雄甘地的紀念壇。

下午二點，啟程回蒙市。

美國蠟像館

小時候讀薛福成「巴黎蠟像館記」，寫得好像栩栩如生，以一二百年前的眼光，看當時的技術，是不錯的了。可是到了現代，科技進步，塑像的原料和以前也不同，比以前更為進步了。在台北，參觀外雙溪的電影城，塑製了歷史人物像，如吳王夫差、文天祥等等，很能夠吸引人。到了美國，蠟像館裡人物景象，塑製的精美，更是歎為觀止。他們不僅是靜態的，更夾雜有動作與音響，力求逼真。蠟像館的地址，在洛杉磯附近 BUENA PARK 郡，一幢建築物內有二個館。第一館是電影明星的蠟像，第二館是以歷史上名畫所塑造的實景。也是世界上最大的蠟像館了。

進口處，站有一個蠟像警察，頭會自動轉向，眼睛總是對準遊客，猛一看，一定以為是真人，多看兩眼，仍不相信是蠟人，可見得他製作得精美。明星蠟像，大都以得金像獎的電影名片，按照該片中代表性的鏡頭製作。明星的身體、面貌、表情，以及服飾等，都很逼真，電影上面的佈景也塑造出來，和所看到的電影維紗維肖。由於場面大小不同，每處造像佔的空間也不同，有的佔整個一棚房，有的僅佔一小房，那大場面的蠟像人數既多，而且發出應有的聲音，如輪子轉動、大水沖激、人物對話等。如我們所熟悉的「亂世佳人」、「白雪公主」、「賓漢」。舞台劇的「國王與我」。電視劇的「我愛露茜」等。另外有單獨明星的塑像如范倫鐵諾等。有些仍在演戲的現代人，塑像遠較實際人為漂亮，因為年齡的關係，人老珠黃，當然比不上當年的綺年玉貌了。總之，從啟蒙時代的名電影到現代的星球大戰，都占有塑像的一角。在中途的休息站，玩擲球中彩的遊戲。有一處攝影的噱頭，他們備有印刷好的圖案紙，遊客可挑選喜愛的圖案，請他們照相，彩色的人像放大了印在花圖案紙上，好像是彩色海報，留做紀念品，很得遊人喜愛。

第二個蠟像館，陳列了許多著名大理石雕像的複製品，塑製得細膩而光滑。凡歷史上有名的雕像，都俱備。最精彩是是將列代名畫中的人物和其背境，用實物還原表演出來，例如「蒙娜麗莎的微笑」，塑造一具蒙娜麗莎的全身蠟像，坐在凳子上，另外塑一個畫家執著畫筆，畫架上有完成的畫像，畫家的眼睛對著人像在和畫像比較，好像研究那些地方要修改，很傳神。有些塑造的人像，站在名畫像的旁邊，遊客可以將人像和畫比較，人像的表情，更自然，不像畫裡那麼呆板。實在無懈可擊。

聖經故事也是題材之一，耶穌釘在十字架上的一幕，場面偉大，同時被釘者，有三個十字架。另有一件是製作耶穌最後的晚餐，十二門徒表情各人不一樣，也是根據意大利名畫家製作的。

最後出門時，經過燈光控制的房間，演出耶穌蒙難和聖母馬利亞像，先是在黑暗的房中，看不見什麼東西，其後燈光由微弱轉趨明亮，顯現出人物景像，加深遊客的印象，以增強日後回想時的記憶。

火樹銀花

美國人對一年一度的聖誕節，看得很重，好比我們中國人的過年，家家戶戶門口掛上了聖誕燈，一到晚上，燈光閃爍，多采多姿。我們入境隨俗，門外和樹上也掛好幾串紅綠燈泡，這些小燈泡，大都是台灣製造的，隔壁老美在掛燈時，特地來告訴我們，說這是你們台灣的出品，並翹起大拇指，表示很讚許。

大洛杉磯是以八十一個衛星城市組成，總面積一萬四百五十二平方公里，和台灣相比，差不多是台灣面積三分之一弱；每一個城市，都有特點，聖誕夜景，都很可觀，其中尤以聖馬利諾 Sanmarino 和巴沙迪納 Pasadena 兩個市的聖誕燈最為美麗。巴沙迪納市，是赫赫有名的，每年元旦的玫瑰花車遊行，全世界都知道，每次都能吸引百萬以上的遊客來參觀花車。這個市的居民，對娛樂事業，別有一套創意。聖馬利諾是有名的富人區，居民很保守而團結，以往排斥異族居民，現在我們中國人漸漸滲入，但仍是格格不相容，子女在學校讀書，美國孩子時常找麻煩。吃過聖誕晚餐，我們家人開車出去觀賞，從 Monterey park 市出發經 Atlentic 和 Huntington 路到聖馬利諾，遠遠的就看到一排樹尖，高出路邊房屋的屋頂，上面滿綴著閃亮的燈光，到了入口處，真是壯觀；那裡的行道樹，都是百年以上的老樹，樹幹高度有七八十尺，從樹頂上懸掛一串串燈泡，垂直地面，四圍都掛滿，全樹燈光燦爛，從路口看到裡面，夾道兩旁，都是巨型的火樹，車在中間緩緩行駛，彩光閃爍，星月為之失色。

聖馬利諾看過，轉到巴沙迪納，又是一種風光。每條街道，都有別出心裁的佈置；大體上是利用行道樹，佈置出燈飾的主題，配合家屋掛燈，成為一整套，有的街道以小天使為主題，樹下一色站著燈紮的小天使，有的以花朵、動物、樹木、各色人物等等，美不勝收。最別致的將燈飾嵌在反光的鋁片中，好像無數只眼睛向你閃爍，有一處更是挖空心思，用裝蛋糕的小錫盤子，中間嵌上彩色燈泡，幾百盞集合成一組，錫盤反映出彩色燈光，加強效果，遠看好比無數的彩色燈籠堆在一起，花錢不多，特別搶眼。

最好看的是一處豪華住宅，據說是冰淇淋大王的別墅，在屋頂、草地、通道、花園，都擺滿了聖經故事中的人物，每一組人物都有電動設備，做出各種動作，好比台灣龍山寺電動花燈，祇是比台灣的規模更大而已。參觀彩燈的汽車，排成長龍，大家緩緩行駛，盡情欣賞，也有人下車仔細觀賞的。

一般說來，聖馬利諾的風格，好似莊嚴高貴的紳士，稱之為火樹；巴沙迪納，好比風情萬千的美女，稱之銀花，都非溢美之詞。

東京之旅

秋天是旅遊的好季節，我選擇了中秋已過，重陽節沒有來臨時間去遊東京，此時正是秋高氣爽，洛杉磯出發時艷陽高照，搭的西北航空公司班機，十月十六日中午十二點起飛，經過十二小時的飛行，降落在日本成田機場，那時天氣已暗，似有濛濛細雨，成田機場相當大，因為地大，房屋多，所以有散漫的感覺。進了機場門，有許多人舉了牌子接人，我們預定的人沒有見到，由同行的侯先生帶隊，辦入境手續，經過入國審查處，馬馬虎虎問一問就過去了，幾經轉折，到達海關，同行的童太太是轉機到上海的，因找不到接應的人，所以也隨著我們走，到了辦入境手續地知道不行了，祇好回頭去，自己辦轉機手續。入出境的第一關是經過移民局，我們排在外國人入境欄，輪到我們時，移民局官員要我們先去辦臨時簽證，在飛機上時，有日籍的服務生，穿了和服，拿了空白的外國人登記單，要我們填好，此時正派上用場，簽證處就在移民局對面兩旁各有一書桌，每桌祇有一人，我們去的那一桌是一個日本少女在辦公，她索閱了機票，簽了字，就可以停留七十二小時。

過了移民局欄干，到提行李處，再經海關檢查，關員看到我們是短期停留的遊客，隨隨便便的看一看行李就放行了，然後是正式走出機場，到旅客接待室，我們預約的當地導遊，此時才出現，搭乘他的汽車到東京去。

成田機場到東京，行駛高速公路，有二小時路程，好比台北到台中一樣，不知為什麼要選擇距東京如此遠的地點蓋國際機場，來往頗不方便。行車途中遇到微雨，有一段路面塞車，車行如牛車一樣。其間又經過了幾個城市，都是燈火輝煌，高樓很多，到東京時是晚上七點一刻。

我們住的旅館是在東京熱鬧區的「新宿」，旅館名字是SUNROUTE是一座新式建築，高十五層，客房很小，比不上美國旅館。旅途很累，導遊去開房間時，我在客廳內休息，他告訴我客房在十二樓，我聽錯了，以為是二樓，二樓是各種會議室，不是客房，最後還是去櫃台問清楚了才找到房間。

睡了一晚，疲倦稍恢復，第二天早上吃自助餐，和美國的差不多，祇是加些日本風味，例如有海帶、蘿菔絲、白煮蛋、蛋黃糊等。

九點出發，目的地是明治神宮、皇居、東京鐵塔。由新宿出發，經過一條街道，行道樹全部是垂楊柳，多年不見的江南垂柳，似見故人，而街道也顯得幽雅些。在紅燈等車時，看到遠處街道駛過去電車，一趟有十幾輛，路上有火車、汽車，機車和自行車卻少見。道旁路牌都是日文夾漢字，還看得懂。在地下鐵入口處，旅客最多，日本人路邊也可停車，其記號和美國不同，他們不劃紅線，而以黃線來表示，也有停車收費的計時亭。

經過神橋，到達明治神宮、明治神宮，顧名思義，當然是為紀念和尊崇日本維新的明治天皇而設，佔地達十七萬平方米，四圍是樹木，約有十二萬枝之多，樹的品種也達三百六十五種，宮屋即在樹木的中心，進入神宮地區，祇見到夾道大樹，轉彎曲折，很幽靜，入口處一座日式井字型牌樓，那牌樓的木柱粗大無比，遊客大都在牌樓下照相，我們去的時候，普通日本老百姓不多，老外卻很多，另外有幾個日本中學生的團體，在此旅遊觀光，神宮已為各地日本人到東京時必遊之區，也是祈福之地，好比我們去佛教勝地祈福一樣，祇是他們還夾雜著歷史上的崇敬的意義在內，每年開放兩天，是在元旦和十一月十三日，明治的誕辰紀念日，到了那兩天，真是人山人海，大排長龍。日本天皇，稱為萬世一系，到現在的昭和，已是一百二十四代了。

過了牌樓，左右兩旁殿屋，有賣神符和祈福的，有一口井，名叫清正井，上面放了木杓，供人喝飲井水，過了第二座牌樓，此牌樓接近中國式，牌頂比較複雜，遠遠就看到正殿了，遊客衹能到正殿台階上的門口。不能進殿，在殿外的走廊上，擺了一排木櫃，供遊客投錢，走廊木柱上到處是錢痕，是歷來遊客用硬幣隨便敲木柱所留下的痕跡，他們祈福的過程，是先投錢入木櫃，多少不拘，然後拍掌兩下，合掌低首，誠心許願，最後合掌膜拜，祈福完成。許多老外都照此過程在祈福，一副虔誠的樣子，完全收起嘻皮笑臉的態度，由於不是開放日子，衹有從外面看看而已，當然殿下廣闊的走道，寬闊的台階，以神殿為背景，都是攝影留念的好地方。我們所到的僅是本殿，其實明治神宮的範圍，包括本殿、寶物館、參集殿、秩父宮等等有十七處之多，作為一個短期的觀光客，無法分別到處參觀。

出了明治神宮，到皇居去，是現代昭和天皇所居住的地點，也在新宿區，有舊城堡和新西宮兩部份，舊城堡左右兩面各建一座堡壘，外面是護城河，想來原來是有城牆的，現在已沒有了，原護城河分內外兩道，現在外面護城河已填成馬路，衹內河還保留，河邊植有垂柳及古松等植物，河中養有很肥大的金魚和鯉魚，時常遊到岸邊，不知是否允許遊客投食物，因為不想找麻煩，所以也不投食物下去，在新舊皇宮之間有橋相通，名為二重橋，有幾個學校的旅行團在護城河邊，以二重橋為背景照團體相，我也在此攝了照片，皇宮外廣場很寬廣，地上都是舖小碎石子，不用水泥，據說為了保存古跡，從廣場四週看市區，都是高樓大廈，現代建築與古老建築並存在一起，更能發思古之幽情。

皇居對面是東京火車站，有點像台灣的新竹車站，衹是比較大而已，大約新竹車站是仿照此種風格建築的。在馬路上時常看到有行人的天橋，和台北一樣，在美國是看不到的。

中午吃日本料理是速食，和洛杉磯小東京的菜館相仿，擺樣品在店門口玻璃櫃裡，上面標明價錢，大約每份七百日圓到一千日圓之間，由食客自己挑選。

午後，同遊的有人看日本show，有的逛市面，我到百貨公司去遊，此百貨公司範圍很大，有八九層都是售貨的，電動扶梯上下分開，前面進門處都是向上的，後面出門處都是向下的，不像美國百貨公司，上下扶梯靠在一起，在我們遊伴中，有一位美籍華裔少女，她陪我同去，她英語很流利，和店中會英語的日人可以交談，各層都去流覽，購物的很多，價錢不便宜，這是從我們的眼光去估值的，日本人生活程度高，在他們眼內，可能不會嫌貴，我們純粹是觀光，並不想購物，所以可以仔細的欣賞他們交易情形，各層看完，乘電動扶梯到下層，和東京的地下城相通，地下鐵的車站就在附近，我因怕迷路，不敢去乘坐。

晚上吃正宗的日本料理，一個盤子裡裝一碟切碎的蘿菔，切得很碎，用他調在白醬油內，用以浸油炸物吃的，一碟半乾的鹹黃瓜，一碟鹵菌，一杯蒸蛋內加海鮮，一罐鹹雪裡紅和黃瓜片，一盒白飯上加芝蔴，一杯味噌湯，此外有好多油炸物，現炸現吃，有蔬菜有暈菜，都是切成薄片，外裹麵粉炸的，一餐吃得很飽。

新宿區的夜景，非常壯麗，人來人往，完全是一個不夜城，此地有很多麻雀館，霓虹燈掛著牌子，不知是教授麻雀還是供人玩樂的場所，也許兩者都有。

第三天遊東京鐵塔，門票大人六百二十日圓，小學生三百五十元，孩童二百元。

此鐵塔，在東京市內是最高的建築物，高度達三百三十三米，在一百五十米處，有一處大展望台，到二百五十米處又有一處特別展望台，我們乘電梯到大展望台，共有兩層，都是用透明塑膠窗圍起來，四週裝了望遠鏡，投入一百日圓可以遠眺東京全市，有出售紀念的商店和茶座，如要到特別展望台去必須在此重新買票，我們想如看外景，兩者差不了多少，所以沒有上去，在展望台上照了些照片，乘電梯下去到第四層，一邊是政府公報展示室，用實物和圖表展示政府的政績，記得台灣在中興新村，省政府也有政績展覽室，大概是仿此的；另外一邊是日本電氣、富士通、東京電力、日本自動東連盟等展覽場所。

走下去是第三層，有蠟像館，裡面有一百多個蠟像，和貼出的宣傳海報，蠟像很呆板，所以引不起參觀的興趣，另一邊是不可思議步道，據宣傳單上說膽小的人不要進去，其實是激將法，那一個肯自認膽小，自然觀覽的人就多了，門票是二百日圓，我們購票進去，四圍用黑布遮蓋，隔斷外來光線，裡面的燈光，故意弄得陰暗慘淡，走道兩旁是玻璃櫃，裝了許多骷髏，用電控制，自動跳躍，搖晃和上下擺動，其實也無何可怕，到出門時有閃光和槍聲，好像對準遊客開槍，此鬼屋規模太小，和狄思奈樂園的鬼洞相比，差得太遠了。

鐵梯內備有紀念性的印章，由旅客自己蓋在空白紙上或自己認為有價值的紀念物上，圖章是刻了一座鐵塔形狀，塔外一只和平鴿朝鐵塔飛來，上題東京鐵塔展望紀念。另外有一處祈福神座，好像是塔內的保護神，我也在神座前照了相片。

我們簽證祇有三天停留時間，沒有辦法多玩，下午離開東京，經過好多隧道，到達成田機場附近，有公路警察在檢查護照，看過護照放行，到了機場，每人繳了二千日圓出境規費，機場內免稅商店的貨品不多，而且和市區百貨公司貨品相比，價錢也差不多，美其名是免稅，完全是騙外來旅客的。

飛機在六點起飛，和東京擺擺，到達另一個旅遊地點去了。

美墨邊界遊

一九八四年七月間，益壯會舉辦旅遊團，到墨西哥的愛森娜達（Ensenada）去玩，那是墨西哥比較發達的一個海港城市，人口有七萬多，已闢為觀光區。

旅遊車穿過聖地牙哥二十多分鐘，到達美墨邊界，墨國治安不好，汽車很容易失竊，所以美國去的車子，入境前要先買保險，萬一遭竊，可以取償。但我們此次所乘美國境內的旅遊車，並不駛入墨境，我們步行過關再搭墨國的旅遊車，旅客排隊走過天橋，太陽曬得真熱，好在路不遠，就上車了，墨國的旅遊車不能和美境內的車輛相比，沒有冷氣和廁所等設備，座位也差。

過境後，從邊境到蒂娃娜（Tijuona），還有十分鐘車程，靠近墨境關口，路旁擺滿了地攤，都是出售墨國的土產，提供美國回程旅客選購。

到蒂娃娜已三點鐘，停留一個半小時，準備遊覽和購物。墨國的比索（墨國貨幣）與美元匯率，不斷下跌，以美元購物，相當吃香，那天好像是一個紀念日，在熱鬧的街道上用布幕圍起，幕內擺了好多桌椅，很多人在吃喝，商店也掛了旗子，路邊還有人玩雜耍，圍看的人很多，還有些是趕場的，用斑驢（好像是斑馬和驢子的交雜種）拖車，車上面擺了商品，供人選購。大家因為停留的時間不多，無心看熱鬧，趕快到商店裡去購物，商品大都是牛皮製品，棉毛毯、玉石雕刻及銀器等，手工都很粗，標價高得離譜，例如一條皮帶，標價二十元美金，一件皮夾克標價一百多元。我們領隊陳平階先生已在車上告訴大家，如誠心購物，可按標價打對折後再打對折去還價，才不會吃虧。商店的夥計，雖沒有在街上吆喝拉客，可是顧客一進門，決不讓他空手出門，儘管還價低，他們總是七拉八扯，像牛皮糖一樣磨姑，最後還得成交後才出門，所以每人多少都買了一點東西。

車繼續向南行駛，從入境到目的地是墨國的一條高速公路，為了便利美境來客而開闢的，一路上看得到海景，海灘上有遊人玩衝浪，海濱常看到華麗的建築物，靠內陸一面的建築物就差多了。

車行兩小時，到達愛森娜達市的主要街道，有幾家中國餐館，我們是在梅林飯店吃晚飯，五菜一湯，份量很多，墨國產鮑魚，居然有一道是鮑魚菜，講到味道，那比洛杉磯中國餐館的菜，差多了，好在旅客的目的，在遊不在吃，所以也沒有人計較。

住的旅館是世界連鎖店 Best Western 系統，招牌雖好，實際卻普通，在這大熱天，居然沒有冷氣，祇有很少幾個房間裝有窗型冷氣機，我們和旅館交涉，只送來一架電風扇，吹來吹去是熱風，無濟於事。床舖的設備，是席夢思上再加羊毛毯，蓋的也是毛毯，我們睡上床流了一晚的汗。

第二天，遊愛市的一家公營商店，專買墨國土產，據說是不二價，但所有商品，都很粗陋，沒有值得買的東西。

愛森娜達是海港，海邊船隻很多，可是缺少像樣的碼頭。離海港不遠，有一處英雄廣場，上面雕塑了三個巨型的半身人像，大概是墨國的有名英雄，車子特地開去參觀，在此拍照留念。上午十時離開市區。

由導遊引領過關，從墨境入美不像由美入墨那樣輕鬆，過境的人，排了六道長龍，每一道木柵口，有二三個人檢查證件，證明有資格進入美國才放行。

美墨邊界之旅，旅程中雖然有些小波折，幸而沒出事，總算幸運了。

中橫公路好風光

我們在台灣的時候，大兒子一平剛學會開車，考得了駕駛執照，興致勃勃，很想一顯身手，我們也想乘新年有幾天假期，決定去遊台灣中部橫貫公路，由一平駕駛裕隆小汽車，連同妻及小兒子仲平帶些旅行用品等剛好一車。

在預定出發那天早晨七點，我就叫大家準備，到八點一刻從台北出發，天氣半陰有些微雨，過了新竹轉晴，省道上南來北往的車輛還不少，十二點一刻到台中的東勢，停車，在寧波飯店午餐，鄉鎮小飯館店面不大，還算整潔，菜卻燒得不錯。兩個壯丁飽餐了一頓，開始進入山道，起先有稀稀落落的農村在山道邊，不久以後，完全是山道，道路大都是在高山的山腰裡開闢的，上有高峰，下有懸崖，而四圍看去，都是林深茂密，怪石嶙峋，宿雨初晴，白雲朵朵，飄浮在參天古樹頂上，山嵐映彩，輕雲籠日，山風吹動時，樹影婆娑，空山鳥鳴，清脆悅耳。在石壁上偶爾有山花點綴其間，雖非名花，但雜在亂草怪石中，顯得突出，雅而不俗，大自然的美景，使人心神俱暢，忘了塵世間的一切煩惱。車行山中，全是山環山，山套山，轉不盡的彎道，繞過了無數的山崖，有時隔山對峙，看得見對面高山上車輛蠕蠕而行。不久我們轉到那面高山上，回看來時路，好像在深谷下，又能看到車輛在向上爬，這和平常一般名勝地區的康莊大道，全不相同，沿路有塌方的地方，山石沙泥不斷滾落，很有些驚險刺激的鏡頭。過了成功、麻竹坑和平，到了谷關，對面是八仙山，山上有大林場，我們隔山遙望，看得見有些地方已經砍伐成禿山，有些地方新種的樹苗，太遠了，看上去好像是小竹竿，排列成行。也有未砍伐的原始林木，是青綠一片，林場房屋的屋頂，日光照射，映出反射光線，尤其玻璃窗，一排耀目的金光，好像是金蛇四竄，眼花撩亂。

經過青山和碧綠，有管制站，車輛成單行道，要等對面車子開過來，我們才可以開過去，大約因為山勢太險峻，而路面不寬，祇好用管制的方式以保安全。再過達見而到梨山，達見那時正在建築水庫，遙遠俯視，一泓碧色的溪水，源遠流長，在山峽底層繞過，那裡正是建壩的工地，器材和工作人員歷歷在目，到梨山時已三點多了。梨山地區並不很大，有考究的梨山賓館，建築在公路對面的山腰上，公路站左近，路邊一排攤子，當地農民出售水果和蔬菜，也有出售山產的小店和加油站等，店舖不多。梨山旁是福壽農場，種植有蘋果和水蜜桃，那時不是生產季節，也沒有花。開車在農場裡打了一轉，僅能說是到此一遊紀念而已。梨山氣溫低，晚上已有霜，蔬菜經霜打過了，特別好吃，所以我們買了許多大白菜，準備回台北送人。

看看天色還早，繼續開赴大禹嶺，大禹嶺有兩條路，一路是到合歡山去，一路是到花蓮去，標高二九八五公尺，是一個休息站，遊客都在此停留，視目的地不同而分道揚鑣。此時已是夕陽銜山，倦鳥歸巢，山風吹來，頗有寒意。路邊有幾處小吃攤，生意最好的是蒸肉包子和五香茶葉蛋。大兒子認為去花蓮已不遠，主張趕路，我們對當地地勢也不熟，一切聽兒子主張。高山崇嶺中，每到晚上就會起霧，車行不久，日落西山，看到霧氣由谷底上昇，漸漸由淡而濃，由濃而成為白茫茫的一片，車燈照去，路面僅有幾十尺距離的能見度，盲人騎瞎馬，祇有走一步算一步了。天公不做美，又下起淅淅瀝瀝的小雨，泥濘積水，有時通過積水泥窪，泥漿濺到車窗上，要停車用布擦去車門前玻璃上的泥漿，才能繼續開行。途中遇到兩輛貨車，在路旁卸貨，我們問他去天祥還有多遠，需要多少時間到達，回答是兩小時到四小時，看行車速度而定。照此時路況，大約要四小時了。

夜色籠罩，天地間一片烏黑，山風呼呼，在萬山叢中，祇有我們一車在踽踽而行，好比是大海中的孤舟一樣。以前番人出草，月黑風高，就在這些山地上殺人如草芥。想像中，黑暗的山崗上倘若有番人來襲擊，真是呼救無門，心理上未免有些緊張。到了一處塌方地點，路上橫亘著大塊落石，阻擋了去路，車子無法前進。全家都下車，想把車子抬過岩石，車太重了，根本抬不起來。正在束手無策，幸而對面也駛來一輛車，到塌方處，祇好停下來，雙方一商量，互相幫助，先把我們車抬過去，然後再把他們車抬過來。山頂上塌方處泥石仍不停的掉下來，要是不巧，對面沒有來車，我們車子陷在泥地裡，無法動彈，塌方再擴大，可能把車子埋在裡面，想起來真是僥倖。過了塌方地點，又到一處斷崖，車輛前面白茫茫的路面忽然不見了，趕緊停車，下去一看，原來是個急轉彎，距崖邊祇有一公尺。如不小心，車輛一直往前衝，全家都已粉身碎骨了。如此提心吊膽慢慢地行駛，經過天祥到花蓮市區，車前照明燈忽然失靈，好在市區路燈還明亮，一路找旅館，家家客滿。春假期間，花蓮是一處度假勝地，遊客特別多。在無可奈何的情況下，找到了台灣銀行花蓮分行的楊經理，承他情，招待住在銀行招待所客房裡，連夜把車燈修好。

第二天，早晨起來，陽光普照，是一個好天氣，回想昨晚險狀，好像是做了一個夢，假使車前燈在萬山叢中壞掉了，恐怕一夜的飢寒和不安是免不了的。好在現在已成過去，正好領略真正旅遊的樂趣。楊經理一早就來，招待我們在王子大飯店吃早餐，八點離開花蓮，在市區觀光，又到海港瀏覽，都是走馬看花，然後轉入橫貫公路。

花蓮到天祥的路面很寬闊，市區到太魯閣一段，是四線道高級路面。太魯閣入山口以後，奇峰怪石，隨處可見。隧道和山洞有八十多個，大都很短，有時轉彎曲折處，就有三四個山洞。因為穿石而過，非鑿石洞或隧道不能通行。最雄偉處是燕子口，兩峰夾時，峰面向下傾斜，好像要倒下來似的。仰望天空，半為奇峰遮掩。我們下車，四面欣賞，看到有人爬下公路，到溪邊小坐。溪水清澈，中流是巨大的大理石塊，一路來時沿溪的山崖，很多露出白色的大理石根，碧水玉石，相互輝映。經過慈雲橋、長春祠等名勝地，雖未下車，美麗的風光也使人目不暇給。可惜照相機不見了，未能盡情攝留美景。到了天祥，在土產店裡買了些不知其名的寶石，並非全是佳品，但是本山所產，五彩繽紛，也可供玩賞。

花蓮到天祥一段，山水之奇偉，是橫貫公路精華所在，過了天祥，風景比較差，但整個公路險峻雄壯，非其他風景區可比。我們在回程中，車行到一處窄的山道，恰巧遇到兩部車子發生車禍，原來是兩對面車狹路相逢，緊急煞車相讓時，發生了危險情況，雙方都陷於進退不得的窘境。靠山一面的車頂卡在石壁上，靠路邊的車，三個車輪在路上有一個車輪已懸空掛在山崖外面，山崖下面深不見底，雙方來往車輛到了此處，都衹好停頓下來，擺成長龍，所有職業司機都下車來，共同商量解決辦法。先要兩邊擺長龍的車子各退十公尺，然後拿工具鑿去了卡住車頂的山石，好多人幫忙推，離開險地。再將懸崖邊的車子拖進來，約莫費了三個多鐘點，兩邊車才慢慢的通過。午後三點一刻到大禹嶺管制站，擺成車隊等待每半小時一次的通行。在等候通行時，遊客互相閒聊，講到這幾天花蓮旅館難覓，有些人昨晚住到鄉下的廟裡，有些人乾脆在車子裡過夜。回到台北時已晚上十點多了。

現在全家都在美國，女兒、小兒子和我們住在洛杉磯，大兒子卻住在威斯康辛，何時再有此壯遊，得看以後的機會了。

遊阿里山看日出

阿里山在台灣，並不是最高的山峰，可是卻很有名，流行歌曲裡有一首名叫「高山青」的，裡面唱到：「阿里山的姑娘美如水，阿里山的少年壯如山」，普通人都會哼幾句。

在台灣三十年，嘉義來往了不知多少趟，就是沒有時間到山上去玩，在決定赴美後，無論如何要去玩一趟，以了心願。

阿里山距離嘉義市七十二公里，有登山小火車可以通達，我們在旅遊前一天，先從台北到嘉義，住在旅館裡，第二天一早八點十分火車開行。火車道完全是上山坡，所以都是向上斜行，小火車前後都有火車頭，一推一拉，增加力量，途中有一段是繞山打圈子，有一段是之字形的路軌，當一個火車頭走完了一段路程，到之字形的一邊就由尾部的火車頭接替，向相反方向而行，週而復的轉換行駛，這是完全為了適應山勢，別的地方是看不到的。

沿途有錯落的農戶，農作物有菸草、橘子、香蕉、甘蔗、和山地蔬菜等，山間石壁上山花也很多，衹是品種不多。車程經過神木，巍然巨物，氣勢不凡，到阿里山已十二點多，車行約四個小時，每小時僅行駛二十公里還不到，和平地火車不能相比。

我們預先訂好阿里山賓館的房間，進阿里山，住旅館，在旅遊季節是最頭痛的一件事，阿里山賓館是最好的旅社，七層樓，第五層是餐廳，門外可直通山道，不必下到樓底再向上爬。

午後旅社派導遊引導我們遊山，一路上奇形怪狀的老樹很多，有些是人工故意做成的奇形，有些是天然大小樹糾合在一起，自成一種格局。

向上爬很多石級到火車站(我們來時是由賓館汽車接走的，沒有在車站觀光)，車站外一排土產店，大都賣山產的動植物，動物是做好的標本或是皮革、食品比較多，諸如羊羹、麻薯、橘子等等，有朋友和山產店很熟，他們用古法烹茶，請我們品嚐阿里山自產的茶葉。

出了車站，首先去姊妹潭，所謂姊妹潭，是兩個潭合組而成，姊潭為長形，長八十公尺，寬四十公尺，妹潭為圓形，直徑為四十公尺，隱藏在叢林中，潭水清澈。姊潭潭中建了兩座茅亭，有木橋可通，山中有霧，遠望茅亭在隱約之中，照了一張相片，到也有隱約之美。

姊妹潭過去都是下山坡路，又到了一處叢樹區，有題名為三兄弟、四姊妹，還有叫夫婦樹的，是兩棵樹糾纏形成，樹枝向四外伸展，頗有龍鳳之委，內人說不如題名龍鳳配，較為切實。嚮導指給我們看最奇突的樹是三代木，是一棵樹，分三代發展，第一代已成枯枝，橫卧在地，可是在枯幹上另生出一棵樹，是第二代，將第一代的生命延續下去，在第二代枯朽時，又產生出新生枝，長大成樹，是第三代。這個第三代，仍然枝葉茂盛，約有三十多尺高，生生不息也是自然界的奇景。

路邊有野生的劍蘭，也無人採摘，過杉木林，山行出汗很燥熱，到此高大的樹蔭中，甚感涼快舒適。出樹林是一座吊橋，祇可一人通行，過橋時手扶著繩索，仍然搖搖晃晃，不要小看了這不起眼的小籐木橋，卻是山胞出入山區的必由之道。

過了吊橋，兩邊路分叉，一邊是去神木，一邊是去博物館和慈雲寺，先去看神木，樹齡已超過三千多年，樹的圓徑有十九公尺，樹身高度約為四十五公尺左右，樹身因為經過雷劈，頂部已成嵯峨形枯枝，樹頂尚有綠色枝葉，據說那是寄生樹，並不是神木的重生，在鐵道對面山下另有一棵巨樹，比神木稍小，卻並不出名。

轉到慈雲寺去，外面粉牆上題有「如入終南」四字，夾道種植黃花，邊門是月洞門，佛殿上有機器求籤，將錢幣投入機器內，在機器的另一邊會跳出籤條，現代科技用到古老的求籤上去，也是僧徒們賺錢的一法。佛殿上供有千年古佛，可說是中國式的木乃伊，細看好像已成化石的人像，佛前有詳細說明，如有考古學者到此，定感興趣。

博物館就在慈雲寺附近，是一座日式房屋，進門要脫鞋，進門玻璃櫃內，放置中央山脈立體圖，用小旗子標明各山峰的名稱，阿里山部份，看得出四處山道，牆上掛圖繪出全部火車行程，包括之字形火車道，山中動物沒有大的野獸，蝴蝶和蛇類的標本很多，有山胞用的獵具、服飾、工藝品等，有一間吳鳳堂，內中陳列吳鳳生前的用具，當時的風物，以及吳鳳騎在馬上的像。

當天的遊覽到此完畢，回了旅館早睡，因明晨看日出，要起來得很早。半夜四點多，旅社的服務生來敲門叫醒，預定五點開車到祝山觀日樓去看日出奇景，從賓館開車，經過盤旋曲折的山路，車行約二十分鐘到達觀日樓停車場，觀日樓建在山峰的平坦處，四周平台有欄干，觀日樓在中間，山風凜凜，吹得人發冷，幸好天晴，能看到日出，我們到達時，天色還陰暗，漸漸有曙光，四週叢山看得很清楚，山的下截都給雲層遮住，雲層厚厚疊疊好像海浪一般，是有名的雲海，靠近觀日樓平台左邊是懸崖，隔開懸崖有一座山峰，形狀很美，山岩上的古松歷歷可數，襯以白雲，很像我國水墨畫中的山水圖。

有人兜售祝山看日出的風景圖，上面標明月份、時間、太陽在對面遠處那一個山峰間升起，因為時間不同，太陽上昇的方位不同，有此圖參考，就可有一個標準。按照我們現在的月份太陽應在六點四十八分升起來，而結果是到六點五十分才看到陽光，先是對面遠山頂上有紅光反映在雲層間，然後逐漸轉為白色，突然間在山頂上露出一線光芒，宛如一盞明亮無比的水銀燈，金光四射，炫人眼目，然後很快的向上爬昇，此時四圍山峰，凡向陽的一面，都遍晒陽光，陰暗部份成為深紫色，雲海上色彩也已變化，七彩瑰麗，旅客半夜起來冒了寒風，目的就在看此一剎那的奇景。

我們回程時到火車站搭車，忽然有人拿了磁盤，上面印了五彩照片，居然是我和內人的像，每人一個盤子，我很驚奇，原來他們在我昨天經過車站時，暗地裡照了相，晚上再移製到磁盤上的。為了留紀念當然向他購買，可是索價奇昂，我們也不想做冤大頭，認為此磁盤對象祇有我們，別人有他自己的像，不會買不相干人像的盤子的，所以他漫天討價，我就著地還錢，最後是折衷一個價錢買下來了，現在此二個盤子，已帶到美國，作為裝飾品放在室內，也是旅遊阿里山一個紀念品。

日月潭

台灣的日月潭，是名滿中外的美景勝地。它在台灣的地位，好比大陸上杭州的西湖，面積比西湖還要寬廣，潭址位於南投縣魚池鄉水社村，距離台中市七十九公里，潭的週圍有三十五公里之廣，全潭以光華島為中心，北半部為前潭，形圓，稱為日潭，南半部，形如一彎鈎月，故稱為月潭，兩潭合稱為日月潭，也叫明潭。

相信住在台灣的居民，有很高的比率曾去遊過，筆者先後也去過多次，其中印象最深的，是在日月潭邊參加自強晚會。

那時，筆者擔任唐榮公司的常務董事、唐榮公司是一個多角經營的大公司，有鋼鐵廠、機械廠、營建廠、鑄機廠、耐火磚材料廠等(現在又增加了不銹鋼廠。)員工在萬人以上，為了提倡員工休閒活動，增進工作效率，舉辦日月潭自強晚會，員工代表有一千五百多人，分別由南北兩路，集中到日月潭。

我們屬於北路，早晨由台北出發。同車的有常駐監察人項楹方夫婦，董事馬克禮、杜鼎、涂麗生等夫婦，一路上說說笑笑，也不寂寞，車過苗栗，在天仁茗茶所建的天仁茶莊小憩，建築規模不小，門外塑了茶聖陸羽的像，手執書卷，大約是他所著的茶經，形像瀟洒，頗有仙風道骨的味道，其實歷史上記載陸羽本人，其貌不揚，此像是以意為之，想當然耳。

下午到達日月潭，住在涵碧樓，涵碧樓和教師會館，是潭邊兩大現代式的建築物，如非預定，很難租到住宿房間，那天天氣很好，晚上，我不想呆在旅社裡，偕內人到涵碧樓下面靠潭邊的石凳上靜坐，遠眺潭水，茫茫一片，在月光籠罩下升起輕霧，像薄紗似的離迷矇矓，有時泛起水波，波光反射月色，銀光閃爍，與潭邊倒映的燈光，相互輝映，遠山已看不清晰，衹覺得層巒疊巘，隱約在潭四週、別有一景，面對此寬闊的潭水，四野寂靜，微風吹樹梢，發出沙沙微聲，偶而雜有幾聲蛙鳴，此時塵俗都消，心神與天籟融合，猶如在太虛幻境，混不知身居何處，這是在都市生活中絕對領略不到的天趣。

第二天，坐專車沿環潭公路遊覽名勝，先赴青龍山最高處的慈恩塔，此塔共有九層，高四十五公尺，是仿宋代古塔形式的建築，佔地甚廣，登山是石板路，每五級有一平台，為此可節省體力，有些身體太胖、或是太太們穿了高跟鞋，都走到半山就下來了，我們直登山頂，和內人爬到塔的最高層，登高望遠，日月潭全境在目，風光之美，比涵碧樓所見，更為佳妙。同行者認為登山固然累人，可是得覽此美境，還是值得。

下了青龍山，開車到玄裝寺，瞻仰唐玄裝的舍利子，唐玄裝是唐太宗時代的高僧，獨力到西方取經，回長安後在大雁塔譯經，以後圓寂長安；此舍利子，乃是玄裝圓寂後所得之遺物，日本帝國，將此一部份古物竊取而去，後來歸還我國，特建寺以儲存，供國人瞻仰，真是無價的古寶。

出了玄裝寺，轉到德化社，此地原來是山地同胞的蕃社，碼頭邊還豎立著浮雕的圖騰石柱，德化社有歷代遺留下來酋長的後人，稱為毛王爺，以前我在民國五十七年時去玩時，曾租了山地武士的服裝，和兩位姑娘合照，背境是為觀光而搭建的山地村寮，山地姑娘相當秀麗，現在時隔二十年，想來已都變成阿巴桑了。

德化社山產店，出售的山產，以香菇為最多，好壞分級很多，價錢也不一樣。最名貴的是蘭花，有中國蘭、有洋蘭、以石斛蘭為多，多半栽植在懸掛的蛇木板上，名為山產，其實並非野生蘭花，而是用人工培植的，祇是山區氣侯適宜，栽培得法，所以看上去特別豔麗。有幾盆野生的中國蘭，標出品名，價錢最高，我們買了些高級香菇和選購幾盆蘭花，因為時間關係，沒有到觀光的山地村去，山地村原來有山地姑娘歌舞表演，好在我們晚會中已洽定找他們來表演，所以也不再重複去觀賞了。

到孔雀園看孔雀開屏

又到文武廟去，文武廟內供奉文聖人孔子，武聖人關羽和岳飛，廟貌偉峨，寬闊的高台階，兩旁是雕刻的白石欄干，宮殿式的建築，很夠氣魄，廟前廣場可一次集會千人以上，最吸引人的有一座建築物，是獅子滾綉球，獅口大開，彎腰伸腿，其表情兇猛而雄壯，遊人大都喜歡以此為背境而照相。

時近中午，回涵碧樓午餐，午後另行雇船遊潭，進入碼頭，先購門票，遊艇大小不等，最小的可坐五個人，如一人雇用也出五個人的錢，我們雇了艘小遊艇，駛往光華島。此島面積很小，一覽無餘，島上有山地婦孺，兜售山胞工藝製的小件紀念品，無甚可觀，也無何特別的建築物，老樹到是很多，顯得青翠滃鬱，由於在兩潭的中間，雖無風景優美之勝，旅客遊湖，一定到此島流覽，順便觀看潭中遊艇往來。

船沿潭邊行駛，特別到出水口去，出水口在水底，猶如燒滾的開水翻翻滾滾，水在潭底向上直冒。在潭中行舟，看不出風景全貌，反而不如在慈恩塔上見到風光之美，誠如蘇東坡所作詩云：「不見廬山真面目，只緣身在此山中」，可以移用到此處。

晚上到明潭停車場參加大聚餐會，共擺一百五十多桌，場面空前偉大，飯菜是由日月潭的餐館聯合承包的，用汽車運送到每一桌上，因為桌數太多，送來的菜已不夠熱，而且大鍋菜，也燒不出美味來，祇是熱鬧而已，許多年輕人，不管菜好不好，還是灌了好多酒，顯得面紅頸粗，看上去他們都喝得很痛快。

飯後稍停一會，全體到教師會館的杏壇參加自強晚會，廣場上黑壓壓坐滿了同仁，董、監事及高級職員都坐在前排，由「日月潭毛王爺公主歌舞團」擔任歌舞節目，歌舞內容很多，凡山地原始歌舞，都搬到台上表演，山地姑娘擅唱歌，歌聲嘹亮，彌補呆板舞姿的不足，一位小公主，年齡還不到十歲，唱的歌有板有眼，是唱當時的流行歌曲，觀眾特別喜愛，一曲完畢，參加晚會的外國來賓特地前往和她合照。

在歌舞中場，暫停一會兒，進行摸彩由董事長、總經理、常董、常駐監察員夫人上台摸獎，所得獎品，全都歸之員工，摸獎人自己並不拿獎，每逢大獎出現，台下掌聲不斷，中獎人並由大眾舉起，以示歡樂，摸彩共分三次進行，都在歌舞間歇時舉行，歌舞終場時是一個大家來跳舞的節目。前排的貴賓不分男女都被邀上台，與歌舞團女郎合舞，有一位沙烏地阿拉伯的來賓，是該國銀行董事長，人很風趣，也捐了獎品，上台跳舞時，風度翩翩，在舞會結束時，並代表來賓致謝辭。

杏壇佈置得美侖美奐，時近聖誕節，夾道樹下都懸掛著聖誕燈，五色燦爛，一閃一閃發光，真美。

休息了一晚，盛會已散，各奔歸途，向北的開了七輛遊覽車，向南的開了三十八輛遊覽車，外加許多小汽車，浩浩蕩蕩離開了日月潭。

國家圖書館出版品預行編目

美夢居隨筆. 一, 旅遊雜記 / 方永施
著. -- 一版. -- 臺北市 : 方永施, 2008.01
面 ; 公分

ISBN 978-957-41-5103-5(平裝)

855　　　　96025550

美夢居隨筆（一）——旅遊雜記

作　　者 / 方永施
出 版 者 / 方永施
封面設計 / 蔣緒慧
數位轉譯 / 徐真玉　沈裕閔
圖書銷售 / 林怡君
法律顧問 / 毛國樑　律師
出版印製 / 秀威資訊科技股份有限公司
台北市內湖區瑞光路 583 巷 25 號 1 樓
電話：02-2657-9211　　傳真：02-2657-9106
E-mail：service@showwe.com.tw
經 銷 商 / 紅螞蟻圖書有限公司
台北市內湖區舊宗路二段 121 巷 28、32 號 4 樓
電話：02-2795-3656　　傳真：02-2795-4100
http://www.e-redant.com

2008 年 1 月 BOD 一版
定價：330 元（美金 11 元）